秦嶺漢江記

楚建锋 / 著

作家出版社

图书在版编目（CIP）数据

秦岭汉江记 / 楚建锋著 . -- 北京：作家出版社，
2025.4（2025.4重印）. -- ISBN 978-7-5212-3245-5

Ⅰ . I267

中国国家版本馆CIP数据核字第2025WM0259号

秦岭汉江记

作　　者：楚建锋
责任编辑：宋辰辰
封面题字：周振华
装帧设计：意匠文化·丁奔亮
出版发行：作家出版社有限公司
社　　址：北京农展馆南里10号　　邮　　编：100125
电话传真：86-10-65067186（发行中心）
　　　　　86-10-65004079（总编室）
E-mail:zuojia@zuojia.net.cn
http://www.zuojiachubanshe.com
印　　刷：唐山嘉德印刷有限公司
成品尺寸：152×230
字　　数：199千
印　　张：17.75
版　　次：2025年4月第1版
印　　次：2025年4月第2次印刷
ISBN　978-7-5212-3245-5
定　　价：49.00元

目　录

下篇 汉江泳思

序：爱家乡爱祖国爱人民

　　我与本书作者楚建锋学友并不很熟悉，他书中提到许多地方，我有多处从未到过；书中引用的诸多古典名著，如《山海经》《帝王世纪》《开辟衍绎》《蓝田县志》《管子》《周易》等，我也大多没有完全读懂过，所以，要我为之作序，实在太难。但我知道，写序是一个很好的学习方法，我愿意读这本难得的书。

　　我觉得建锋同志最大的优点是爱祖国、爱家乡、爱人民。他生于陕西汉中，从小喝着汉江水、读着中国书、听着党的教导长大。我由此联想到自己，活到八十多岁，到过一百九十多个国家，还是觉得老家乡下那座井里的水最好喝，奶奶、姥姥等熬的棒子面稀饭最好吃，小学、中学、大学和学校外的老师最可爱，共产党的教导最重要……

　　描写秦岭和汉江的书很多，这部作品与众不同之处在于——建锋在跨越时空、回到蛮荒、追忆历史当中，为静态的山水赋予生命的表达，化为五十二章十五万余字的上篇《秦岭岁月》和下篇《汉江泳思》。"仁者乐山，智者乐水"，厚重永恒的山和灵动变化的水，一直是中国人的审美意象、道德表达。本书作者通过见解独到的历史思辨和美学观察，让心灵与山水同游、与历史碰撞、与天地相交；见山见水、见物见理，体现出家国情怀的深沉，充满识山水明天理，知未来的大义。翻阅此书等于走了一趟怀古幽思的心灵之旅，不禁为伟大祖国的悠久历史和更美好的未来而心驰神往，更恨不能立即收拾行囊，与大家携手再走一趟让身心与秦岭汉江亲密对话的万里路。

祝所有年长年轻的同学、战友永远努力学习和践行习近平新时代中国特色社会主义思想，爱国敬民，天天向上！

2024 年 8 月 16 日于北京东郊民巷

写在前面的话

　　"日月叠璧，以垂丽天象；山川焕绮，以铺理地形，此盖道之文也。"南朝刘勰的《文心雕龙》，开篇便把为文之道概括得入木三分——太阳和月亮像碧玉叠合，展现出天体的壮丽；山川和河流流光溢彩，表达出锦绣大地的绮丽，这就是"与天地并生"的大自然的"文"。

　　心生而言立，言立而文明。在仰观星辰、俯视大地中，达到"与天地并生"的心境，华美的文采也就呈现了！正因为如此，就有了这本新作散文集《秦岭汉江记》。这也是这本历史文化散文集的与众不同之处——对人们司空见惯的秦岭、汉江的书写，有了不同的历史思辨、美学观察、人类学观照、文学表达！

　　我以生于斯、长于斯的秦岭、汉江为"文心"，以"与我惟一"而妙极生情的喷薄情感，化为五十二章十五万余字的上篇"秦岭岁月"，下篇"汉江泳思"。正如我在上篇开篇写道："一万个人的心中，有一万个秦岭。是为'秦岭之子'的我，有了自己的'秦岭岁月'。"下篇，也开宗明义道："'汉之广矣，不可泳思。江之永矣，不可方思'，《诗经》中的汉江，就是生于斯、长于斯，祖祖辈辈饮着这江水长大，血液里融入这江水之美——格物而后知、'富润屋，德润身'的我的'不可泳思'之地"！

"仁者乐山，智者乐水"。厚重永恒的山和灵动变化的水，一直是中国人的审美意象、道德表达、心灵镜鉴。

翻开上篇，在"神遇迹化"中，我把"巨龙秦岭"幻化成"华夏脊梁""文明薪火""大秦帝国""千年皇都""心灵家园""太白积雪""莲是华山""商山之隐""栈道春秋""杳杳禅音""诗无气象"等二十五章。浪漫的黄帝、后稷、西王母、玉石、汤泉、龙首山、皇人山、巨兽、鸾鸟、大熊猫、朱鹮、金丝猴、羚牛、黑鹳等自然之道，气象万千，道理神隐，文辞珍贵。

在"唯化自生"中，我让"虚无大道"的汉江有了"天下锁钥""膏腴之壤""汉有游女""以水论道""两汉三国""人水相亲""泽被四方""滋养性灵""宛若游龙"等二十七个横断面的前世今生，把泽及万物而不以为德，利及万民而不以为功，爱物无遗而不以为仁，舍己为人而不以为惠的汉江"唯善为止"，表达无遗，性灵熔匠，华美绝伦。

历史文化散文，既是怀古幽思的"心灵之旅"，又是"求知求真"的"真刀真枪"之战。容不得半点马虎和侥幸！要在跨越时空、回到蛮荒、追忆历史中，让静态的山水回到历史肌理，书写出有血有肉的活的山水、活的历史、活的考古、人类、神话、地理、自然等，而且要有"为天地立心，为生民立命"的"文章合为时而著"的家国情怀、丰郁文采、精妙性灵，让心灵与山水游走、与历史碰撞、与天地相交，在见山见水、见景见史、见物见理中，"奇思妙想"化为精神游走的春秋大义，一篇篇文辞华美、活灵活现的"天地文章"便流淌而出，读后，让读者有种"采菊东篱下，悠然见南山"和"蓦然回首，那人却在灯火阑珊处"的爱的回归、美的享受、情的痴迷，越发把那山那水爱得深沉而义无反顾！

这部散文集，就有了这种历史人文情怀的识山水而明天理、见历史而知大义、话人文而晓中国。读后，让人生发出为中国的龙脉秦岭、中华文明重要发源地的汉江，而情驰神纵的悲悯情怀、心心相印的美学思考、一步一景的灵魂洗礼！

总之，让你在爱不释手中，会为呈现的文字而心动情动意动。或许你会拿着书本、收拾行囊，去来一场书本、身心与秦岭、汉江的山水之旅；更或许，你会纹丝不动、舍不下分分秒秒地在这部文集中与秦岭、汉江神交……这样，你感觉已足够足够了！

2024年2月4日

上篇
秦岭岁月

一万个人的心中，有一万个秦岭。

身为"秦岭之子"的我，有了自己的"秦岭岁月"。

我出生在秦岭南坡的首府汉中市汉台区的十八里铺镇，后随父母举家迁到市区，在距汉高祖刘邦拜韩信为上将军的"拜将坛"百米西侧居住，饮着发端于南麓宁强县嶓冢山的汉江水长大。

青年，翻过南坡进入了北坡的终南山脚下。在楼观台旁，中国历史上第一个邦国"有邰国"的武功县，投笔从戎。

壮年，命运流转，奔赴祖国最南端的南中国海海南谋生。在那里，常常被人问是"哪里人？"，自己张口即来："秦人！"

中年，命运又让我来到曾主宰中国近千年兴盛的北方帝都北京度日，也常常被问及"籍贯"，答曰："陕西！"再曰："秦岭南坡！"还曰："首府汉中！"

每每夜阑人静，常常魂牵梦绕于中国的龙脉——秦岭，以及"龙脉"脚下孕育出的"天府关中""银河汉水"。这片大地上，两千多年的王朝都城……如此，让我挥之不去，罢之不能！

俗话说，"不识庐山真面目，只缘身在此山中"。再说，看山不是山，看水不是水。最后，还是山水一色，山高水长。

秦岭的山水，那巍巍的"中华第一险山"、中国的"父亲山"、中国的"龙脉"，那奔腾不息的渭河、汉江、洛河、嘉陵江，就是我祖祖辈辈伏羲、华胥、女娲、炎帝、黄帝等的血肉之躯，化为山水而成。故而，秦岭的每一粒尘土、每一滴泉水、每一棵小草、每一种动物、每一块矿石……都是祖先们的"精魂"化为不老的气象，养育着。

为此，我开始把出生后听到、看到的这片土地，常常梦中与土地上的人、景、物等交融的点滴故事，流于笔端。这样，有了历史、人文、古今等多维度视角下的二十五个横断面的秦岭。

掩卷，这些叙述钻进历史深处和背后，渴望恢复历史肌理，探寻历史的原始美！

期盼，能闪现出中华龙脉的精气神，也算是对秦岭的另一种观望。

"路漫漫其修远兮，吾将上下而求索"，相信未来的日子，在不断与秦岭的神交中，还会荡出新的维度和叙事来。

巨龙秦岭

俯仰天地,纵观宇宙,伏地分南北,立地成山脉,化地为绿茵,唯我巍巍秦岭也!

秦岭,是中华五十六个民族融合图腾的巨龙,在上下五千年、沧海桑田间行走、腾飞,把古老的中国文化绵绵不绝传向远方,传向世界文明的远方。

盛夏时节,汽车在天高云淡、气候宜人的西(安)汉(中)高速公路上行驶。

"卷地风来忽吹散,望湖楼下水如天"。一大早,陕南首府汉中的市花旱莲,在古汉台绽放了。站在这座当年汉高祖被西楚霸王贬谪的王府,不由想起刘邦"盖世勋名三杰并,登坛威望一军惊",拜"手无缚鸡之力"的韩信为上将军,而"明修栈道,暗度陈仓",尽显"大风起兮云飞扬,威加海内兮归故乡"的猛士豪情!

在望江楼上眺望,远处平静的汉江清澈如银龙,一波一波地缓缓流动着。越千年的往事,早已烟消云散。古城古战场,已成为一江两岸的鱼米之乡,俨然西北塞上的小江南。一江清水,花团锦簇。政通人和,风光无限。

眼前，一簇簇鲜红鲜红的旱莲，静静绽放着。淡淡的花香飘满古汉台的角角落落，沁人心脾。触景生情，让人几多感慨，几多清朗。

是呀，一晃，就是两千多年前的往事！流连在旱莲的摇曳身姿中，沉浸在千年汉宫的故事里，一转眼，坐上穿行在巨龙秦岭"脏腑"里的汽车，让人有点恍惚。自觉不自觉间，思绪在古今间开始徘徊。

《山海经》卷二"西山经"云："西山，华山之首。"华山之后，分别是钤山（今韩城市附近）、崇吾山（今阿尔泰、昆仑、天山一带）、白于山。据说，"华夏"一词中，夏指夏朝，而"华"就是华山。《史记·五帝本纪》云，黄帝和炎帝都脱胎于华胥氏。因此，华，指华胥氏，居住在秦岭骊山南麓。华胥氏生女娲和伏羲。可见，中国历史的根脉皆源于此！

正是华山的古老而神秘，把西岳一脉的秦岭蒸腾得光怪陆离，令人神往。浪漫的黄帝、后稷、西王母、玉石、汤泉、龙首山、皇人山、巨兽、鸾鸟、鳢鱼、朱厌……在《山海经》里、《水经注》中，变化莫测、气象万千。而今，已成为国宝大熊猫，日本国鸟朱鹮，金丝猴、羚牛、黑鹳、鬣羚、斑羚等数不清的国家一级保护动物和世上最丰富的雉鸡类族群成长地；成为上千种中草药的国家"天然药库"；成为"南北植物荟萃、南北生物物种库"的亚热带标志植物生物之地；成为金银煤钒铝锌等储量位居全国第一、世界第二的矿产区；成为人们永远的遐思和膜拜！

在大禹及其属臣们记载的五千三百多处大山中，昆仑被奉为万山之宗。在满目奇花异草，到处猛兽珍禽的山海里，西岳有不死之药，昆仑有不死之树，并常常有人面龙身的神仙出没。这些半兽半人的记载，是先民们对祖先图腾崇拜的内心表达，也是秦岭的化身所在。

远古的图腾活动，虽然早已沉迷于遥远的历史海洋，但是《易·系辞》中的"伏羲，近取诸身，远取诸物，于是，始作八卦"，《风俗通义》中"伏者，变也。戏者，法也"的记录，透视出"伏羲用八卦，以变化天下"的巫术礼仪。

《山海经》中"女娲，古神女而帝者，人面蛇神，一日七十变"的传说，晋皇甫谧著《帝王世纪》中"燧人之世，……生伏羲……人面蛇神"的描述，都揭示出中华人类始祖"女娲""伏羲"的"龙蛇"意象。

这是远古先民们，用心营造出的氏族、部落、部族联盟的精神崇拜、人文圣物。是祖先们在营造的龙蛇中，把其图腾化为一条巨龙——中华民族的象征。所以，龙，有蛇的体形、马的毛、鹿的角、鹰的爪、鱼的麟……就是远古华夏各个氏族、部落、部族联盟团结的象征。最终，九九归一，融为一体，成为我中华民族的图腾。其形其姿其神，蔚为壮观，让人神往，成为中华民族永恒的符号和文化记忆。

明周游在《开辟衍绎》中曰："天人诞降大圣，即盘古氏，龙首人身，神灵，一日九变。"因而，巨龙盘古开天辟地，以龙身把汪洋恣肆的中华大地化为山川湖泊、森林大海、星辰日月，图腾出中华民族的精气神，图腾出旧石器时代的蓝田人、大荔人、白家人……至今，生生不息，乐享其间。

巨龙神圣之躯物化为秦岭，横亘在中国南北分界线，使中国的南北有了米面之隔、寒暑之差，大漠黄沙与青葱漫山之别，南雨北雪、南船北马之异……有了气候不同、水土不同，饮食、建筑、交通等社会生活习惯的不同。久而久之，演变出中国南北社会风俗的万象图。这些，都是当今中华民族多姿多彩的民族瑰宝，不可复制和替代。

眼前的秦岭，是陕西省内关中平原与陕南地区的界山。是西起昆仑，中经陇南、陕南，东至鄂豫皖大别山，以及蚌埠附近张八岭的龙化之地。是长江和黄河流域的分水岭。是中国南北的界山，和"南方""北方"的地理分界线。

作为龙的传人，在中华大地卧着的巨龙秦岭身上，我们与这山这地这水这森林……这祖先恩赐的一点一滴、一枝一叶、一丝一缕，都是那么浑然一体，生死不离。生我养我藏我育我之秦岭，我们，龙的传人，在巨龙身上生生不息，流转轮回，代代相传。

正如诗仙李白游秦岭最高峰作《登太白峰》云："西上太白峰，夕阳穷登攀。太白与我语，为我开天关。愿乘泠风去，直出浮云间。举手可近月，前行若无山。"以及《望终南山寄紫阁隐者》云："出门见南山，引领意无限。秀色难为名，苍翠日在眼。有时白云起，天际自舒卷。心中与之然，托兴每不浅。"

"若无山""每不浅"，在中国人的文化传承中，那些夺魂摄魄、耳熟能详的灵魂形象，镇宅圣君钟馗、道教教祖太上老君、全真圣祖王重阳、文财神刘海、武财神赵公明、文史真人尹喜、药王孙思邈、西周元勋姜子牙、汉初三杰之一张良、诗佛王维等，始终在"无山"和"不浅"中，永恒不灭，光耀我们前行的路。

在巨龙秦岭的荫庇下，秦王朝完成了中华统一的千秋霸业，并奠定了中国两千多年"以农为本"的基础，开创了中华农业文明的第一个高峰。

之后，从秦岭流淌出的河流浇灌了中国十三个封建王朝，如今，又承载着"南水北调"的使命，牵系着中国的未来。

伴随我"蜀道难，难于上青天"的车在路上行、人在画中游，古汉台的历史文化遗址、洋县的鸟类保护区、佛坪的大熊猫自然保护区、大型雕塑《华夏龙脉》等，秦岭主脉，桥梁隧道，美不胜收，让人忘我和不能自拔！

不觉间，秦岭，悠然化为万类竞发的世外桃源，一条被尊为华夏文明的龙正在同山脉冉冉升起，金光闪闪。五彩斑斓的身影，"乘天地之正，御六气之辩"飞上天空，以游无穷……

美哉，秦岭！壮哉，秦岭！

大化我精气神，美哉我炎黄子孙。

育我中华

母爱如山，中华之根。始祖华胥，履巨人迹。太昊女娲，缔造子孙。龙飞凤舞，图腾传人。飞龙在天，壮哉秦岭。

当混沌的宇宙，在一片汪洋中慢慢变为人类的家园，《山海经》中"钟山，其子曰鼓，其状如人面而龙身……""白于山，……洛水出于其阳""昆仑，黄河、赤水、洋水、黑水……出焉，多怪鸟兽"的秦岭，就开始向我们走来。万年之后，秦岭的气候屏障和水源滋养，有了秦岭内外的风调雨顺，有了周、秦、汉、唐等朝代的绝代风华，有了中华民族引以为豪的古代文明。

秦岭，中华民族在你的沃土上孕育、发芽、破土、成长，中华文明在你的怀抱里受到呵护、关爱、滋养，已壮大，而今，古老的中国已成为世界民族之林的参天大树，成为世界四大文明古国中保存最完整的典范。

《道德经》云："道生一、一生二、二生三，三生万物。"《易经》云："有天地，然后有万物；有万物，然后有男女；有男女，然后有夫妻；有夫妻、然后有父子。"之后，子子孙孙，代代相传，这是老子、孔子对人类社会初始、发展的概括。为此，《说文》中"娲，古之神女，化万物者也"，《风俗通义》中"天地开辟，未有人类，女娲抟黄土作人"，《史记》《风俗通义》《春秋世谱》中的"女娲与伏羲兄妹并成婚而生子"，"后，其子再生炎、黄二帝"，都用神话和儒道哲学描绘出鸿蒙时代中华民族繁衍的初始状态。

这些神话和史料，一定程度透视出盘古开天辟地后，秦岭孕育炎黄子孙并代代相传，生生不息，直到今天的中华民族成长之大美。

据记载，距今约8000—5000年前的燧人氏时代，今秦岭骊山脚下的蓝田县，有一个华胥族部落。首领是母系社会的华胥氏。一天，美丽的华胥氏在"雷泽"踩了一个巨人的脚印而怀孕。12年后，华胥氏生下"龙身人首"的哥哥伏羲和妹妹女娲。后来，洪水吞没了华胥部落在内的整个人类。唯有伏羲和妹妹女娲活了下来。

上个世纪八十年代中期，陕西考古工作者对蓝田县举行文物普查，发现新石器时代的遗址300多处。仰韶文化和龙山文化的遗存随处可见。传说中的华胥氏族，就在如今的华胥镇。不少村落一定程度还保留着氏族部落的印记。还发现了华胥氏在"雷泽"踩巨人脚印的"雷庄"，以及华胥沟、华胥窑、伏羲画卦台、女娲谷等历史遗址。

据《蓝田县志》载，"蓝田县有华胥陵，称三皇故居"。在宋家村南塬，有一座古庙，名为"三皇庙"，石碑上刻有"古华胥伏羲肇娠地"字样。"三皇"，即羲母华胥氏、太昊伏羲、人文始祖女娲。

考古资料显示，蓝田境内发现的蓝田猿人，是整个北半球最早的直立人。中华民族的始祖母华胥氏，乃华夏之根、民族之母，是全球华人的祖根所在。从华胥到华夏、华夏到中华，是中华文化的寻根表达。

古人语，人文，化成。清人龚自珍把文明概括为"始于饮食，中乎制作，终于阐性与天道"的三个层次。正是如此，伏羲成为"龙的传人"。

在巨龙秦岭里，"人面蛇身"的伏羲，仰观天、俯察地，作八卦、通神明，使人们明白了东南西北中，日出日落；教人织网、以猎以渔，使人类从原始的狩猎状态发展到农耕阶段；确定了婚嫁制度，创造了历法，发明了乐器，教会了人们制作熟食，让人们结束了"茹毛饮血"、身披树叶的原始生活。

一时间，伏羲的文明生活沿渭水开始传播，吸引了部落间的兼并和迁徙。渐渐地，形成了以炎黄部落为核心、以伏羲文化为根本的华夏民族。

据记载，太昊伏羲统领九大部落，这是中国分九州的历史渊源。结盟前，九个部落各有其图腾，如蟒蛇、老虎、狮子、鳄鱼等。"人面蛇身"的伏羲本部，图腾是蟒蛇。结盟后，大家就以蟒蛇图案为主，吸收其他部落图案的特点，创造出了部落联盟的新图腾——龙！

就此，"龙"就成为远古华夏部落联盟和团结的象征。之后，"龙"逐渐走出秦岭、中原，日渐成为中华民族的象征。伏羲，也成为全世界华人的始祖。

据资料显示，考古人员在距今7150余年前的秦岭脚下的宝鸡北首岭遗址，发现了彩陶上绘有龙纹的陶瓶。这也进一步证实了历史传说并非空穴来风。

稍后，凤鸟，成为中国东方的另一图腾符号。据《山海经》

载，"在秦岭西南三百里，有女床山……，山里有种鸟，长着色彩斑斓的羽毛，名字叫鸾鸟。这鸟一出现，天下就会太平"，"再往西一百八十里，有泰器山，山里有鸾鸟，鱼身鸟翅，白色脑袋，红嘴巴，一出现，天下就五谷丰登"，"人面鸟神，践两赤蛇"……

三国时魏人张揖著《广雅》说，此鸟是凤凰。《尚书》记载，黄帝时代，鸾鸟曾来朝仪。而且，古人把鸾鸟比喻为神鸟。

龙飞凤舞，有凤来仪……这些古语，都透视出中华民族的精神追求和文化标识。这样，"三皇"中的"人皇"女娲，便跃然而出。于是，中国人的礼仪崇拜，从旧石器的渔猎到新石器的农耕，从母系到父系到同姓到同族，再到部落到部族联盟中，形成了性别心理的闭合，形成了强大的性别认同、文化认同、部族认同、民族认同、国家认同。

因而，女娲成为传说的中华人类始祖。

据传说，洪水过后，人类被吞没了。只剩下伏羲和女娲。为了不使人类灭绝，作为龙的传人，他俩成了开启华夏民族香火的东方"亚当"和"夏娃"。

但是，兄妹结婚毕竟难以接受。于是，他俩想"听天由命"，打个赌。他们分别推了一个磨盘，爬上昆仑山的南、北两山，然后，就势滚下。如果两个磨盘合在一起，就说明"天意难违"！

结果，两个磨盘果然合在了一起。于是，他俩"奉天承命"结为夫妻，为中华民族传宗接代。

就有了，龙凤呈祥。女娲抟土造人。

从此，女娲成为中华民族共同的人文始祖，中华民族伟大的母亲。因而有了《山海经》中"女娲肉身死后，她的肠化作十个神人……女娲灵魂升天后去了天宫，成为天神"的典故，颂扬女娲的功绩。

《周易》云"九五，飞龙在天，利见大人"，诠释出，九五，飞龙在天空自由飞翔，此时，有利于出现有道德并居于高位的人。所以，从此，龙，长了鸾鸟凤凰的翅膀，成了东方"亚当"伏羲的"人面蛇神"和"夏娃"女娲的"人面鸟神，践两赤蛇"的"飞龙在天"的融合体。

这条龙，不分男女，不分民族，不分地域，成了中华民族大家庭团结的象征，成了中华民族新的图腾。至今，绵延不绝。

站在秦岭太白山俯瞰，茫茫秦岭云蒸霞蔚、气象万千。东部河南嵩山一脉的"浮戏山"（伏羲山），向东西绵延，直到青藏高原、黄河、昆仑。

在伏羲山的主峰五指岭上，忽然见伏羲正在此教民蚕丝、创画八卦……再眺望，不远处的洛河与黄河交汇处，有"河图""洛书"浮出水面……

往东，陕西安康平利西北的"女娲山"上，见女娲正在炼石补天、抟泥成人……再往东，是绵延不绝的巴山、岷山……

就这样，人、山、神，秦岭、民族、中华，融为一体！你看，山、海、江，大地、星空、宇宙，好一座扼南北、携东西、沃中华，插上翅膀腾飞的秦岭！

壮哉秦岭！正把美丽中国从古老"飞龙在天"的中华，引向更加美丽无尽的远方……

华夏脊梁

浩瀚山海，巍巍秦岭。神化生命，圣化人格。父爱如山，仁者大成。目视云霄，上穷无极。高山仰止，景行行止。

人者，天地之心也！根脉垂成中，龙的传人伏羲和女娲，把大写的人字交给了自己的子孙——炎、黄二帝。从此，华夏古人类从发生到发展的百万年文明画卷，便浩浩荡荡地展开。

诚者，天之道。诚之者，人之道。道不远人。俗话说"惟天地万物父母，惟人万物之灵"。人能弘道。炎、黄二帝，与"天地合其德，日月合其明，四时合其序，鬼神合其吉凶"，在"天有其时，地有其财，人有其治"中，居秦岭，诚其心、顺其时、合其德、行其义，在"天人合一"中，类万物之情，与天地参，百折不挠，化育万物，越挫越勇，永不言败，仰之弥高，钻之弥坚，挺起了部落联盟大仁大德之脊梁。

关山重重，云水漫漫。大山，构成了每个人的生命底色。大山之德，仁义为本。炎、黄二帝，秉承"仁义之德"，从秦岭脚下的渭水之滨，走向了中原，跨过黄河、长江，走向了华北、漠北，走向了九州大地；使"仁义之德"，渐进成为华夏民族坚强而永恒的民族魂魄。

泛爱众，亲亲为大。仁者爱人，是儒家提倡的中华传统美德。炎、黄二帝身上，集中体现出这一品格。

《国语》载："昔少典娶于有蟜氏，生炎帝、黄帝。炎帝以姜水成，黄帝以姬水成。成而异德，故黄帝为姬，炎帝为姜。"

炎帝，是关中西部地区的农耕部落首领。一开始，活动在渭河流域的姜水附近。姜水是岐水的一段。今天，陕西宝鸡地区有姜城堡、清江河、神农庙等遗迹。当时，其母是姜水一带的首领。炎帝成人后，继承了首领之位。这样，这个氏族也完成了从母系氏族向父系氏族的过渡。

《帝王世家》云："神农氏，姜姓也。"炎帝继承首领后，自然界的食物已不够吃了。为了活命、让更多的人活命，炎帝在前人的基础上改进了灶，充分利用火的技术使熟食广泛化。火，让氏族的人丁兴旺，大大提升了氏族的繁荣。为此，久而久之，大家都忘记了他的姓氏，把他叫"炎"帝。与此同时，炎帝还教会人们种植五谷，教人耕田，利用太阳的光照耀，使五谷丰登，万民安乐，让人们从此衣食无忧。使原始社会，由采集狩猎进步到农耕时代。为歌颂其功德，尊称为"神农氏"。因此，宝鸡就成了我国原始农业的发源地之一。后来，炎帝的部落沿着渭水向东逐渐迁徙。

部落氏族以游牧生活为主的黄帝，与炎帝同然，以秦岭脚下的陕西关中和甘肃天水为轴心，制定历法、创造文字、染五色衣服等，把自己的部落不断发展壮大。

修己，以安百姓。据《帝王世纪》载，有蟜氏族叫附宝的姑娘嫁给了少典氏族的首领，怀孕二十五个月后生下一子。此子，一出生就会说话。年幼时思维敏捷，稍大一些纯朴勤勉，成年后明辨是非。此子姓公孙，长在姬水边，改姓姬。生于轩辕丘，轩辕有土德祥瑞，因此号为黄帝。

最初，以少典氏族为核心的黄帝部落，以游牧为生。那时，正处在神农氏衰落的时代。诸侯之间相互攻伐，残害百姓。于是，轩辕在"己所不欲，勿施于人""达己者达人"中，顺应天地四时的规律，推测阴阳气候变化，论说生死的道理，分析存亡的原因。按时节栽种谷物和草木，驯化鸟兽和昆虫，包罗日月星辰，泽及土石金玉，劳烦身心耳目，节约各种器物。与此同时，测量土地，开山通路，从东面到大海，登上丸山，一直到泰山；西面到崆峒山，登上鸡头山；南面到长江，登上熊山、湘山；北面驱逐荤粥，来到釜山与诸侯合验符契，后来在涿鹿山坳处创建了都邑，使部落发展壮大，百姓安定。

仁者勇，舍生而取义。俗话说，君子喻于义。随着社会生产力的逐步发展，部落之间的争夺、兼并时有发生。但是，已经形成的部落联盟是神圣不可侵犯的。《五帝本纪》云："蚩尤作乱，不用帝命，于是黄帝乃征师诸侯，与蚩尤战于涿鹿之野。"

据载，当时处于原始社会的中晚期，逐渐形成了华夏、东夷、苗蛮三大集团。其中华夏集团以黄帝、炎帝两大部族为核心。有81个氏族的九黎诸部落，在蚩尤率领下西向进入华夏集团的豫中地区。那里，居住的是炎帝。蚩尤的部落联盟武器精良、"铜头铁额"、勇猛善战，所向披靡，炎帝部落无法抵挡、节节败退，居地全失。蚩尤占据了炎帝族居住的"九隅"，即"九州"。炎帝迁回到黄帝的涿鹿地区。蚩尤尾随而来。炎帝向黄帝求救。于是，华夏集团与东夷集团之间的一场武装冲突、著名的"涿鹿之战"在这种历史背景下，不可避免地爆发了。

这场距今4600余年的"战争"，由黄帝部族联合炎帝部族，与东夷集团中的蚩尤部族，在今河北省涿县一带展开，对于古代华夏族由野蛮时代向文明时代转变产生了重大影响。

涿鹿之战，既是部族之间的一场大规模战争，又是炎黄二帝站在道义的制高点，以弱胜强的战争典范。之后，黄帝趁势收复了中原，使华夏族各部落实现了团结统一。史书称，涿鹿之战是中华民族在发展时期兴亡绝续之大事。奠定了华夏集团在中原地区的基础，进一步促进了各氏族部落间的融合。从此，黄帝成为华夏民族的共同祖先、华夏民族的脊梁。

战争后，方圆数千里慑于黄帝威严，各宗族安分守己，不敢轻易发动战争，使得中原及其四方趋于安定。活动地域的相对固定，使生产力也获得了前所未有的发展，华夏进入了一个新的历史时期。特别是对现代的汉族来说，则更具有开天辟地的意义。随着黄帝对周围部族影响的扩大，华夏族在其他氏族中的影响也随之增大。久而久之，周围许多氏族不是归顺华夏族，就是被华夏族同化。在华夏族日益发展扩大的同时，其人口也不断增多，这就是汉族人口众多的重要渊源。

诚其意，格物致知。炎、黄二帝，用铮铮铁骨打造出的华夏部落脊梁，用人格塑造出的华夏部落联盟精神，创造出的华夏民族大一统格局，是中华民族的前身，是世世代代炎黄子孙、中华儿女高山仰止的人格之"德风"，更是中国早期社会的文明雏形。

《史记》载："黄帝行德，天天为之起。"黄帝以前虽为神农氏统治，神农氏之末，出现了"诸侯相侵伐，暴虐百姓，而神农氏弗能征"的政治乱象，于是"轩辕乃习用干戈，以征不享"，最终通过阪泉之战与涿鹿之战，击败了两个重要对手——炎帝与蚩尤，代神农氏而立："诸侯咸尊轩辕为天子，代神农氏，是为黄帝。"

就是说，黄帝在格物致知中，"修其德，依于仁，游于艺"。与此同时，炎帝也在"心正而意诚，修身而后齐家治国"中，国是滋大。所以，炎帝的"先主后臣，先大后小"都是为部落、民族的发展，没有个人的恩怨。黄帝同然。因而，这对同胞兄弟，从秦岭走来的帝王，胸怀大志，为民族的发展"诚其意"，共同缔造出大美的华夏民族。

斯人已去，精神永恒。一生为民的炎帝，鞠躬尽瘁，死而后已。一百四十岁时，因误尝"火焰子"（断肠草）而捐躯。后世的炎黄子孙们，只能在秦岭脚下的常羊山上，永远永远地惦记和怀念。

百岁黄帝，也在又一十八年后，乘龙归西了。中华民族儿女们，不断从四海归来，在黄陵县"世界柏树之父"下，缅怀当初由黄帝亲手种下的这棵常青树。见树，如见黄帝，在永恒思念中，无尽地表达着炎黄儿女的敬仰情怀，久久地，久久地……

沃土德厚

天泽惠秦岭，沃土藏厚德。山川河流美，衍化有精进。巍巍成屏障，尧舜禹独兴。

漫步在秦岭的山川河流，总是让人慎终追远，情不自禁地生发出我是谁？我从哪里来？要到哪里去？……一连串的诘问！

是呀，古老、文明的中华大地，其文明、进步又来自何方呢？

人类，从"茹毛饮血"到"直立之兽"，再到"演化为人"，就开始了历史，有了文化。

深入到秦岭的山山水水、沟沟坎坎、一草一木、一寸一土，去领略、去感悟、去欣赏，你会自然而然走入"巨人"的脏腑，体会到这片古老土地积淀、蕴含、生发出的中华文化特质和气节，以及绵延至今的精神气象。

大自然和自然规律，是万事万物之本。人者，天地之心，与天地配。人，从动物中分离出来，就担负着与自然和社会适应、生存、改造的使命。与此同时，人作为自然的一分子，又是社会的一分子，理应遵循自然规律，正如《管子》所言不能"上逆天道，下绝地理"。同时，又担负着征服自然、改造自然，推进社会进步的使命。所以，一个民族的文化特质，不是上天赋予的，也不是谁想象出来的，而是一方水土，养一方人，居住其中的百姓，在长期社会实践中，创造、积淀的结果。秦岭，上得天之恩泽，下发先民精进，使这片土地充满了生生不息的文化原动力。让先民们把最初的中国文明传播于世，并不断打造出灿烂悠久、绝世而独立的中华文明。

中华文化的繁衍，受其地理、气候等环境的不同的影响，有南北之别、东西之异。尤其因地势的西高东低，山地、高原、丘陵约占三分之二，盆地和平原约占三分之一，又分出寒带民族、温带民族、热带民族。中国大部分地区处于温带、亚温带。"自然之富，物产之丰"的温带，便成为文明的发祥地和繁盛之地。所以，历史的舞台，就成为温带气候区域的温床。也是中华文明滋生发展的先决条件。

"三千里大秦岭，五千年中华史"。作为中国中央地带山脉的秦岭，正是温带与亚热带气候的重要分界线，是中华民族持续而深刻社会变革的大舞台。

距今6亿年前的古生代，地球上出现了水母、珊瑚虫等软体动物。经过几百万年的进化，海洋出现了鱼类。距今3.6亿年前，两栖动物登上陆地，地球上有了爬行动物；中生代的石炭纪的3.45亿年前，出现了植物界的"活化石"银杏。2.15亿年前，恐龙出现，地球上的物种开始丰富。2.05亿年前，恐龙成了大地的主人，世界成了恐龙的世界；直到6500万年前，恐龙消失，生物进化进入新生代。通过更新世和全新世的洪积世、冰川世，尤其以气候转暖为标志，约1.17万年前至今，大多数动植物进化到现今的水平。人类的出现，是更新世的显著标志。

秦岭，比生物出现得晚。褶皱断层山地的秦岭，北部在4亿年前上升为陆地，遭受剥蚀；南部淹于海水之下，接受了古生代时期的沉积。距今3.75亿年的加里东运动，让秦岭南部隆起，露出海面。2.3亿年前晚古生代的海西运动，又使秦岭北部崛起上升，至三叠纪时，因距今1.95亿年的印支运动的影响，秦岭与海完全隔绝，雄伟的巨龙身姿基本成形。

进入中生代以后，秦岭林区以剥蚀为主，是周围低洼地区的供给地。距今约8千万年前的燕山运动，秦岭形成以断块活动为主的南、北褶皱带构架，后，秦岭又在喜马拉雅山运动的改造下，经大幅度的块断式垂直升降，形成现今的格局。

作为掀升的地块，北麓为一条大断层崖，气势雄伟。山脉主脊偏于北侧，北坡短而陡峭，河流深切，形成许多峡谷，通称秦岭"七十二峪"；南坡长而和缓，有许多条近于东西向的山岭和盆地。

夏季，湿润的海洋气流不易深入西北，使北方气候干燥；冬季，阻滞寒潮南侵，使汉中盆地、四川盆地少受冷空气侵袭。

秦岭以南河流不冻，植被以常绿阔叶林为主，土壤多酸性。

秦岭以北为著名的黄土高原，1月平均气温在0℃以下，河流冻结，植物以落叶阔叶树为主，土壤富钙质。

秦岭的山地、白龙江流域，保存着连片的森林，并有珍贵的动物、植物休养生息。

温和的气候、充沛的雨量、纵横的河流、茂密的森林，秦岭，自古就是人类理想的生存地。

史载，出现人类后，距今300万至1万年前，进入旧石器时代，秦岭地带就有了蓝田人、龙岗寺人、洛南人等身影；距今1万年前至2000年前人类进入新石器时代，秦岭就有了原始农业、畜牧业、手工业等行业的西安半坡、宝鸡北首岭、南郑龙岗寺等遗址。新石器晚期，大地湾的仰韶文化沿秦岭北麓向西发展，到达甘肃临洮的马家窑村，形成马家窑文化。

因而，自黄帝之后，秦岭脚下又先后出现了三位部落联盟首领尧、舜、禹，把文明薪火代代相传。

尧，又称陶唐氏。发祥地在今山西汾河流域的运城和临汾（古称河东地区）。山西临汾市南的伊村有"帝尧茅茨土阶"碑，尧庙村有尧庙，临汾县有尧陵、神居洞。史载，他"茅茨不剪，采椽不斫，粝粢之食，藜藿之羹，冬日裘，夏日葛衣"。就是说他，住的是用没有修剪过的茅草芦苇、没有刨光过的橡子盖起来的简陋房子，吃的是粗粮，喝的是野菜汤，冬天披块鹿皮，夏天穿件粗麻衣。

舜，又称有虞氏。出生在姚墟，姓姚。传说目有双瞳，而取名"重华"。号有虞氏，故称虞舜。担任部落联合体首领后，都蒲坂（今山西运城的永济），看来他的活动中心在山西的西南部。生前，禅位于禹。

大禹，姒姓夏后氏，名文命，字高密，号禹，后世尊称大禹，夏后氏首领。

人类，非团结不能生存。尤其面对瞬息万变的自然灾害，唯有团结才能战胜。社会发展到一定程度，人类团结的方法，就从血缘相近的氏族、部落，向血缘相异的部族、部族联盟发展。进而，向国家层面迈进。由此，夏朝开启了中华民族从部落联盟，迈入封建社会的政权体制。

太史公说："昔三代之居，皆在河、洛之间。""三代"，即夏、商、周。河，即黄河；洛，即洛水。

史载，夏为公元前2070年，夏与商的分界是公元前1600年，商与周的分界是公元前1046年，直到公元前221年，秦灭六国而统一中国，在两千多年间，中华民族的文明薪火，一直在秦岭脚下的长安与洛阳之间展开。

巍巍山体，自然成为南侧的天然屏障，使北麓的诸多山口形成潼关、函谷关、武关等一批关隘要津，使关中地区成为"被山带河，四塞以为固"的无与伦比的人居环境。

巨大的天然水库，构成了"八水绕长安"的渭河、沣河、涝河、浐河、灞河等，滋养着关中的肥田沃土。

连绵的群山、众多的山谷，天然形成了潼关道、函谷道、武关道、子午道、褒斜道、陈仓道等长安与南方及东南各地的通道，使长安成为全国交通的中心。

弹指一挥间，秦岭的山、水、地，花、草、树，风、云、雨……一切的一切，都焕发出无与伦比的灿烂与悠久，让人流连忘返。

文明薪火

三代起河洛，文明出中国。薪火融五方，戎夷变华夏。礼仪响四海，文明大中华。

远古，在中华大地文明如满天星斗、竞相闪亮中，秦岭，作为文明的总引领者，脱颖而出，成为更为成熟的文明标志。

公元前2070年，黄河泛滥，大禹作为黄帝的后代，与父鲧受命于尧、舜二帝，任崇伯和夏伯，负责治水。禹率领民众，"三过家门而不入"，治水十三年，最终获得了胜利，受到民众拥戴。之后召集夏和夷的部落首领会于涂山，建都阳翟（河南禹州市）。这样，中国历史上第一个世袭制、"家天下"的政权夏朝，在秦岭脚下诞生了。据《尚书·禹贡》载，大禹治水，把"天下"分为九州，于是九州就成了古代汉地的代名词。因此，"九州方圆"，即指"中国这块地方"。亦即地大物博、气势磅礴之景象。夏朝共传13世，17后（夏统治者在位称"后"，去世后称"帝"），历时约400年。亡国时间，约在公元前1600年。定都阳城（河南登封市）。

史载，禹本来传位于伯益，但伯益却让位给禹的儿子启，这段历史被看作是中国历史上"家天下"的开始。从夏朝的建立开始，夏的十一支姒姓部落与夏后氏中央王室在血缘上有宗法关系，政治上有分封关系，经济上有贡赋关系，大致构成夏王朝的核心领土范围。夏时期的文物中有一定数量的青铜和玉制的礼器，年代约在新石器时代晚期、青铜时代初期。

夏朝疆域西起河南省西部、山西省南部，东至河南省、山东省和河北省三省交界处，南达湖北省北部，北及河北省南部。这个区域的地理中心是今河南偃师、登封、新密、禹州一带。

约公元前1600年，商国君主商汤，率方国于鸣条之战灭夏，后，便以"商"为国号，在亳建立商朝。是中国历史上第二个朝代，也称殷商。是中国第一个有文字记载的王朝。商朝经历了"先商""早商""晚商"三个阶段，传17世31王，延续500余年。至公元前1046年灭亡。

《史记》记述，夏的亡国之君桀，可"手搏豺狼，足追四马"，其性残暴。与此同时，其太祖孔甲"好方鬼神，事淫乱"，让方国部落与夏室的关系恶化。另，桀在位期间，贪图女色，常常从讨伐那些不顺从的部落中，挑出钟爱的女子带回宫幸临。其中，喜氏的妃子妹喜，早已与伊尹结好。桀却在洛把她夺走。愤怒中，伊尹投奔了商汤。为夏最终亡国埋下了祸根。

约公元前1600年，商部族首领汤，率领着方国部落讨伐桀。灭了亲夏部族韦、顾、昆吾后，在有戎之虚与桀开战。汤的势力大，桀抵挡不过，边逃边战，逃至鸣条（今山西安邑）。汤追之，又在鸣条展开大战。桀再次被击败。夏室覆灭。商汤在亳称"王"。

公元前1046年，周武王灭商，建国号为周，史称西周。定都于镐（陕西长安沣河以东）。武王建立全国政权后，采纳商朝旧臣箕子建议，完善宗法制度，实行分封制，把全国分成若干诸侯国，封给姬姓亲属、有功之臣和先朝贵族。周成王亲政后，营造新都成周（河南洛阳），宅兹中国，大封诸侯，还命周公东征，制礼作乐，加强了西周王朝的统治。从周武王灭商到幽王亡国，西周共传十二王十一代。

周成王、周康王统治期间，社会安定、百姓和睦，史称"成康之治"。周懿王继位后政治日趋腐败，国势不断衰落，由于西戎屡次进攻，被迫将都城迁犬丘（陕西兴平东南）。周厉王前后，私有土地日益发展，公元前841年的国人暴动预示着奴隶制危机的到来，王权从此衰落。周宣王"不籍千亩"，标志着井田制在王畿内的崩溃。

西周，是中国奴隶社会的鼎盛时期，社会生产力比之商代更加提高，农业繁盛，文化也进一步发展。宗法制和井田制是当时最基本的社会政治制度和经济制度。周王朝强盛时，势力所及，南过长江，东北至今辽宁省，西至今甘肃省，东到今山东省。

公元前782年，在位46年的周宣王驾崩，其子姬宫湦继位，为周幽王。幽王继位后，吃喝玩乐、昏庸无道。宫廷里嫔妃成群，还要在各地挑选美女。此时，褒姒入宫。身为秦岭南麓褒国（今陕西汉中汉台区）人的褒姒，对周幽王十分冷淡，幽王为博美人一笑，不惜重金并向全国征求建议，得奸佞之臣虢石父的献言，"烽火戏诸侯"。公元前771年，幽王被犬戎和申侯杀死，国都镐京变成一片废墟。

次年（前770），至公元前256年，周平王东迁洛邑，建立东周王朝。东周共传25王，历时515年。这一时期，中国社会制度剧烈转变。

西周时期，周天子保持着天下共主的威权。周平王东迁以后，周室只保有天下共主的名义，已无实际控制能力。140多个诸侯国之间，互相攻伐、兼并。这种情况下，强大的诸侯便自居霸主，中原诸侯被四夷侵扰，各诸侯国只是打着"尊王攘夷"的口号团结自卫。

因而，东周出现了公元前770年到公元前476年，诸侯群雄纷争，齐桓公、晋文公、宋襄公、秦穆公、楚庄王相继称霸，史称春秋五霸（另一说认为春秋五霸是齐桓公、晋文公、楚庄王、吴王阖闾、越王勾践）的春秋时代。此时，百家争鸣，人才辈出，学术风气活跃。

战国时期简称战国，指公元前475年到公元前221年，是中国历史上东周后期至秦统一中原前，各国混战不休，故被后世称之为"战国"。

春秋和战国的分水岭，是韩、赵、魏三家灭掉智氏，瓜分晋国。公元前453年，韩、赵、魏三家分晋后，进入了各诸侯相互征伐的战国时代。这是中国历史上一段大分裂时期。战国后期（前256），东周为秦国所灭。

尧舜禹、夏商周，都城皆在秦岭脚下的长安—洛阳间。而且，由此传播出的华夏文明，使这片土地成为中华文明的原生地，成为中华文明的摇篮。

尧舜的前辈是黄帝。黄帝在秦岭。黄帝从昆仑山来到"华山之东，秦山之端的荆山"秦岭，南倚荆山、北抵黄河，在潼关与函谷关地带的中华枢纽地段，在万邦林立的时代，"治百姓之性命，铸鼎以兹原，鼎成而得神帝之道！"正如后世李白有诗云："黄帝铸鼎于荆山，炼丹砂；丹砂成黄金。骑龙飞上太清家，云愁海思令人嗟。"

中华民族的发展，从游猎到游牧再到氏族，从氏族到部落再到部落联盟，最后而封建，经历了邦国、方国、王国、帝国四个发展时期。这时期的国，实为邦国。是氏族部落封地的都城，是诸侯的住所。这时，诸侯要拿出一部分土地来分封，诸侯只收贡，不能收税赋。诸侯其余的地，可以传子孙。因而，"社稷"，实为"邦"。社，是土神；稷，是谷神，是居住在同一地的人共同崇奉的神。之后，又表示疆界。邦国的首领，就是氏族的族长。

禹的前辈是尧舜。因而，尧舜的禅让，即"在祖宗面前大力推荐"，"让出帝位"。如伊祁姓的尧，让位给姚姓的舜；舜，让位给姒姓的禹，是对正统王位继承制的模拟，是上古政治舞台上部族政治角力的结果，是时代进入到"方国"，让各大部族的代表人物有机会分享最高权力的社会进步。

《礼记·王制》云："中国、夷、蛮、戎、狄，皆有安居、和味宜服，利用备器。五方之民，言语不通，嗜欲不同。"这是温暖湿润、山河纵横的秦岭产生的农业经济、宗法社会与寒冷、干燥的草原、大漠中成长起来的游牧经济、部落社会之间的对比。

实则是把农耕文明与游牧的"戎夷"进行的划分，也是文化异同之区别。

这，也概括出五方杂处的秦岭，在夏商周中，让中华文明响彻四方，把中华文明逐步推向了大统一、大和谐、大繁荣的景象。

智慧之光

六经之源，群圣之祖。卦画光天，道开前古。文王演绎，周公创爻。达于宇宙，穷尽天理。千秋万代，妙哉美哉。

学术思想，是一个民族的灵魂。中国是一个学术发达的国家。几千年来，门类众多，各术其精。

神秘莫测的秦岭，必然孕育出无尽的智慧。无尽的智慧之光，闪烁出的八卦"通天彻地"，是古老中华最早揭示出文明古国神秘密码的智慧星斗。

相传，伏羲在黄河中得"河图"，在太白山上，览物性，穷天理，悉人事，洞察出宇宙万物之规律而创画八卦。大禹时，洛河中浮出神龟背驮"洛书"，献大禹。禹依此治水并划天下为九州，定九章大法而治理社会，名曰《洪范》。

《易·系辞》云："河出图，洛出书，圣人则之。""古者包牺氏之王天下，仰则观象于天，俯则观法于地；观鸟兽之文与地之宜，近取诸身，远取诸物，于是始作八卦，以通神明之德，以类万物之情。"

八卦，是"圣人"伏羲降生后，完成的一部至今都无法完全破解的"天书",是中国学术思想之根之本之大成,也是人类有别于其他动物的显著标志,更是中国古老文化的深奥概念化,是一套用三组阴爻、阳爻组成的哲学符号,即:太极生两仪,两仪生四象,四象生八卦,解释自然和社会现象的方法。

在古人的心中,天地、男女、昼夜、炎凉、上下、胜负等等,生活中的一切现象都体现着普遍的、相互对立的矛盾。按照这种直观的观察,可以把宇宙的万端变化、复杂的万事万物分为阴、阳两类。用阴、阳两类的符号,即:阴为"- -",阳为"—",象征各类相互独立的种种事物、现象,其实是最早的文字表述符号。

在此基础上,古人以阴、阳符号为"爻",每三爻叠成一卦,出现了"八卦"。与此同时,又拿自然界八种基本物质为参照,即:天、地、风、雷、水、火、山、泽,进行比对而得出事物的规律。

在"阴阳五行"中,推演世界、空间、时间等各类事物的关系。每一卦形,代表一定的事物。乾,代表天;坤,代表地;巽,代表风;震,代表雷;坎,代表水;离,代表火;艮,代表山;兑,代表泽。

八卦成列,象在其中;因而重之,爻在其中;刚柔相推,变在其中;系辞焉而命之,动在其中。八卦成列的基础是易象,重卦的基础则在于爻变,"爻在其中矣"便是易道周流的内在动因。

八卦,就像八只无限无形的大口袋,装进了宇宙的万事万物。八卦,又互相搭配,变成六十四卦,用来象征各种自然现象和人事现象。八卦在中医里,指围绕掌心周围八个部位的总称,是早期中国哲学思想的智慧结晶。除了中医、占卜、风水之外,八卦还涉及武术、音乐、数学等方面。先天八卦图通常与太极图搭配出现。太极和无极，代表中国儒道哲学的终极之"道"。

司马迁《报任安书》云："盖文王拘而演《周易》。"

伏羲得河图而创八卦，文王拘而演周易、推天变，得姜子牙辅助，兴大周八百年基业。

殷末，《周易》是人们用来占卜算卦的方法，并不是一本书，更不是我们今天看到的卦爻辞，更没有被后世易学家们称为《象传》《系辞》《象传》等《易传》"十翼"的内容，只是蕴含数理逻辑的卦画。这是古人高超的思想智慧到达巅峰的前奏。

据载，《易经》的发展，古人经历了三个阶段，即：阴阳概念的产生、八卦的创立，最后，是其卦、爻辞的撰成。此时，刚刚到了集大成的卦、爻辞撰成的最后关口。这时，文王出现了。这项大任，落在了文王的身上。

太史公在《史记》中说"文王拘而演《周易》"，可以说，对集大成的中国智慧第一奇书《周易》，文王功不可没。但是，后世人们在解读太史公的表述中读到，文王只是"演绎者"。因为文王不是六十四卦的发明人。与此同时，在古代，"演"，即为"演绎""演算"。是"演绎"，说明文王在推演六十四卦的变化形式；是"演算"，可能文王在推算六十四卦的意义。所以，汉以后的学者认为，文王是卦辞的推演者。爻辞，可能是周公所创。

据《周礼》载："上古太卜掌三易之法：一曰《连山》，以艮为首；二曰《归藏》，以坤为首；三曰《周易》，以乾为首。"这是古人用三种方法，认识世界和人生，其要领都是由六十四卦组成。

"易"，有三说，即：简易、变易、不易。变易与不易是事物的对立面，简易存在于变易和不易中，是事物变化的推理体系。"周"，有几种意思，即：一是周代；二是事物的循环往复；三是周知万物；四是周密。在《周礼》的"三易之法"中，《周易》只是其中的一种。因而，《周易》应为事物循环往复的规律和破译方法。

《易传》云："一阴一阳，之为道。"老子说："道生一，一生二，二生三，三生万物。"《周易》就是把阴阳两种属性的分析、解释，来破解天、地、人的生存逻辑和发展变化，预言吉、凶、祸、福，达到避凶趋吉、劝善惩恶，推动社会发展。

《周易》，是卦、传、图、文一体，象、数、理、气俱全，是一部智慧心法，是"八卦"卦形符号与语言文字有机结合的一部特殊的哲学著作。可以说，既是哲学，又是科学；既是理学，也是数学，是祖先在天人合一境界中认知自然的结晶，是对天地人万物规律的演绎，是一部蕴藏着甚深科学智慧的经典大书。当代哲学家冯友兰认为，周易是宇宙的代数学。

史载，文王和周公将"八卦"中的易象隐晦、暗示的符号，发展为文学表达的形象；用人们日常生活中司空见惯的物象表述卦、爻辞，使卦形、爻形的内涵更为生动、鲜明、具体；将每卦的卦辞，与六爻的爻辞中的变化规律、事物之间的内在联系、蕴含的哲理进行表述。使六十四卦相承相受，从六十四个角度展示出不同环境条件下事物变化的特征和规律。此时，《周易》经文全部创成，其独立的智慧之光已跃然而出，哲学思想也臻于成熟。

古老的《周易》，是中华文化的瑰宝，也是人类取之不尽、用之不竭的科学源泉！是古圣先贤经邦济世的法宝。

当时，弱小的西周，在与各邦国公认商为华夏共主的情况下，居于秦岭北麓一隅，既用《周易》宣传自己的革命，以正人心、改民心、得民意，与此同时，又按《周易》中的要领进行自我变革。

《周易》中所含的一元四素方法论，就是德和道。道德是诞生大慧大智的基础。缺乏道德的智识聪明是愚智。正如《道德经》云："同于德者，道亦德之；同于失者，道亦失之。"只要将心灵道德化，精神就能产生质变升华，慧识就能驰骋于万物之间和万物内外；以及《周易》中的"穷则变，变则通，通则达，达则久"等智慧，使西周如虎添翼。第一个法宝，就是用仁义树美德。这样，"周之兴，自此始"。一步一步地用"行者有资，居者有畜积"等仁政，与商纣的残暴形成鲜明对比。一时间，周人崇尚美德、仁义好施，得到了商朝很多士大夫、众多邦国和岐下百姓的拥戴。起到了"四两拨千斤"的事半功倍之效。同时，西周又善施战略、战术，先"翦商"再"灭商"，并运用心理战，制造了很多文王受"天命"的故事。之后，武王在孟津观兵并执"牛耳"组成讨殷联盟，几个回合，就把殷商六百年的基业摧毁，建立了八百年基业的大周王朝。

天行健，君子以自强不息。地势坤，君子以厚德载物。周人崛起于关中，建都于秦岭脚下的岐下、丰镐之间，创造出的皇皇之《周易》，乃我中华民族智慧之泉！是中华诸子百家之祖！长辉永耀于世界民族之林！

道出终南

"采菊东篱下，悠然见南山"，陶渊明笔下的南山，究竟在哪？一千个人，有一千种说法。但是诗中"结庐在人境，而无车马喧……此中有真意，欲辨已忘言"的个中滋味，相信大家都能悟出其中的指向：雄深秀美、云霞飘拂、华美奇幻、仙气氤氲的老子讲经、炼丹之地——终南山。

被称为"天下第一福地"，别名太一、太乙、太壹等至极至尊称号的终南山，美名之下是因为有老子皇皇五千言的《道德经》，始于终南山的楼观台。由此，中华民族两大哲学思想儒、道的诞生地，都与秦岭息息相关。

千古名著易，不朽名著难。穷宇宙之源、通万世之变，博大精深、浩瀚无垠，唯五千言《道德经》。其经，无一言及易，而又无不深合于易。这是《周易》发端、成熟于秦岭之功劳。后，其哲学方法，又升华出中华民族赖以生存、发展的思想和灵魂的儒、道哲学。尤其道家学说，直接在秦岭北麓的终南山发育成长，可谓"得道南山久，曾教四皓棋。闭门医病鹤，倒箧养神龟"。"医病鹤""养神龟"，唐代诗人于鹄的诗，一定程度表达出这座山的神奇和不凡。

道，本义为人走的道路。引申，诠释出原理、规律，万事万物之本源等意义。在先秦诸子中，以"道"为核心内容的学派称为"道家"。道家继承的是黄帝的"守柔"、老子的"无为"，尤其是老子定义的"有物混成，先天地生，寂兮寥兮，独立不成，周行而不殆，可以为天下母，吾不知其名，字之曰道"的"天道""无为"。因而，道作为万事万物运行的总本源、总规律，在"道生万物"（一生二，二生三，三生万物）中，必须"道法自然"。

要明白五千言《道德经》之理，应"以经解经，以子解子"。就是说，想知道《道德经》之奥妙，必以经观经、以老子观老子，方能知其大意。就是说，与著作为一，与作者为一，才能意通为一、理通为一。

史载，老子，姓李名耳，字聃，一字伯阳，或谥伯阳。相传，他一生下来头发和眉毛就是白色，所以称其为老子。春秋末期，楚苦县厉乡曲仁里（今河南鹿邑县太清宫镇）人，生卒年不详，寿二百余岁。《庄子》言："老聃死，秦失吊之。"是中国古代思想家、哲学家、文学家和史学家，是道家学派创始人，与庄子并称"老庄"，被道教尊为"太上老君"。唐朝，被追认为李姓始祖。近代，被列为世界文化名人，世界百位历史名人之一。

老子曾担任周朝守藏室之史，自羲黄以迄，三代之文物典籍，无所不涉；历代盛衰治乱存亡之道、强弱得失之理，无所不彻。故，集上古文化之大成，启万世之教化。

《阴符经》三百余字，《道德经》五千言，可概尽天地之秘要。"黄老"学说的道教，以黄帝为始祖、老子为太宗，并以老子五千言集大成《道德经》，为道家的开祖。但是，老子的所学，为"述古"之法，这是先秦时期学者的普遍做法。是"以圣人云"的

"述古" 之言。

黄帝为权谋家、纵横家、谋略家，诛蚩尤而开国，立正统而传世。所以，言黄帝思想的《阴符经》，是老子的"观天之道，行天之执"。老子是"托黄帝言所记"，实为记录的"史官"。因而，《史记》载，伊尹倾夏、吕尚倾商，多托之黄帝，得其权舆，一脉相承，都是黄帝道家思想的践行者。

《汉志》载，"道家书三十七家、九百九十三篇，属黄帝者七十八篇，也多是托黄帝之名追记而成"。这七十八篇，是否老子记述不得而知。但是史书中，多处谈到，如"武王问五常之诫，尚父告之黄帝之诫曰"；"乐毅学黄帝老子"；"韩非说，慎子之术，本黄老"；等等，说明"述古"为当时之法。所以，自汉以来，学者称"黄老之言容天下，尤于'帝王术'为然"。

春秋末年，天下大乱，老子欲弃官归隐，遂骑青牛西行。据载，约周敬王三十五年（前485），老子看到周王朝越来越衰败，就离开故土，准备出函谷关去四处云游。这时，把守函谷关的长官尹喜，听说老子来到函谷关，喜出望外。尹喜早年在西周做过大夫，善观天象。眼见周室衰微、时局动荡，便辞去大夫，到函谷关做了关令。因而，见老子东来，霞光满天，知是天降"神瑞"。于是，秦岭脚下的函谷关，就上演了一场惊天动地的"老子出关，紫气东来"的神话故事。

其实，当时尹喜不想让老子"神龙见首不见尾"地走了，所以对老子说："先生想出关可以，但是得留下一部著作。"

谁知，老子欣然应诺！这，可能是天意。也可能是老子与尹喜神交已久，心心相印。

几天后，老子交给尹喜一篇五千言的传世著作《道德经》。核心是朴素的辩证法。在政治上，主张无为而治、不言之教。在权术上，讲究物极必反。在修身上，讲究虚心实腹、不与人争，成为道家性命双修的始祖。

之后，老子骑着大青牛走了。归隐修炼于秦岭一脉的河南洛阳景室山（现为"老君山）了……

后世有人认为，按"述而不作"的古例，《道德经》为函谷关长官尹喜，以老子口述所记，因而庄子把老子与尹喜并称为"古之博大真人"。西汉刘向著《列仙传》记载，老子与尹喜俱游流沙之西，化胡。

不管怎样，《道德经》在函谷关、如今的终南山楼观台，横空出世了！

天人合一

　　时间，从西周向东周迈进，从春秋向战国演绎。在诸子百家争鸣中，巍巍秦岭注视着这一变化。由此，老子在终南山楼观台上设坛讲学，"黄老"学说也变得越发具有生命力。

　　当时，随着物质文明的迅猛发展，在大量财富的洪浪滔天中，欲望与野心、穷奢与罪恶、权力与道德……并存，文明进步与道德沦丧成为人们普遍的思考。

　　殷商西周建立的"天道"观念，一直是社会的主流思想。用"天道"规范"人道"，被认为是宇宙之大经。春秋五霸，把政治秩序、社会等级等，全部打乱和颠倒了。

　　一时间，周室对天下的治理失控，诸侯争战，士大夫夺权……那种"天惟监下民"的人类监视者的"天道"安排"人道"，受到了颠覆性的质疑。因而，有孔子痛心的"礼崩乐坏"，呼吁"君君臣臣父父子子"伦常回归等，儒、墨、法、阴阳、名等诸家的争鸣。

　　这时，《周易》中"天地、地道、人道"并列的关系，急需有人能进一步说明其辩证关系。这也是春秋时代人们理性觉醒的关键时刻。

有教无类。孔子崇文武，法乾。乾之为物，以阳刚为性。思想的一毫米，就这样推倒重来。所以思想嬗变的当口，承羲黄的老子，法坤。坤之为物，以阴柔为性。因而，孔子的"天行健"，一味地"君子自强不息"，老子反推出"阳极则阴生"，"否极泰来"，"物极必反"的"厚德载物"。

因而，第一个说明人在自然界位置的老子哲学，出世了！

一句话，孔子得《周易》之神；老子得《周易》之髓。老子察《周易》七八，致柔守静。知万物，负阴而抱阳。因而，入《周易》，又出《周易》。但是，无一言一理，不与《周易》合。《道德经》八十一章，"持之有故，言之成理"，才能通百家之要，极万世之统。

老子认为，"一阴一阳，为之道"，"道大，天大，地大，人亦大"。就是说，宇宙中有"四大"，人居其一。"人法地，地法天，天法道，道法自然"。"万物莫不尊道贵德"，所以天上人间都应遵循"无为"的法则。如果有人故意去"有所作为"，那便违背了"道与德"，必致天下大乱。

"道为先天地生"。老子把孔子的"易有太极，是生两仪"开宗明义出"道生一，一生二，二生三，三生万物"。

厚德载物，顺应天道，崇尚无为，老子《道德经》出世。这是，巍峨秦岭与宇宙和人类相惜相成的必然结果，也是天人合一的最好表达。

《道德经》开篇就是："道可道，非常道。名可名，非常名。无名，天地之始，有名，万物之母。"讲述出世界本生于无，"道"从"无"中创造出来，并主宰世界。无，是天地的本始；有，是万物产生的根源。所以，"有"与"无"，实际是一回事。因而，

"名"与"实",从功利的角度可探寻其踪迹,从欲望的角度可揣摩出其奥秘。与此同时,"道"是看不见的。"得道",实为悟"道",主要是内心的感悟。真正得"道",是清静无为,没什么消耗。如此,才能领悟大"道",才能心灵畅通。这里,老子用万物相生的辩证法,解释出我们相对的世界。

紧接着,老子告诉我们:"天下皆知美之为美,斯其已。天下皆知善之为善,斯不善已。"老子把美与善、美与丑辩证统一,让人们知道,天下人都知道美之所以美,这样,丑的观念就产生了;知道善之所以善,因而,恶的观念就产生了。所以,老子对争名夺利而引发的社会混乱,讲出"虚其心,实其腹"的"无为而治"。这样,可让日月星辰得其序,鸟兽草木遂其性。"道"应"和其光,同其尘"。有容乃大,不怨天尤人,胸怀宽广。

所以,老子的"道",以虚为本,以自然为宗。"无",为天地始;"有",为万物母。因而,观天之道,制天之行,顺时之化,率物之性,均应无争于"天"而达到"天人合一",方能不生而自生,不化而自化,不神而自神,化育万物、圆润无碍。

本天道以明人道。我性即天,天即我。人德与天德,人道与天道,同合同化。所以,"天人合一",贯而通之而大巧若拙,大智若愚,大象无形,大音希声。片言只语,臻于神化。拨乱反正,平治天下。

山不在高,有仙则名。终南山有了老子和其五千言传世的《道德经》,一下子变为聚仙成道的"宝山""灵山",天下第一福地。

《道德经》指引下,几千年来,力求达到"天人合一"境界的修道人和事不胜枚举。

"老庄"中的庄子,最得老子深意,而且把老子之学,推向了新高度。在《庄子·应帝王》一文中，庄子讲述了"混沌被凿而死"的故事，讲出了"道"的朴素之理。

相传，南海有个帝王叫"倏"，北海有个帝王叫"忽"，而统治中央的帝王叫"混沌"。倏与忽之间关系不错，经常相聚。为了方便，两人就把相聚的地点选择在中央的地方。东道主混沌非常高兴，为倏和忽提供了很好的条件。倏和忽很感动，便商议怎么感谢混沌。他俩想，人，都有七窍，唯独混沌没有。

于是，倏和忽就一厢情愿地想帮混沌凿通七窍，让混沌也享受上正常人一样的快乐生活。在未征得混沌同意的情况下，二人开始为混沌凿七窍。每天，凿通一窍。七天后，混沌的七窍通了，混沌也有了人的形态，但是，混沌死了。为什么？因为，混沌本来是混混沌沌的，对一切事物是没有分别的。现在，混沌有了七窍，有了明显的分界，就失去了原貌。混沌开始辨物，就失去了本色。自然就不复存在了。

故事告诉我们，"道"，就是混沌的，是宇宙的本体，常人无法通过打开"七窍"去认识它的。

在《知北游》中，东郭子问庄子："道"，究竟在何处？庄子答道："道，就存在在蝼蛄和蚂蚁中间。"并进一步解释说，万事万物都存在"道"。"道"，没有大小、高低、贵贱之分。

大道之行，天下为公。当年，桀是夏朝的最后一位国君。年轻时，文武双全，双手可以把铁钩拉直。但是，桀，暴虐无道、荒淫无度，成为历史上臭名昭著的昏君暴君。据载，当时百姓生活十分艰难，桀却大造宫殿，修建的酒池可以行船。为了讨好宠妃妹喜，还为其修建了琼室、瑶台、玉床，天天饮酒取乐。晚年，桀更加荒淫无道，命人造了称为"夜宫"的大池，每日带着一大批赤身裸体的男女杂处池内，连续一个月不上朝。大臣进言，不听。而且把进谏的关龙逄都杀害了。桀认为，自己是天上的太阳，会灭亡吗？结果，商汤发兵讨夏，夏朝被推翻，桀被流放，最终落得个饿死的悲惨结局。

与夏桀形成鲜明对比的商汤，在一统天下后大旱一直不停的情况下，有太史占卜后献计说，"应当杀一个人来向神求雨"，商汤反而道："我所做的是为救人而求雨！要是一定要杀人才能求到雨，那么，就让我来充当那个要被杀的人吧！"与此同时，商汤还以六件事自责，向上天反省。结果，商汤的无我，换来了百姓的拥戴，风调雨顺，五谷丰登。

据载，当年汉明帝四处求人指点《道德经》，遇上河上公告诉明帝："尊道贵德"，就能"天人合一"！明帝知道见到了"神人"，从此尊道而行，开辟了"名章之治"，还"夜梦金人"，把佛学引入中国。

到了盛唐，高祖李渊自称是老子李耳之后，尊老子为"太上老君"，尊道教为国教，而且在终南山和长安修建了大量的道观，分布在楼观台、骊山、华山周围。其中，最受欢迎的是楼观台。此观，在现陕西周至县东南十五千米处。相传，是老子设坛讲经处，也是尹喜结庐处。

据载，终南山下不仅道观多，而且姜子牙、陈抟、吕洞宾、刘海蟾、张无梦、张良、王维、孙思邈、张载、王重阳等一大批得道高人、隐士都在此修道，并有一大批文人雅士有诗词流芳于世。

而今，一览道家学说的终南山，正在中华传统文化的伟大复兴中，见证着华夏的又一个兴盛。

大秦帝国

从山幻化为巨龙，巨龙延伸到九州方圆。飞龙在天，腾飞于中华大地，统八方、扼四海，是为帝国——大秦帝国。

从此，"口含天宪""家国同构""君权与父权合一"的帝国，在岁月流芳中，两千余年不衰，一度成为中华民族的统治构架。

"普天之下，莫非王土；率土之滨，莫非王臣"，《诗经》中的"王土""王臣"，终于在秦始皇嬴政的手中实现了。

这是，作为第31代秦王的嬴政，经过17年亲政奋斗、至公元前221年，横扫六国，一统中华，使历史的车轮转到了帝国时代。

为此，为"皇"、又为"帝"的秦始皇，成为"天下之事无大小，皆决于上"的至高无上的皇帝。把中国君主专制的集权制度，推向了"皇天下"的巅峰。真正实现了《诗经》中的"理想王国"。

由此，秦岭也从大禹及其属臣们《山海经》的以"华山"为主宗的"西山经"中的昆仑山（秦统一前为昆仑），而有了一个响亮而万古熠熠的名字——秦岭。

相传，这是始皇统一六国之后，心存感恩，认为自己能一统天下，是巍巍秦岭在秦国都城之南庇护的结果。是决南北、分东西、泽天下，守长江、出黄河，自强不息、厚德载物的秦岭，作为天然屏障和沃土的结果。

因而，秦始皇不但赐名"昆仑山"的这片山脉为秦岭，还是为秦人、秦姓、秦族、秦国幻化的结果。更希望有秦一代的秦国，像巍巍秦岭般，永立于世、万年不倒。而且，去世后，始皇还将精心打造的陵寝安放于秦岭的骊山，希望将自己归土于秦岭，希望将自己幻化为秦岭的一草一木、一尘一埃，与自己命名的秦岭，同生共长。而且，被后人发掘的始皇陵兵马俑、被列为世界第八大奇迹，至今，与秦岭巍巍共存。

这种帝国的"画地为牢"专制思想，将土地和子民视为君主的囊中之物，是从中华民族族群制开始的。从氏族统治全系亲族，到部族统治一定区域内的氏族，再到统治更大范围的不同部族，到慑服于部族而产生共主分封的封建社会，大家都认为自己是"君主"管辖下这片土地上的子民。所以，族民们自始至终都认为自己是"子民"。是"天子"的子民。"天子"是谁？是我们的"族长""部落长""盟长""君主"。

因而，秦始皇顺理成章地把封建社会推向了巅峰——专制的帝国。

从夏商周的诸侯分封、建立邦国走来，始皇更加深知"能治天下者，必先治其民"，"治民"实为"制民"，就是制服百姓。所以按《周礼》："以天下土地之图……以均齐天下之政"，始皇将领土划分为三十六郡，并在"令黔首（百姓）自实田"，使秦政府掌握天下人口、土地数量的同时，推行了车同轨、书同文、统一度量衡的政策，使大秦帝国的子民们的人身、土地合二为一，完全置于"君临天下"的皇权之下。

史载,秦人先祖大费,由虞舜赐嬴姓,后因嬴姓部族参与了武庚的叛乱而沦为奴隶。以商奄遗身份居住在森林茂密、水草丰美的今甘肃天水之南、西汉水上游的河谷盆地。当时,这一带是西周的边陲,被称为"西垂"。周边主要是羌、戎族,秦人先祖兼有守边之责,所以称为"西犬丘"。

适者生存。一百多年里,秦人先祖与羌、戎和谐共处,并学会了养马、驯马等技术,而且氏族也发展壮大,成为和西垂、固边关的重要力量。故而,公元前905年,周孝王恢复了非子嬴姓,号曰"秦嬴"。

公元前778年,秦庄公为犬戎所杀,其长子世父率军与犬戎作战,次子继国君之位,是为秦襄公。两年后,襄公迁都今陕西宝鸡陇县。出现了秦人不甘于一隅而东进的势头。《史记·秦本纪》载:"文公以兵七百人东猎,四年(前762),至汧渭之会。曰'昔周邑我先秦嬴于此,后卒获为诸侯。'乃卜居今,占曰吉,即营邑之。"史料说明,当时,襄公在迁都时,按习惯占了卜、算了卦,而为大吉才迁都的。就是说,秦早已窥视秦岭北麓关中的这片富庶之地了,而且请风水师给未卜先知了。吃了定心丸,才下决心迁都的。这是大秦向帝国迈出的关键一步。而且,这次秦人小心翼翼地向秦岭腹地挺进,拉开了中国历史划时代的步伐。

司马迁说:"秦起襄公,章于文、缪、献、孝之后,稍以蚕食六国,百有余载,至始皇乃能并冠带之伦。"司马贞在《史记索隐》中曰:"襄公救周,始命列国。"就是说,秦国的历史,实际是从襄公救驾封诸侯开始的。

公元前771年,周王室对天下的掌控已日落山西,春秋争霸拉开了帷幕。当时，周幽王烽火戏诸侯，两次命诸侯国前来救驾，唯有秦国赶到。第二次，虽然幽王已死，但是，经襄公与西戎奋力拼杀，保住了周王室的地位。而后，惧于西戎强大势力，周平王不得不通过迁都来避其锋芒。

这时，各个诸侯国都畏惧西戎的势力，不敢站出来。秦襄公也知道，迁都路途遥远、充满各种不确定性，风险极大。但是，野心勃勃的襄公有自己的小九九。而且这个小九九，成为大秦后来居上的起点。因而，在大家都犹豫的时候，襄公站了出来。襄公亲自与西戎拼杀，找到了东藏西躲的平王。而且，一路从镐京护送到了新的都城——洛邑。此时，东周始。

事后，周平王为了表彰和感激襄公两次救驾和护送自己迁都有功，就封襄公的部落为诸侯国——秦国，并将周室管理不到的岐地以西全部土地，划给秦国。从此，"秦"，正式成为国号。

西周以前，各个诸侯国拥有一个共主的时代，成为历史。而且，之前疆域百里为大国，已夷为三等国。大国为方圆千里，次之为方圆五百里。所以，围绕秦岭周边展开的争霸，便愈演愈烈。

首先是公元前722年至公元前481年，一共争斗了242年的春秋时代。这时，诸侯之间的相争，用孔子的话说，是有文攻亦有武备。大家只是在显示势力中，竞相挣得二三等国的服从。一等国之间，直接为领土而用兵的不多。有的，只不过疆场走走，见好就收。此时，秦已迈入大国系列。而且，此时的大国都在秦岭一线，如楚、晋、齐。新兴的吴、越，也在与秦岭擦边的陕西中部、甘肃的东部，即江苏、浙江、安徽一带。在之前被称为大国的鲁、卫、宋、郑、陈、蔡等，已沦为二三等小国。

对这些争斗，周室已无法控制。但是有"天无二日，民无二主"之说。正如孔子说："天下有道，礼乐征伐自天子出；天下无道，礼乐征伐自诸侯出。"此时，诸侯已在无法无天中自称为王。首先是吴、楚的疆域原都不在周管辖的区域，因而各自称王。其次，是齐桓公称霸。因为齐桓公攘夷狄，一举成名。之后是宋襄公称雄。而后，是楚败宋襄公，晋文公败楚，秦穆公败晋。再后，是楚庄王败晋。吴王阖闾败楚，楚昭王借秦援复国。吴王阖闾伐越，受伤而亡。越王勾践灭吴并称霸，直到公元前306年为楚所灭。

就这样，历史进入了公元前的战国时期。据载，公元前479年，儒家学说创始人孔子卒。三年后的公元前476年，思想家墨子在世并创立墨家学派及其著作《墨子》问世。次年，进入战国时期。社会由此开始了秩序大乱、群雄逐鹿的大分裂时期。

近三百年中，先是齐、秦合力谋楚；后来是齐合韩、魏伐秦；再后来是齐乘燕国乱而破燕；紧接着，燕昭王用乐毅为将，合诸侯破齐。此时，赵武灵王因内乱而死。接下来，只有秦国强。为此，秦灭韩、灭赵、灭魏、灭楚、灭燕，公元前221年，秦以灭燕之兵一鼓作气，南下而灭齐，统一了中国。

此时，秦王嬴政汲取了夏商周家天下专事分封血缘关系的教训，以法家思想而裁权贵，加强中央政府集权，形成历史上第一个以华夏民族为主干、多民族并存共荣、统一集权的封建专制国家。因而，始皇首创皇帝制度、三公九卿制度、郡县制度，有效维护了中华民族的统一。由此，皇帝一人独大，奠定了几千年"口含天宪"的中央集权封建王朝统治体制。

千年皇都

"花萼夹城通御气，芙蓉小苑入边愁。珠帘绣柱围黄鹄，锦缆牙樯起白鸥。回首可怜歌舞地，秦中自古帝王州……"这首由唐代著名诗人杜甫创作于公元766年的七言诗，描绘出"秦中自古帝王州"的长安"花萼相辉"——从大明宫达兴庆宫直至曲江芙蓉园"通御气"，芙蓉小苑，珠帘绣柱，黄鹄飞舞，楼台亭阁，富丽华美；曲江水中，游船锦缆彩丝，牙樯桅杆，往来不息，连鸟儿都不时被惊艳而起的帝都盛景。

141年后（907），随着朱温篡唐，迫使唐昭宗迁都洛阳，这块自公元前1046年周武王姬发灭商，建立大周、都镐京（今西安）的千年皇都，历经了13朝，结束了近2000年的使命，成为供世人观瞻和永远怀念的"绝胜烟柳满皇都"！

秦岭最美关中湾。从海拔500米左右拔地而起，在20千米内再拔高2000—3000米，如同平原上矗起一道绝壁，阻止了南下或北上的人群，成为西汉时东方朔向汉武帝进谏的"夫南山，天下之阻也。南有江、淮，北有河、渭，其地从汧、陇以东，商、雒以西，厥壤肥饶……"，成为盛唐诗人李白笔下的"蜀道难，难于上青天"。

与此同时，秦岭七十二峪造就了东晋人徐广的"关中阻山河四塞"的"四关"说，即："东函谷，南武关，西散关，北萧关。"如四位守门神，庇护着这块土地的安宁。蜿蜒的渭河水从中穿过，形成半月地带在湾内展开，滋润出战国时张仪向秦惠王陈说"连横"妙计，"田肥美，民殷富，战车万乘，奋击百贸，沃野千里，蓄积多饶"，并概括说"此所谓天府，天下之雄国也"。就是说，关中，是帝王建都的风水宝地。这是秦岭最绝美、最传奇、最经典的卓越风姿——天府之国，千年皇都。

据《史记》载，比张仪早10年（前338）游说秦惠文王的苏秦，这样说关中："秦，四塞之国，被山带渭，东有关河，西有汉中，南有巴蜀，北有代马，此天府也。"136年后的公元前202年，娄敬在说服刘邦建都关中时，也说"四塞以为固，天府之国，王者之地也"。

自从有了人类，有了氏族、部落、部落联盟、诸侯、国家，都城，就是一个氏族、部落、国家团结、进步的象征，兴旺发达的象征，继往开来的象征。这是人类诞生后，从洞穴走出，因生活方式的进化逐步向更高的生活水平迈进而必需的。

在这种生存的探索中，中华民族，人口众多、居住分散、习俗各异，要形成一个拳头、拧成一股绳，选好都城，并由"天子其居所，众星拱之"而发号施令于各地，是维系朝代兴盛发展的关键一环。翻开五千年的中华民族发展史，皇都的建设是朝代兴盛的晴雨表。因而，以皇都来看中华民族的发展，可以划分为两个阶段，即：一是秦统一以前的三千年，二是秦汉以后的两千年。

秦以前的三皇五帝、夏商周，不太注重都城的建设。因为那时，"共主"的"天子"皆为部落联盟首领共同推荐。其住所皆为茅茨土阶。其因有二。一是当时一切初创，众多部落杂处，以德为先，提倡的是勤俭和奋斗，不追求享受。固然有孔子的"譬如北辰"之说，大家注重的还是德行，对"皇都"和"官殿"认为只是形式，关键还是"天子"的德行。二是当时的国家是松散的组织形式，维系靠的还是各个诸侯国的自我约束。就是德高望重的大禹，在会稽召集部落首领联盟，到会有三千酋长；武王伐纣观兵于孟津，有八百部落首领前来助阵等，且都是出自大家的自愿。

"六王毕，四海一；蜀山兀，阿房出。覆压三百余里，隔离天日。骊山北构而西折，直走咸阳。二川溶溶，流入宫墙。五步一楼，十步一阁……一日之内，一宫之间，而气候不齐……"唐代大诗人杜牧的这篇《阿房宫赋》，描绘出秦建都于咸阳后的奢侈和皇都的盛景。如果没有项羽的一把火烧了整整三个月，今天，我们去阿房宫漫步怀古，不知是什么样的惊叹和"不敢相信"啊！

在历史转折关头，始皇的"阿房宫"为中华大地树起了皇权至上的丰碑。这不但是一座宫殿的"摆设"，关键是运用"宫殿"把皇权、皇帝、皇上的权威，以形式大于内容的方式，把帝国至高无上而"天子"君临天下，口含天宪、一言九鼎的"皇帝"推上了至尊而无与伦比的地位。

我们看看秦，自建国以来的九次迁都，就是实现其野心和唯我独尊"皇权"思想的"搬家"史、发迹史、兴盛史。从另一侧面，也可看出秦人深谙中华民族属性而为之的宏韬伟略。起初，秦人被降为奴，偏居于西垂而韬光养晦；之后到秦邑、汧邑、汧渭之会，再之后到平阳、雍城、泾阳、栎阳，最后到咸阳。前六次迁都，是早期的战略性东迁，由最初的西戎蛮荒之地，到了经济文化发达的西周都城腹地，为随后的强大奠定了基础。后三次迁都，是一步一步实现自己一统天下远大抱负的盛举。

秦国所处的时代，是百家争鸣、人才辈出的春秋战国时代。也是历史上大分裂，各国武力征伐、兼并争霸成为常态的时代。秦国身处其中，自然无法独善其身，只能瞅准时机，后来者居上。所以，针对政治、军事、经济等因素的不断变化，为满足国家的发展需要，不断从西往东迁徙，向秦岭腹地靠近，是秦的都城不断在迁移中适应发展所必需的，是为上策。历史也说明了这一点。

自秦以后，中国拉开了都城是为天下一统、唯我独尊的帝王号令八方、权握四海的象征。这也是历史发展的必然。尤其是五十六个民族组成的中华民族，一统而巨龙腾飞的现实所需。

在秦汉以后，两千多年的都城建设和迁移中，体现出中国的社会发展，政治、经济、文化等进步态势。中国，自古介于南北和农耕与游牧两大社会状态中。所以，都城建设是这些状态最鲜明的体现。因而，秦汉为起点，在关中建都的千年，正是中华民族农耕业逐步鼎盛的千年。

但是，在哪建？却有很多先决条件。比如，地面平坦开阔。作为全国第一大城市，没有开阔的原野是不行的。这样，才便于都城的布局和发展，才有利于交通和农业的生产发展。

八百里秦川的"天府之国"，独居这一优势。西汉初年，张良就曾对刘邦献言道："金城千里，天府之国。"再如，水源充足。帝王将相的宫殿园囿、沟渠池塘，都城百姓的生活日用，千亩良田的灌溉，以及航运保障等等，水源对城址极为重要。"八水绕长安"，是关中的天然优势。再则，交通通畅。秦岭扼南北、通东西所形成的"进可攻、退可守"天然交通枢纽，正是天然的都城选址。再有，山环水绕。所在区域是险要之地，既是为了确保都城不轻易被敌人攻占，又是古代帝王们堪风水的要义。长安，依山傍水，"临灞河为渊"。曾有位叫田肯的人向刘邦谏言道："其山河之险，使与诸侯悬隔千里，只需两万人马，即可敌诸侯百万之众。"最后，区域经济发达。关中，正是那个时代经济发展的缩影。

心灵家园

看山不是山，看水不是水。每个人心灵中，都有一个"海市蜃楼""世外桃源""心灵花园"。托物言志，寄情山水，一直是人类精神与物象高度契合的"神仙境界"。好比陶渊明心目中的"世外桃源"。古今中外，概莫能外。尤其是那些进入大彻大悟"虚静"境界的"得道高人"，更是与山水结缘，情景交融，息息相通，而后，灵魂出窍在山水中，不能自拔，不亦乐乎。

流亡国外的雨果，永远忘不了法兰西海岸，虽然寄住于英伦的格恩济岛上，还不忘加盖一间瞭望楼作为工作间，好在天气晴朗时眺望心中的法兰西。在这间阁楼里，雨果创作出了不朽名著《悲惨世界》《论莎士比亚》等。在法国塞纳河的山坡上，著名的印象派大师莫奈，把居住地的河水引入自己房屋，巧妙形成了水苑、花园，在观山观水中，创作出了名作《睡莲》《花园里的女人》等系列传世画作。高山流水有知音。中国名曲《高山流水》就是传达"心灵花园"的巅峰之作。当年，先秦琴师伯牙弹奏"峨峨兮若泰山"和"洋洋兮若江河"的曲子，恰巧被樵夫钟子期听见了。子期死，伯牙摔琴绝弦，终生不再弹琴。因为伯牙心中的"高山流水"不复存在了。

"自古神仙出终南"。秦岭，就是宇宙赐予人类最好最美的心灵家园。从古至今，秦岭的北麓和南坡，一直是人们隐居修行，与山与水与景与物共鸣的"心灵"栖息之地。而且，一大批享誉华夏的人物，一同与秦岭留下了千古英名。由秦岭传出的隐士文化，也成为中国隐士文化的符号和一大批隐士的归隐地。

俗话说，仁者乐山，智者乐水。一山一水、一景一物，能吸引众多的名人志士前来隐居并修身养性，肯定有其奥妙之处。秦岭的一山两水——秦岭隔开黄河、长江，是为中华大地的山水绝唱；"父亲山"（秦岭）与"母亲河"（黄河）的完美搭配，在中华大地无出其右；1600千米的山脉，加之南北宽数十千米至二三百千米的山峦，面积广大，气势磅礴，蔚为壮观；北麓主脊的坡短而陡峭，河流深切，形成的"七十二峪"，形势雄伟；南坡长而和缓，还有多条近于东西向的山岭和山间盆地，仪态万千。与此同时，秦岭先天缔造出的千姿百态形象，或龙，或虎，或人，或物……可谓人神共慕。一旦遇见，便陶醉其间，流连忘返，不可自拔。

想当年，年过古稀的姜太公在秦岭北麓终南山隐居十余年，在渭水垂钓，"只在直中取，不向曲中求；不钓锦与麟，只钓王与侯"的"愿者上钩"，成为千古佳话。

据载，姜子牙，满腹经纶，博闻强记，韬略过人。先祖辅助大禹治水有功，被封于吕，因而又称吕尚。

商朝末年，吕尚为东夷部落吕姓部族族长，曾多次与前来侵略的商军作战。终因寡不敌众而败。后，怀才不遇的姜子牙，眼见纣王日日在鹿台酒池肉林、夜夜笙歌，不管人民死活，并动用残酷的刑罚镇压反抗的民众，预料商亡国近在咫尺。而且听闻西部周国的，西伯姬昌在领地内施仁政、爱人民，一些有才能的人都来投奔他，是未来的希望。当时，子牙隐居的渭水边，正好是周的领地，就希望能得到西伯的重用。

于是，姜太公每天拿着一根鱼竿到渭水边钓鱼。一般人钓鱼，用的是弯钩，上面吊着饵食，然后把它沉在水里，诱骗鱼儿上钩。但姜太公的钓钩却是直的，上面什么也没有挂，也不把鱼钩沉到水里，而是离水面三尺高。他一边高高地举着鱼竿，一边自言自语道："鱼儿呀鱼儿呀，你们愿意的话，就自己上钩吧！"

许多路过的人看到姜太公这样钓鱼都觉得很奇怪，议论纷纷。姜太公直钩钓鱼的事终于传到了姬昌那里。姬昌知道后，派一名士兵去叫他，姜太公不理睬，又改派一名官员去请姜太公来，可是姜太公依然不答理！

这时，西伯意识到这个钓鱼的人必是位贤才，便斋戒三天，沐浴更衣后，带着厚礼，驾着一辆华丽的马车，亲自来到渭水河边，恭敬地向姜太公施礼，请姜太公做军师帮他安邦定国。姜太公见西伯诚心诚意来请自己，站起身来，躬身还礼，然后拿着那根鱼竿，跟西伯上车走了。后来，姜太公辅佐西伯，兴邦立国，还帮助西伯的儿子武王姬发灭掉了商朝，后来被武王封于齐地，实现了自己建功立业的理想。

南麓的"商山四皓"，在《史记》中成为隐士中的"仙风道骨"，让人兴叹。当时，汉高祖刘邦创业初定，急需"高人"参与国家治理。由于秦始皇的"焚书坑儒"等一系列暴政，"四皓"东园公唐秉、甪里先生周术、绮里季吴实、夏黄公崔广，不愿为官，便隐居在商山（今丹凤县）做起了隐士。每日，与叠翠青山、泉石草木、花鸟虫鱼为伴，与清风明月、叮咚小溪为侣，好不悠哉游哉！高祖久慕四皓美名，几次派人到商山相请，四皓不见，而且还给高祖写了一首《紫芝歌》："莫莫高山，深谷逶迤。晔晔紫芝，可以疗饥……富贵之畏人兮，不若贫贱之肆志。"充分表达出隐士的气节！

据载，三国时曹植曾作诗赞颂"四皓"道："嗟尔四皓，避秦隐形。"晋代陶渊明的《桃花源记》，也取材于"四皓"的故事。至今，每当人们读到陶渊明的文章，都为"采菊东篱下，悠然见南山"的"世外桃源"所倾心。

"云笼紫柏山，烟树何濛濛。岩洞七十二，传是精灵宫。道人揖我前，指示夸神功……伟哉张子房，仙骨真英雄"，清人张问陶的这首《紫柏山》，道出了"运筹于帷幄之中，决胜于千里之外"的"帝王师"张良"英雄神仙"的隐士境界。

在秦岭南坡留坝县的张良庙，有后人称赞其高风亮节的牌匾"急流勇退""相国神仙""古今一人"等。最绝妙的当属民国文化名人于右任，区区八字概括的子房一生，"送秦一椎，辞汉万户"。

据载，张良，汉初大臣，字子房。今安徽亳县东南人。祖与父相继为韩昭侯、韩宣惠王等五世之相。秦灭韩后，他图谋恢复韩国，结交刺客，在博浪沙狙击秦始皇未中。逃至下邳遇黄石公，得《太公兵法》。秦末农民战争中，聚众归刘邦。不久，游说项梁立韩贵族成为韩王，任韩司徒。后韩王成被项羽所杀，复归刘邦，为其重要谋士。

楚汉战争期间，提出不立六国后代，联结英布、彭越，重用韩信等策略，又主张追击项羽、歼灭楚军，都被刘邦采纳。汉朝建立，封留侯。

张良与萧何、韩信并称"汉初三杰"，是汉王刘邦的重要谋臣，在许多重要的历史关头挽救了刘邦，最终助其创立了大汉王朝，开辟了汉代数百年基业。从此，"汉人"在世界上成为一支不可小视的力量。

于右任联中的典故，均出自司马迁《史记·留侯世家》。上联称颂其大勇，下联赞扬其大德。刘邦灭楚，霸业成就，张良功高盖世。可到了论功行赏，张良辞谢了"齐三万户"厚封，只"臣愿封留足矣"！

此后，张良便"愿弃人间事，欲从赤松子游耳"，进而"乃学辟谷，道引轻身"。刘邦死后，吕后篡权，在一片钩心斗角、争权夺利中，萧何被囚，韩信被杀，"汉三杰"中唯有张良得以善终。

张良一生，从壮士到谋士，又从谋士到隐士，进退自如，善始善终，可谓隐士中的真正"神仙"。

再回到北麓的终南山，王维与辋川是文人雅士中的隐者典范。辋川位于今陕西省蓝田县。"终南之秀钟蓝田，茁其英者为辋川"。辋川，因辋河水流潺湲，波纹旋转如辋，故得名。域内，青山逶迤，重峦叠嶂，奇花野藤，瀑布溪流，煞是动人。历史上，辋川为"秦楚之要冲，三辅之屏障"，一直是达官贵人、文人骚客心醉神驰的风景胜地。

唐初，辋川是著名诗人宋之问的别业，后被王维购得。从此，王维便过起了"晚年唯好静，万事不关心"的闲适生活，并为辋川二十景写下了四十首五言绝句，取名《辋川集》。还首创了水墨山水画《辋川图》，因之被尊为"画界南宗鼻祖"。

还有"药王"孙思邈、"全真道创始人"王重阳、"一流高士"种放、"太白山人"李雪木等一大批隐士在秦岭隐居、修行。一直以来，秦岭就是隐士们的"天堂"。

神遇迹化

山川，天地之形势也。乾坤，山川之质也。

秦岭，山水广大、纵横吞吐，千峰万壑、贯通一脉，结云万里、磅礴巍巍，在天地化育中神遇迹化，是为鬼斧神工，气冲霄汉，了无俗境。

上古，天地混沌。盘古，开天辟地，化育万物，呼出的气变成了四季的风和飘动的云，发出的声音化为隆隆的雷声，双眼变成了太阳和月亮，四肢变成了大地的东、西、南、北，肌肤变成了辽阔的大地，血液变成了奔流不息的江河，汗毛变成了茂盛的花草树木，汗水变成了滋润万物的雨……

太极生两仪、两仪生四象。一体大秦岭，南北两部分，北部伏羲山、南部女娲山。于是，大秦岭即是伏羲女娲的"合璧山"。伏羲山，又有东部的秦岭和西部的西倾山；女娲山，又分出西部的岷山和东部的大巴山。这样，在天地幻化中，秦岭，成为一条巨龙卧于陕西省南部、渭河与汉江之间的山地，有了北麓和南坡；横亘在长江和黄河流域间，中国有了"南方"和"北方"。又分出四个区，即：秦岭、大巴山、岷山、西倾山。是为中国的中央绿肺、腹心水塔、中华圣山。有31个自然保护区、44个公园、十多个地质公园，以及若干个风景名胜区。

从天空俯瞰，这条巨龙位于北纬32°—34°之间，介于关中平原和南面的汉江谷地之间，东西绵延400千米—500千米，南北宽达100千米—150千米，东以灞河与丹江河谷为界，西止于嘉陵江。是嘉陵江、洛河、渭河、汉江四条河流的分水岭，是陕西省内关中平原与陕南地区的界山。

从星空俯瞰，秦岭西起昆仑，中经陇南、陕南，东至鄂豫皖至大别山，以及蚌埠附近的张八岭，是中国南北方的界山，南、北方地理、气候、资源差异的分割线，是长江流域和黄河流域的分水岭。

秦岭是为华夏文明龙脉。这条龙，昂首挺胸，盘于大秦岭山脉。

俯瞰，在陕西境内又幻化为东、中、西三段。中段"龙首"昂立，傲视苍穹；西段"龙身"巍峨，伸出三爪，稳稳抓地；东段"龙尾"摇出五岭两河，煞是迹化。

试看"龙首"，是为终南山。自古有"终南，一名中南。言在天下之中，居都之南也"，"夫南山，天下之阻也，南有江、淮，北有河、渭"；自古为儒家仙家道家佛家——众家们的修身养性之"世外桃源"。故而，这仰起的"龙头"，在海拔2500米以上，是为最高。精气神，怡然自得。其身壮观、万形莫测。其"龙须"，又延伸出四方台、首阳山、终南山和东光秃山；呵出的气，幻化发源为沣河、涝河、浐河、子午河、旬河和金钱河。"龙首顶"的秦岭梁，向东南延伸出平河梁，隆起的主峰是为广东山，海拔在2600米以上。在旬河和社川河流域，有近东西向延伸的古道岭、海棠山和羊山，山势低缓而破碎，海拔在1500米左右，是月河主要支流——恒河、付家河和蜀河、池河等河的干、支流发源地。作为颜面的骊山，海拔为1302米，其潺潺溪流，有的成为灞河的支流，有的直接流入渭河，养出秀色而飘飘然。

再瞧"龙身"，幻化出三只"龙爪"，均在海拔1500米以上，以紫柏山最高，达海拔2600余米。"北爪"为秦岭，也称南岐山或大散岭；"中爪"为凤岭，漫漫黄土，空山杳冥；"南爪"为紫柏山，在留坝的西北称柴关岭。这些山岭，又分别成为清姜河与嘉陵江、嘉陵江左岸支流与沮水河干、支流以及褒河一些支流的分水岭和发源地。

后观"龙尾"。海拔均在1500—2600米，摆动中，向东南展开，从北向南依次呈现出太华山、蟒岭、流岭、鹘岭和新开岭。其间，南洛河、丹江及其支流银花河分布，成为山河相间的岭谷地形。秦岭主脊草链岭和太华山，是丹江、南洛河以及秦岭东段北坡山涧溪流的分水岭与发源地。

其山，为秦岭山地、巴山山地、汉江沿岸丘陵盆地谷地，多峻伟而无俗尘。如，华山，古称"西岳"，雅称"太华山"，为中国著名的五岳之一，中华文明的发祥地，"中华"和"华夏"之"华"，就源于华山。华山是道教主流全真派圣地，为"第四洞天"，也是中国民间广泛崇奉的神祇，即西岳华山君神的道场。1982年，被国务院颁布为首批国家级风景名胜区。终南山，又名太乙山、地肺山、中南山、周南山，简称南山，是"道文化""佛文化""孝文化""寿文化""钟馗文化""财神文化"的发源圣地，"寿比南山""终南捷径"等典故的诞生地，绵延200余里，素有"仙都""洞天之冠"和"天下第一福地"的美称。太白山，位于眉县东南，最高峰拔仙台海拔3767米，为秦岭主峰。是中国大陆东部最高峰，华夏名山之一。其山地土壤、植被、气候垂直带谱复杂，分带明显，林木茂盛。山高坡陡，谷地深邃狭窄，石峰林立，千姿百态。紫柏山，是为凤县东南与留坝交界处，最高点海拔2610米，秦岭高峰之一。山顶部为草甸，并有古喀斯特洼地、漏斗，东部山脚下有张良庙。

有群山秀峰，神化景致的天工妙笔，如，秦岭七十二峪，秦岭的山谷众多，因而得名七十二峪。分布在北坡的潼关县、华阴县、华县、渭南市、蓝田县、长安区、户县、周至县、眉县内，其中著名的山峪有华山峪、大敷峪、文仙峪、蒲峪等。藏于终南山腹地的南梦溪，溪长8千米，总面积12平方千米，森林覆盖率达99.9%，有山峰128座，大小溪水48条，瀑布86处，有140种哺乳动物和320种鸟类在这里生息繁衍，有3700种植物在这里生长。麦积山石窟，为中国四大石窟之一，被誉为"东方雕塑馆"，位于秦岭山脉西段，山体悬崖壁立，状若积麦。自后秦时期开始凿刻，窟龛凿于高20—80米、宽200米的垂直崖面上，存有窟龛194个，造像7800余尊。

在崇山中，有峻岭无数，峰峦奇秀。如，秦岭梁，在周至、宁陕、户县交界处，最高处海拔2822米，为秦岭高峰之一。山坡，林木茂盛，山顶有风化碎石和灌丛草甸。首阳山，在户县与周至县交界处，为秦岭向北延伸的支脉，山坡有栎林，顶部为岩石、风化碎石。翠峰山，在周至县西南，为太白山向东北延伸的余脉。万华山，在长安区西南，为秦岭北侧支脉，石质山地。云台山、五凤山、凤凰山，均在蓝田县，为秦岭北侧支脉，石质山地，群峰错列，怪石嶙峋。兴隆岭，在太白、周至、佛坪、洋县四县交界处，为秦岭高峰之一。其石质山地，林木茂盛。摩天岭，在洋县、城固、留坝县交界处，最高点海拔2603米，秦岭高地之一。龙山，位于略阳县南，为秦岭南侧高峰之一。鹰嘴石，在镇安县西，秦岭南侧高峰之一，石质山地，有块状杨树林、漆林分布。迷魂阵，位于镇安县西北与柞水县交界处，石质山地，栎林分布。九华山，位于柞水县北东，石质山地，栎林、桦木林分布。蟒岭，位于洛南县南部与商州区、丹凤交界处，为秦岭陕西东段支脉，多石质山地或土石山地，为南洛河和丹江上游的分水岭。玉皇顶，在商州区西南与山阳县交界处，为秦岭东段向东延伸的高峰之一，石质山地。秦王山，位于商州市西南，栎林分布。为秦岭东段向东南延伸的支脉，石质山地，北侧有冰斗、槽谷、冰碛堤等第四纪古冰川作用遗迹……

穿行于崇山峻岭的河流，也起伏有度、烟云毕至。

渭河，是黄河最大的一级支流，经今甘肃省定西市渭源县鸟鼠山发源，流经今甘肃天水、陕西省关中平原，至渭南市潼关县汇入黄河。汉江，是长江的最大支流，发源于宁强县，流经陕西和湖北，在武汉汇入长江。嘉陵江，发源于凤县代王山。流经陕西省、甘肃省、四川省、重庆市，在重庆市朝天门汇入长江。北洛河，为陕西省内最长的河流，发源于白于山南麓的草梁山，由西北向东南注入渭河，流经黄土高原区和关中平原两大地形单元。

水甘物美。跨越秦岭的秦巴山，自然资源丰富。素有"南北植物荟萃、南北生物物种库"之美誉。秦岭地区的大熊猫、金丝猴、羚牛、朱鹮、黑鹳等野生动物，是为国之珍宝。关中平原的金矿、钼矿，秦巴山区的金、银、钒、铝、锌等，尤其是钾长石储量位居全国第一，世界第二，是为国之宝藏。

北麓关中

作为"金城千里""四塞之国",秦岭北麓的关中平原,是自周以来中国政治、经济、文化的核心区域,并被称为最早的"天府之国"。

战国时期,张仪就向秦惠王称颂关中"田肥美,民殷富,战车万乘,奋击百万,沃野千里,蓄积多饶",为"天府,天下之雄国也"。这,比成都平原获得"天府之国"的称谓早了很多年。之后,始皇修通了郑国渠,这里就成为良田千里、物产丰富、帝王建都的风水宝地。成为真正的"天府之国"。

关中,南倚秦岭山脉,渭河从中穿过,物华天宝,人杰地灵。四面都有天然地形屏障,易守难攻,从战国时起,张良、娄敬、韩生就用"金城千里""四塞之国,来概括关中的优势。

地名指"四关"之内,即东潼关、西散关(大震关)、南武关(蓝关)、北萧关。据有关资料,现关中地区位于陕西省中部,包括西安、宝鸡、咸阳、渭南、铜川、杨凌五市一区,总面积55623平方千米,常住人口2385.06万,位于中国四大地理区划之一的北方地区。

关中平原，指中国陕西秦岭北麓渭河冲积平原，平均海拔约500米，又称关中盆地，其北部为陕北黄土高原，向南则是陕南山地、秦巴山脉，为陕西的工农业发达、人口密集、富庶之地，号称"八百里秦川"。

自西周起，先后有12个王朝在关中建都，历时1100多年。都城，向来是王朝的政治、经济、文化等活动中心。因而，中华文明的摇篮在黄河流域，而黄河文明的摇篮，则在渭河流域的关中。从神话、传说和考古发掘看，"人文初祖"炎帝、黄帝的族居地和陵墓都在关中地区。经考古发掘证实，关中是华夏古文明最重要、最集中的发源地之一。这里有数十万年前的蓝田人和大荔人文化，有仰韶文化的典型代表半坡文化。是最早的原始农业发祥地，形成了最早的农耕、织布、制陶等生产技术，还创造了最早的文字。因而，关中平原，是中华文明的摇篮，是亚洲最重要的人类起源地和史前文化中心之一。

得关中者，得天下。四方的关隘，再加上陕北高原和秦岭两道天然屏障，使关中成为自古以来的兵家必争之地。《史记》中"鸿门宴"记载："或说沛公曰：'秦富十倍天下，地形强。今闻章邯降项羽，项羽乃号为雍王，王关中。今则来，沛公恐不得有此。可急使兵守函谷关，无内诸侯军，稍征关中兵以自益，距之。'沛公然其计，从之。十一月中，项羽果率诸侯兵西，欲入关，关门闭。闻沛公已定关中，大怒，使黥布等攻破函谷关。十二月中，遂至戏。"

这段文字说明，得关中者，得天下！王关中者，王天下！刘项争霸，是为争关中也。在随后展开的楚汉争强中，刘邦采纳了韩信"明修栈道，暗度陈仓"之计，把实力从偏居一隅的秦岭之南的汉中，在巧妙布迷魂阵中，袭陈仓而进入秦岭北坡，占据关中，再图天下。而后，历史正是在这一逻辑下，朝着应有的方向发展。汉之后的唐等大一统王朝，都因得关中，而得天下！

《尚书》载，禹封九州，关中属雍，因富饶而得名。说明，远古时期，关中就有原始人居住。商时的周部落，就在渭水中游的黄土高原生存。到周文王和周武王时，实力逐渐强大，而后灭商，建立了中国历史上又一个奴隶制王朝，并把都城从丰邑扩展到沣河东岸的镐（今西安长安）。之后，这片土地上又有了12个王朝在此建都。就是说，关中不但是兵家必争之地，而且是王朝建都的首选。王朝建都，必定是那年那月人们心目中向往的"天堂"。当年，吕不韦去了一趟位于关中的秦国，回来后，就抱定要到"天堂"的关中去生活，最后，吕不韦终于实现了自己的抱负而到关中，并任秦国宰相多年。临死，吕不韦端着始皇赐予的毒酒，也说："此生不悔，入秦国！"

史载，当时邯郸已为世界性国际繁华大都市，作为这个都市的大富商吕不韦，他的财富可以说富可敌国。但是，他第一次去秦国，见到这里的普通农户都富可敌国，而且豁然开朗，使他知道了"天外有天"的道理，便暗暗发誓，一定要到关中、到秦国去发展。

后来，吕不韦见到了正在赵国都城邯郸做质子的秦国公子嬴异人。异人公子虽然在秦国是王族的直系后裔，但是生活得却很惨。既享受不到王族世子的豪华车马和服饰，而且天天粗茶淡饭，常常连温饱都难以维持，可以说是凄惨一片。然而，去过关中的秦国开了眼的吕不韦却恰恰把常人眼中的凄惨看成了"奇货可居"。最后，吕不韦真的成功了！嬴异人这"奇货"，不但使自己成为秦国的相国，一人之下万人之上，而且，自己从"小巫见大巫"的邯郸，来到了真正富有的关中、八百里秦川的关中，成为这里的实际主宰者。现在想想，当年吕不韦的"奇货"，除嬴异人外，可能还包含着关中这片肥沃的土地。

秦时明月汉时关。这样，关中一路走来，成为刘项争霸问鼎的关键地带。公元前207年，刘邦按约定率先攻入关中，却被项羽撕毁"先入关中者为王"的盟约，以秦岭南端的"巴蜀汉中四十一县"为封地，是为汉王。后，刘邦用近四年时间击败项羽，再次入主关中，建立西汉王朝。这一时期的关中，号称"陆海""天府"，是"百工所取给，万民所仰足"的富饶之地。

西汉11位皇帝，在关中统治天下210年，不但百姓富足、国家稳定，而且帝王们充分利用关中的资源，享尽了荣华富贵。如，汉高祖大建未央宫，占长安城面积的七分之一，还有40余座宫殿，与秦始皇的阿房宫有一比。武帝时期，扩建上林苑至秦岭。据载，上林苑始建于秦，位于渭河之南、终南山北麓。这里，山川秀丽、河流蜿蜒、风景优美，是游览、打猎的绝佳之处。秦始皇在前代国君修建的基础上，进行了大量改造，在此修了宫殿140多座。秦末战争，上林苑毁。公元前141年，16岁的刘彻登上皇帝宝座，就开始大造上林苑。扩建后，上林苑南至终南山、北跨渭河，而且苑中带苑，修建了36个区域的苑囿，都有宫观、池沼、园林等景色组成不同特色的皇家园林。其中，最大的水池为昆明湖，是仿云南的滇池而建，既可观光游玩，还可训练水军，是为"银河"。园内还移植了大量的奇花异草，引进了成群的珍禽走兽，煞是壮观。

隋代北周，定都城关中，兴建国都"大兴"城。据载："龙首之山，川原秀丽，卉物滋阜，卜食相土，宜建都邑，定鼎之基永固，无穷之业在兹，因即城曰大兴。"

谁知"大兴不兴"！很快，李渊的大唐取代了隋。同样看上了关中的好风水，定都关中，并将"大兴"改为长安。

"翠微寺本翠微宫，楼阁亭台几十重。天子不来僧又去，樵夫时倒一株松"，这是全唐诗中署名为骊山游人，描写唐太宗死后、翠微宫改为翠微寺后的诗句。诗人刘禹锡也有诗道："龙颜不可望，王座生尘埃。"这些诗句，把当年唐太宗在关中营造的翠微宫"苍山秀岭四面环列，杂花野草流彩溢秀，白云舒卷于足下，雄鹰翱翔于蓝天，万壑空静，如入仙境"的壮观景象，刻画得入木三分。

"骊宫高处入青云，仙乐风飘处处闻。缓歌慢舞凝丝竹，尽日君王看不足"，这是白居易《长恨歌》中的诗句。把唐玄宗与杨贵妃的行宫，骊山华清池描写得惟妙惟肖。华清池位于骊山北麓，背靠骊山，面对渭水，风光旖旎，内有温泉，是唐太宗营建，赐名为汤泉宫。后，唐玄宗两次修建并命名为华清宫，取"温泉皆涌而自浪，华清荡邪而难老"之意。当时，华清宫，既是唐玄宗的陪都，又是他沉溺于女色，从此不理朝政，使盛唐由盛转衰的转折点。

唐之后，关中的政治、经济、文化等中心，不可避免地开始东移，随后北上……

在朝代更迭中，关中形成了风土淳厚、人直而尚义，四方志士多乐居焉的一大批风俗民情。如民谣中的"陕西十大怪"——房子半边盖，姑娘不对外，面条像裤带，烙馍像锅盖，油泼辣子一道菜，泡馍大碗卖，帕帕头上戴，唱戏吼起来，板凳不坐蹲起来，下雨下雪逢礼拜，就是指的关中风俗。

南山之南

"北方的南方，南方的北方"，这是对秦岭的人文概括，也是秦岭一地分南北的地理特色所在。因而，秦岭有了与北麓的地理、风土、人文截然不同的南坡——终南山之南的陕南。一座山，天然把陕西的中南部划分为关中、陕南两大块，加上陕北，进而，有了大家传统意义上对陕西的三种地理划分即"三秦"大地。

南麓，两山携三地，即秦岭与巴山连绵交错，形成一块天然的盆地，在盆地的秦岭山脉发源出一条清澈的河流汉江，穿盆地而过，把盆地上陕南的汉中、安康、商洛滋润得山美水美、土地肥沃、民风淳朴，形成了与北麓明显不同的西北"小江南"，三秦之明珠。

秦岭，以秦名山，秦曾是一个国家。巴山，以巴名山，巴也曾是一个国家。所以，秦巴山地间的陕南兼有了秦人和巴人的双重特征。

秦岭，我们已耳熟能详。这里，说一说巴山。

巴山，位于中国西部，是中国陕西、四川、湖北三省交界地区山地的总称，东西绵延500多千米，是嘉陵江和汉江的分水岭，四川盆地和汉中盆地的地理界线。

狭义的巴山，在汉江支流河谷以东，四川、陕西、湖北三省边境。广义的巴山，指绵延在四川、甘肃、陕西、湖北四省边境山地的总称。

山脉由米仓山、巴山、神农架、武当山、荆山等组成，主峰"无名峰"在神农架林区境内，海拔3000多米，东西长约560千米，南北宽约140千米。整个山脉呈西北—东南走向，山脊海拔一般2000米左右。北临汉水，南近长江，东界汉水与大洪山相望，西界嘉陵江与摩天岭相对，东北、东南和西南分别与南阳盆地、江汉平原和成都平原相接，有红桦、红杉、冷杉等茂密原始林，有白熊、白獐、金丝猴等珍贵动物。

米仓山与秦岭紧密相连，勉县的定军山至宁强县阳平关，是为巴山与秦岭的分界线。因而，宁强县城在巴山山域，汉江河源玉带河也在巴山山域。西乡县的牧马河、镇巴县的巴河，构成了秦岭与巴山的东部边界。由东向西，米仓山升起了三大峰区，即：位于南郑、旺苍、南江三县交界的石马山，位于南郑、南江两县交界的红山，位于南郑、城固、西乡三县交界的光头山。

"得定军则得汉中，得汉中则得天下"的定军山，就是石马山"十二连珠"中的一颗明珠，也是石马山的最高峰。石马山一直延伸到汉中盆地的西缘，在汉江南岸隆起十多千米，宛如"游龙戏珠"。这里，历来是兵家必争之地。在定军山南，有一锅形的大洼地，名曰仰天洼，可屯兵万人。在山的北边的沃野，是三国时诸葛亮摆八阵图、制木牛流马，七出祁山、六伐曹魏，"出师未捷身先死，长使英雄泪满襟"之地。也是诸葛亮遗命的葬身地。在此，有武侯墓、武侯祠在汉江的南、北两岸遥遥相望。"黄忠怒斩夏侯渊，定军山下排座次，魏蜀吴鼎立"，三国的最终格局形成，也在这里演绎。

《禹贡》上赫赫有名的梁州，就是因石马山向北展开的支脉熊头岩、后河山、白果寨一直延伸到汉江的梁山而得名。梁山与定军山隔漾家河相望。梁山三面环水，西为漾家河、东为濂水河、北为汉江干流，且有褒河由北向南迎着梁山扑向汉江。其梁山，是横亘在勉县与南郑之间的山梁。是漾家河与濂水河的分水岭。当年禹划定九州，西南之州为梁州，即以梁山之"梁"来赐予。

"梁州"正式成为行政区域名，始于曹魏元帝曹奂景元四年（263）。是年，魏灭蜀汉，旋分蜀汉故地为益、梁二州，各领八郡。梁州初治沔阳（今勉县旧州）；晋太康中移治南郑（今汉中市）。是今陕西秦岭以南，子午河、任河以西，四川青川、江油、中江、遂宁和重庆璧山、綦江等县以东，大溪、分水河以西及贵州桐梓、正安等县地。

后，经两晋、南北朝，由于"州"越设越多，其辖境逐渐缩小。辖境相当于今陕西汉中、四川东部和重庆部分地区。其后，治所屡有迁徙，先后治西城县（今陕西安康市西北汉水北岸）、苞中县（今陕西汉中市西北大钟寺）、城固县（今陕西城固县东八里）等。

晋惠帝永兴元年（304）五胡乱华，少数民族"成汉"政权占领梁州，梁州辖区缩小到今陕西汉中、四川东北部部分地区。南朝刘宋元嘉十一年（434）仍还治南郑县。

隋一统后，大规模撤州并郡，将"梁州"和"汉中郡"一并撤消，改设"汉川郡"。唐初，复改为"梁州"，成为山南西道的一部分。其地缩至今城固以西的汉水流域，约相当于之前的汉中郡，治所仍在南郑，辖南郑、褒城、西（今勉县）、城固四县。

兴元元年（784），唐德宗避朱泚军乱，天子幸梁州，后乱平还都长安，诏改梁州为"兴元府"，位同京兆府。从此，"梁州"一词正式淡出汉中的行政称谓。

米仓山的红山、光头山，分别是嘉陵江支流南江、大通江的河源区。南江与通江在平昌县合流后，称为巴河、巴水。巴河在渠县汇入渠江，再流入嘉陵江，是为嘉陵江左岸最大的支流。

东汉末年，刘璋将秦人设的巴郡一分为三，置巴郡、巴西郡、巴东郡。由此，米仓山是"三巴"与"三秦"的必由之路。由此，也有了开于南郑，过南江县入巴中的米仓道。开通后，米仓道即为"三秦"入"三巴"的捷径。当年唐玄宗"一骑红尘妃子笑"，走的就是米仓道。

"胜景街三省"这幅题词，为时任陕西省省长程安东手书；"千古雄关绝、三江坦途通"，此联为时任重庆市市长包叙定手书；"华夏儿女凝一心，秦楚巴风汇一门"，联为时任湖北省省长蒋祝平手书。这就是被誉为中国自然地理腹心、巴山三省交界处的"鸡心岭"。

在鸡心岭建筑的牌楼上，南边还有"通衢雄关，山舞银蛇蜀道天堑变通途；岭驰铁骥，秦塞旧貌换新颜"的对联压阵；北边亦有"云横九派岭上尽览秦风楚韵；雾漫三边关前遥指蜀水巴山"的妙联助威，写尽了鸡心岭"一脚踏三省"的豪横。

称为"鸡心岭"，是因为中国的版图犹如雄鸡高歌。这雄鸡的心脏，就在陕西、重庆、湖北交界的紫阳、岚皋、镇平、平利，城口、巫溪、巫山，竹溪、竹山一带。

褒国，是秦岭南麓汉中建立的最早的政权。是夏王朝所封的同姓诸侯国。西周时，褒国号称"南国领袖"。西周末年，倾国倾城的褒姒离开国土，跨秦岭，来到北麓的丰镐，演绎出"烽火戏诸侯"而亡西周，之后亡褒国的惨剧。

公元前206年，汉中这片土地发生了惊天动地的事件——汉王刘邦"明修栈道，暗度陈仓"，出兵散关，破关中，荡四海，定天下，由此，汉人、汉民族、汉文化等，均与刘邦被封为"汉王"息息相关。

当年，刘邦被项羽贬到汉中为王，刘邦大怒，想要攻打项羽。

此时，周勃、灌婴、樊哙等也都鼓动刘邦："打！"萧何却劝道："在汉中当王虽然不好，但不是比死还强些吗?"

汉王道："哪里就至于死呀?"

萧何建言道，如今，大王兵众不如项羽，百战百败，不死就很好了！俗话说，留得青山在，不愁没柴烧。而且，汉中"语曰天汉，其称甚美。臣愿大王王汉中，养其民以致贤人，收用巴蜀，定三秦，天下可图也"。

刘邦听后，转怒为喜，采纳了萧何的建议，来到汉中，韬光养晦，设坛拜将，厉兵秣马，一举夺得天下。

《诗经·大东》曰："唯天有汉，监（鉴）亦有光"。《华阳国志》云："实司群望，表我华阳。"天汉，即天上的银河。在古人眼里，天上的银河与地上的汉水相对应。天上的银河居中，地上的汉水也居中。所以，地上的汉水就是天上的银河。像银河一样有光辉，是主管着名山大川的天神，是为天汉。

在美丽富饶的汉中，众多英雄豪杰、文人骚客，或用剑或用笔，演绎了几多威武雄壮、可歌可泣的历史活剧。三国时，曹操、刘备、司马懿、诸葛亮等逐鹿于汉中；唐代，唐玄宗、唐德宗、唐僖宗等因安史之乱、黄巢起义而避乱于汉中；等等。

秦岭南麓的风土文化，融汇了巴蜀、荆楚、关陇等，呈现出五方杂处、南北荟萃、东西交融的独特风采。可以说，民风淳朴、热情好客，与北麓形成了明显的不同。

玉皇紫柏

　　秦岭的宝鸡以南，形成了一处山峰群体，玉皇山就是群山的中心。它，位于宝鸡市渭滨区、太白县、凤县三地交界处，又名青霄山，古称普名香岩山。因山脚下有1300多年历史的玉皇山大庙而得名。玉皇山老庙，史称乾元宫，海拔2100多米，是历史上秦岭西部腹地一处规模宏大的道教宗庙建筑群，是秦岭南北人民祈雨求福的著名道场。

　　玉皇山，北有天台山和代王山护佑，东邻太白县的冻山、蒲山，西连渭滨区的嘉陵江源头观日台、将台山和凤县庙王山，一峰傲立，群山拱卫，山环水绕中，分出汉江流域的秦岭与嘉陵江流域的秦岭，介于嘉陵江、清姜河与石头河、褒河之间。北麓是宝鸡，南麓是汉中。如果说秦岭一山分南北的话，实际上是玉皇山分了南北。

　　北麓是周、秦文化的发源地。是姜太公当年钓鱼而愿者上钩的君臣结识地。文王得子牙而有了周八百年基业，子牙受文王赏识而登坛拜相。至今，还是让很多人羡慕的"朝为田舍郎，暮登天子堂"的传奇式人物。周由此发迹，而后，秦也由此而一统天下，建立了华夏第一个中央高度集权的封建王朝大秦帝国。

南麓的汉中，在汉高祖刘邦得大将韩信后，"明修栈道，暗度陈仓"，翻过玉皇山而破关中，一鼓作气，从秦岭南麓打到了楚河汉界，并一举吞得天下，建立了至今中华民族以汉民族为主体民族的人口众多的五十六个民族大家庭，而独秀于世界民族之林。

"会当凌绝顶，一览众山小"。玉皇山山顶，石锣、石鼓、石钟、麦垛石等怪石林立；山腰，飞瀑齐崖，景色秀丽；山下，老庙古色古香，厚重古朴。登顶，可观群峰，可享受一脚踏太白、凤县之妙趣，亦可超然物外，游走于秦岭的远古而忘我——行走在老庙所在的水蒿川，驿站繁花，村庄错落，街市琳琅满目，南来北往的商贾驮队悠然间让这块关中与陕南的必经之地，再现出昔日繁华。

地处玉皇山脚下的汉江最大的支流——褒河，发源于玉皇山。历史上，从渭滨区石坝河、濛峪沟翻越秦岭的天台山古道，就从玉皇山脚下经过。然后，沿黄牛河谷南下汇入平木河古道和杨家河古道，分别向东达留坝县江口镇而连接褒斜古道，向西达古凤州连接陈仓道。

褒河，古称褒水，元代称紫金河，明代称褒谷水，长175.5千米，集水面积3908平方千米。是长江支流汉江上游左岸较大支流，跨宝鸡、汉中两地的太白县、凤县、留坝县、勉县、汉台区等县区。东、西二源均出秦岭南麓，最后在汉中市汉台区流入汉江。

褒河的水利事业开发较早。据《重刻汉中府志》载，"山河堰灌溉甚广"，传为"汉相国萧何所筑，曹参落成"。清《陕西通志》载：山河堰以"巨石为主，锁石为辅，横以大木，植以长桩"……因而，下游现有民国时期的褒惠渠灌溉工程与石门遗迹。

新中国成立后，党和政府在谷口建有石门水库等水利工程。

沿玉皇山向南，到了凤县与留坝县的交界地带，玉皇山上有了第二座高山——紫柏山。海拔2600多米，山上多紫柏古树，因而得名紫柏山。

紫柏山雨量充沛，气候爽朗，草木葱茂，苍翠欲滴；山顶云雾缭绕，岩谷奇异，有高山草甸、珍奇动物、稀有植物、原始森林；山下，溪水淙淙，风景秀丽，野生动、植物随处可见。

"黄山归来不看岳，九寨归来不看水，紫柏归来不看草"。夏秋时节，天高云淡，风清气爽，自上而下、依次垂直形成的阔叶林带、针阔混交林带、红桦杜鹃林带、冷杉林带、灌木林带和亚高山草甸等，挂在海拔2600多米的紫柏主峰，特别是面积达50平方千米的亚高山草甸，再加之大小坞坦镶嵌在绿茵茵的一片奇花异草上，时而，还有蝴蝶、蜜蜂等于紫柏草间嬉戏打闹，煞是壮观，让人流连忘返！

远视之，烟波浩渺如绿色湖泊，偶尔会有星星点点的小星球状坞坦点缀其上，令人沉醉忘归，不由得进入物我两忘的境界！从此，"紫柏归来不看草"！

巍峨的山岳，其峰、岩、洞、坦、泉、溪与峡谷为一体，有九十二峰八十坦七十二洞，是为秦巴千里栈道的"第一名山"，是与华山、骊山齐名的陕西三大名山之一。尤其是特有的天坑及山顶上的草坦面积，是中国最大的天坦群落，是亚洲第一天坦群落。

紫柏山因汉代留侯张良归隐而成为天下第一山。一眼望去，掩映在紫柏青松间的"授书楼"屹立山巅，在云海中似幻似真。山下的张良庙背靠紫柏山，与大自然神奇造化形成的诸葛抚琴、玄女望月、观音送子、紫柏睡佛等自然奇观相映成趣，增添了紫柏山这一座仙山的神秘氛围。

尤其令人费解的是，在这座张良灵魂归宿地的山脉，多年来，只要人们向天坑扔去石头，就会惊动"子房"，顷刻间，"英雄神仙"张良就会让本来晴朗的天空，忽然间云遮雾罩，虚幻缥缈，大雨倾盆。这一奇观，至今无人能解。

这些神秘莫测的自然景观，加之悠久的人文历史，赋予了紫柏山厚重博大的"厚德载物"。

大家耳熟能详的"明修栈道、暗度陈仓"的陈仓道，从这里经过；诸葛亮七出祁山，五次沿陈仓道北上；姜维大战铁笼山的典故，也发生在这里……如今，司马寨、铁笼山、牧场、点将台、西城墙、郭淮墓等遗迹都历历在目。

相传，诸葛亮失街亭后，沿古陈仓道退兵营盘，为了防御张郃的追兵，曾在这里驻寨扎营，并站在山崖高处日察魏营，夜观星相。天长日久，化影为石。此石，位于东沟口。在谷口挺拔的山崖处，顶端青松掩映中兀立一石，高十余米，形若巨人弹琴抒怀，面北背南，五官俱全，羽扇纶巾，民间称作"诸葛石"。

玄女，上古人。相传黄帝征蚩尤时，玄女于涿鹿一战给黄帝传授兵法，战败蚩尤。道教称为"九天玄女娘娘"，亦称元女。据载：玄女洞乃玄女在此教孝妇织锦供姑，有石梭、石机各一，石笋、钟乳遍布其间，或人或兽，或龙或蛇。有石柱擎天，人称"定海神针"。暗河伏流，穿紫柏山而过。紫柏山玄女望月，玄女洞，又名元女洞，位于张良庙北40千米，洞深约1千米，是紫柏山溶洞的最佳景观之一。

东险西秀，南奇北绝，崖岩潭洞，稀世罕见的紫柏山，既有"留侯辟谷"的"神仙引路"，还有"世外桃源""人间仙境"的强大"磁场"，吸引了历代隐士出没，真人坐禅，游客云集。

在七十二洞、八十二坦、九十二峰中，富有诗情画意的洞中景色和平圹的长青坦、塌底坦、金竹坦……构成的"紫柏山奇观"，始终让人去而往返！

太白积雪

盛夏，白雪皑皑，银光四射，这是"关中八景"之一的"太白积雪"。北魏郦道元在《水经注》中云："太白山南连武功山，于诸山最为秀杰，冬夏积雪，望之皑然。"这是对"太白积雪"景色描述最早的出处。

"雪花点翠屏，秋风吹不起"，这是元代朱铎《太白山》诗中之句；唐代诗人杜甫也有"犹瞻太白雪，喜遇武功天"之句；宋代苏轼亦有"岩崖已奇绝，冰雪更周鋾"的描述……到了清代，朱集义在《关中八景》中描述道："白玉山头玉屑寒，松风飘拂上琅玕。云深何处高僧卧，五月披裘此地寒。"

太白山是秦岭的主峰所在，最突出的特点是"高"。海拔3700余米。西邻海拔2820米的玉皇山，东邻海拔3070米的地肺山，太白山比两个邻居要高出700—900米。太白山之南，是"白菜心"的汉中盆地；太白山之北，是"大周原"的关中平原，比"白菜心"和"大周原"要高出3200多米。在秦岭一脉，人们无不仰视而敬畏太白山。

太白山的山域，西以石头河、襃河与玉皇山分界，东以黑河、渭水河与地肺山分界；横卧于陕西省眉县、太白县、周至县三县境内。万山磅礴看主峰，太白山主峰拔仙台，海拔3700多米，向西扩展形成一道山梁，即：拔仙台、跑马梁、太白梁、鳌山。这里，是秦岭3000米以上山峰最密集的地方。沿鳌山向西扩展，山势崛起，形成摩天岭，往南直达汉中的天台山。在整个秦岭山脉中，太白山是山域最小的一座。

"太白六月积雪"，是清代以前常见的现象。如今，全球气候转暖，这种反季节的盛夏如冬的场景不多见了。但是，从环境气候学的规律看，太白的主峰拔仙台是陕西省的至高点，也是我国大陆的东半壁——东经105°以东地区的最高峰。一般情况下，海拔每升高120米，温度就降低1℃，西安市的海拔大约是400米，4月末的温度是22℃左右，如此估算，在太白山海拔3000米以上的地方，目前应该就有积雪存在。只是，"白玉山头玉屑寒"的场景，现在见不到了。

太白山，得名于武王姬发的封禅。而且，自古就是建功立业的象征。当年，后稷在今武功镇建立了中国历史上第一个邦国"有邰国"，成为周的先祖。武功县地处关中平原腹地，是中华民族农耕文明的发祥地之一。

武王灭殷商建立西周后，以公、侯、伯、子、男五等爵位分封亲属和功臣，并封山、封水、封神。为感谢泰伯推让之恩，遂将秦岭主峰最高峰命名为"太白（泰伯）"山，以纪念其高风亮节。并将太白山次峰（今称鳌山）命名为"武功山"，将斜水（今称石头河）命名为"武功水"。北魏《水经注》也载："太乙山，亦曰太白山，在武功县内，去长安二百里，不知其高。"

《国语》载："昔少典氏娶于有蟜氏，生黄帝、炎帝。炎帝以姜水成，黄帝以姬水成。成而异德，故黄帝为姬，炎帝为姜。"姬水，就是今天武功县境内的漆水河。

自周代后，历朝历代将武功归属于长安都城的京畿之地。

"金星之精，坠于终南圭峰之西，因号为太白山，其精化为白石，状如美玉，时有紫气覆之"，这是唐末道士杜光庭在《录异记》中记述的。道士的解释，使太白山有了"仙气"。"金星"，即"太白"，合称"太白金星"。后来，太白金星成为道教中的"白帝子"。《水经注》也载："汉武帝时，已有太白山神祠，其神名谷春，是列仙传中人。"

太白山山巅的大爷海、二爷海、三爷海、玉皇池四个高山湖泊，在山高云淡中更显池水清澈，终年的积雪银光四射，更显出太白山的如梦如幻的迷人景致。

成书于明代的神魔小说《封神演义》，把太白山的梦幻景致进行了充分演绎。小说以姜子牙在太白山下垂钓为由头，拉开了虚实相伴的太白山。其"凤鸣岐山""三霄五阵""太白宝光"……最后以姜子牙在太白山之巅——拔仙台，封诸神和周武王封诸侯结尾，使太白山从传说走向了文学描绘，也从艺术传播走向了人们的社会生活。

如今，太白山森林公园内的春秋战国时期王禅老祖修道的"鬼谷子洞"，相传为汉钟离、吕洞宾等八仙修行处"钟吕坪"，道教始祖老子骑牛过玄关路经汤峪休息的"青牛洞"，唐玄宗携杨贵妃游汤峪所建的"唐子城"，药王孙思邈上太白采药的栈道等遗址，为神话留下了现代版的"穿越"和"神迹"。

"西当太白有鸟道，可以横绝峨眉巅"，出自唐代诗人李白《蜀道难》，以秦岭、太白山之险而言蜀道之难。作为穿越太白山的傥骆道，把比"登天还难"的秦岭与西南四川的通道打通了。与其他褒斜道、子午道、连云栈道、陈仓道等齐名的傥骆道，是关中通往西南最快捷，也最险峻的一条古道。

傥骆道得名于秦岭南口陕南洋县的傥水河口，秦岭北口位于周至县西骆峪。名字虽得名于傥谷和骆谷，但两谷并不直接相通，中间要经过西骆谷水、黑水、湑水、酉水、傥水等河谷。要翻越西骆谷水与黑水之间的十八盘岭、黑水与湑水之间的秦岭主脊、湑水与酉水之间的兴隆岭、酉水与傥水之间的牛岭和贯岭梁等四五座大山岭，因而，傥骆道是由众多谷道组成的一条迂回曲折的山谷道路。从周至骆峪口沿骆峪，经厚畛子，越兴隆岭，沿酉水华阳至洋县，全程420多千米。

据载，这条路线主要用于军事活动。三国时期，刘备在汉中建立了军事基地，征战进退，都是首选傥骆道。公元244年，魏将曹爽出骆峪伐蜀。公元257年，蜀将姜维出傥骆道伐魏。唐代，傥骆道曾一度繁荣，成为由长安入川最便捷的道路，沿途馆驿多达十一处。中唐以后，傥骆道成为官道，官员任免，回京述职，多走此路，路上曾经遍布亭帐馆舍，以备军旅之用。公元783年，德宗避乱南郑，公元880年僖宗去蜀，都是取道傥骆。

形态不一，特点各异，由下到上分为低山区、中山区、高山区的太白山。其低山区黄土覆盖，中山区石峰发育，高山区保留冰川遗迹。

低山区在海拔800—1300米之间，地形起伏中，黄土掩覆的基岩裸露处，水流常沿断裂带叮咚而下，形成天然的幽深峡谷。中山区在海拔1300—3000米之间，北坡从刘家崖到放羊寺，南坡从黄柏塬到三清池，属石质区。大殿以下，沟谷断石呈"V"形，谷间山梁陡峭，多呈锯齿状。大殿以上，石峰林立，姿态万千。大殿至斗母宫一带层峦叠翠，势若屏风，把附近的花岗片麻岩柱峰，打造得傲然挺立。

高山区在海拔3000米以上，至太白山顶峰。有保存较完整冰川地貌形态。如，冰蚀的冰斗、角峰、槽谷，冰碛的终碛堤等。拔仙台被各种冰川地貌包围。冰斗湖、角峰大太白海和二太白海，在拔仙台西北，东、南、西三面的崖壁环绕。三太白海是一个受断层影响的冰蚀湖，湖面高程海拔3485米。玉皇池是太白山最大的冰蚀湖，湖面高程海拔3380米。从拔仙台顶面，东北到文公庙梁，西经跑马梁直至鳌山，大小不等的棱角状砾块遍布、覆盖山梁及台原，连成一片，状似石块构成的海洋、河流，煞是迷人。

太白山南、北两坡，气候迥然不同。形成了不同类型土壤，以及以气候为分野、以植被为标志的自然综合体的天然景观也不同。因而，太白山的动植物资源非常丰富。山上林木茂盛，中草药遍地皆是，尤其世界上仅存的孑遗植物——独叶草在太白山独有。丰富的植物资源为野生动物提供了充足食物，雉类之血雉、红腹角雉，以及兽类之大熊猫、金丝猴、羚牛等珍禽异兽，大都在太白山繁衍生息。

莲是华山

在终南山与莽岭接合部，秦岭向东北方向延伸出一大支脉，即是华山山脉。有草链岭、少华山、华山、小华山、崤山、邙山等部分。最高的草链岭海拔在2600余米，东、西、南三峰呈鼎足相依，为华山主峰。中峰、北峰相辅，周围各小峰环卫而立，宛如青莲层层花瓣，形成华山挺拔峻秀之姿。

从远处眺望，浩渺烟波在盛开的莲花周围缭绕，莲花在西岳绽放——中间的三峰似莲心，周围群峰如莲瓣。

俯瞰，华山像盛开的莲花，宛如凌波仙子在茫茫无际的秦岭绿海里，亭亭玉立。

此时，宋周敦颐的《爱莲说》在脑海里涌起："水陆草木之花，可爱者甚蕃。晋陶渊明独爱菊。自李唐来，世人甚爱牡丹。予独爱莲之出淤泥而不染，濯清涟而不妖，中通外直，不蔓不枝，香远益清，亭亭净植，可远观而不可亵玩焉！"

是呀，华山这朵盛开的莲花，一直是人们心中高洁、独立、明艳，出秦岭而不妖的"奇险天下第一山"！

这山，《水经注》称："远而望之，若花状。"唐代大诗人李白也有诗云："白帝金精运元气，石作莲花云作台。"形象、生动地刻画和赞美了山的挺拔、峻秀、奇幻！

华山，古称"西岳"，雅称"太华山"，为五岳之一。位于陕西省渭南市华阴市。南接秦岭山脉，北瞰黄渭，自古以来就以"奇险"著称。中华之"华"源于华山，由此，华山有了"华夏之根"的美誉。位于中国版图的最中央，又称"中华山"，周边聚居的民族又称"中华山民族"。与此同时，华山也是中国道教主流全真派圣地，为"第四洞天"，是中国民间广泛崇奉的神祇，即西岳华山君神。共有七十二个半悬空洞，道观二十余座，其中玉泉院、都龙庙、东道院、镇岳宫被列为全国重点道教宫观，有陈抟、郝大通、贺元希等著名的道教高人遗迹。

山脉，是深层侵入岩体的花岗岩浑然巨石，顶部是粗粒斑状花岗岩，中部是中粒花岗河长岩及片麻状花岗岩。约7000万年以前，华山山脉的地壳持续上升，而渭河地带却反向下陷，这样，逐步形成了秦岭北麓的大断层。加之雨水、阳光、冰冻、流水等各种外力作用的影响，花岗岩逐渐露出，并切割、风化成一座座峻秀的山峰。

据载，距今11700年前，冰河期结束。随着气温升高，部分山川冰雪融化，地壳发生剧烈运动，山河地貌也发生了又一次巨大变化。此时，万里黄河流至华山之下，为山所阻，便形成了巨大的内陆湖。与此同时，冰川运动所引起的巨大地震，使本来相连的华山与中条山之间开裂，黄河也奔流向海，使身后的渭、洛、汾冲积平原露出水面，并为日后原始定居农业的发展，创造了得天独厚的条件。

如凌空开放的莲花，聚居周围的有巢氏或燧人氏，就称呼它为"华（花）山"。定居华山脚下、渭水南岸，先民们将这里自名为华胥州，姓氏为华胥氏。由此，原始农业也祈以花繁粮丰。花（华），便成为华胥氏的图腾崇拜。

考古发现，早在6000年前的新石器时代，已有先民在华山脚下生息，华山脚下的横阵、龙窝遗址是典型的新石器时代遗址。

随着社会的发展、人类的进化，华山见证了中华人的本土起源，就是黄皮肤黑头发的有巢氏和燧人氏之"原始群"。由此，华山更孕育了血缘的中华民族，也就是"花源龙脉"的华胥女娲与父系伏羲（前文有述）。华胥氏、伏羲氏亦位列"三皇"。"三皇"史，就是中华民族同种同族而源的民族史。国学大师章太炎有云："我国民族旧居雍梁二州之地，东南华阴，东北华阳，就华山以定限，其后人迹所至，遍及九州，华之名始广。"

"自古华山一条路，登临犹比上天难"，这句古语，表达出华山地势之险峻，不易攀爬。由于山高路险、悬崖峭壁，唐代以前很少有人登临。历代君王祭西岳，都是在山下西岳庙中举行大典。直到唐朝，随着道教兴盛，道徒们开始居山建观，并逐渐在北坡沿溪谷而上开凿了一条险道，之后，有了"自古华山一条路"的说法。

炫美夺目的华山，主峰像莲花散开的花瓣，形成了东、西、南、中四座山峰。唯独北峰，似镶嵌在花瓣旁、含苞待放的花魁。

"三峰却立如欲摧，翠崖丹谷高掌开。白帝金精运元气，石作莲花云作台"，这是唐李白写到的北峰景色。含苞待放的北峰，海拔1600余米，四面悬绝，上达景云，下到地脉，峰头是由几组巨石拼接，浑然天成，似若云台，独秀于山巅，因而有了云台峰的美名，是南望华山三峰和苍龙岭的好地方。峰腰树木葱郁，秀气充盈，有如真武殿、焦公石室、长春石室、玉女窗、仙油贡、神土崖、倚云亭等，是攀登华山绝顶途中理想的休息场所。电影《智取华山》，就是人民解放军在华阴群众帮助下，从黄甫峪攀上北峰，奇袭残匪，创造出"神兵天降"的壮举，打破了"华山自古一条路"的定论。

"峰上石耸起，有石片覆其上，如荷花"，这是《徐霞客游记》中的西峰。西峰海拔2000余米，为浑然天成的一块巨石。峰巅形似莲花瓣，因而多称为莲花峰、芙蓉峰。绝崖千丈，如刀削锯截，陡峭巍峨而一阳冲天，是为华山山形的代表。"寄言嘉遁客，此处是仙乡"，是宋名隐士陈抟的佳句。沉香劈山救母的故事，就从这里走出。登西峰远眺，云霞在群山缭绕，黄渭曲流，宛若仙境，忘我而空灵。300余米的山脊把南崖与南峰相连，形似一条屈缩的龙，是为华山著名的险道之一。

"如人危坐而引双膝"，这是明朝袁宏道记述的南峰。人称"华山元首"的南峰，南峰海拔2100余米，是为华山最高主峰，也是五岳中的最高峰。宋代名相寇准曾写下"只有天在上，更无山与齐。举头红日近，俯首白云低"的诗句。登上南峰绝顶，与天同齐，星斗绕膝，如临天界。南峰由一峰二顶组成，东侧一顶叫松桧峰，西侧一顶叫落雁峰，也有说南峰由三顶组成，把落雁峰之西的孝子峰也算在其内。落雁峰最高居中，松桧峰居东，孝子峰居西，整体像一把圈椅，三个峰顶恰似一尊面北而坐的巨人。落雁峰最高处有仰天池、黑龙潭等，松桧峰有八卦池、南天门、朝元洞、长空栈道、全真岩、避诏岩、鹰翅石、杨公亭等，景色优美。松桧峰为南峰之主，建有白帝祠，又名金天宫，是华山神金天少昊的主庙。

由一主三仆四个峰头组成的东峰，海拔2000余米，峰顶有一平台，是观日出的地方，人称朝阳台，因此也被称为朝阳峰。朝阳台所在的峰头最高，玉女峰在西，石楼峰居东，博台偏南，宾主有序，各呈千秋。古时登东峰道路艰险，有记述曰：山岗如削出的一面坡，高数十丈，上面仅凿了几个足窝，两边又无树枝藤蔓可以攀援，登峰的人只有爬在岗石上，脚手并用才能到达峰巅。今已开辟并拓宽几条登峰台阶路，游人可安全到达。

居东、西、南三峰中央的中峰，高2000余米。峰上林木葱茏、奇花异草遍布。峰头玉女祠，传说是春秋时秦穆公女弄玉的修行之地。中峰多数景观都与萧史弄玉的故事有关，如玉女崖、玉女洞、玉女石马、玉女洗头盘等。明顾咸正有诗云"金神法象三千界，玉女明妆十二楼"，对中峰景色一语中的。

商山之隐

"茫茫商山，寂静凄凉，夜黑、月高、风急，虎啸、马嘶鸣……"这是姚雪垠笔下《李自成》中描写的商山一幕。

作为秦岭南麓的商山，历史上，因商鞅封邑而得域，因"四皓"大隐而得名。但在现代人的头脑中，姚雪垠的隐而后发制人，把商山雕刻得可谓入脑入心。

虽然李自成在北京城只当了四十三天大顺皇帝，但是，明末的这支农民起义军，却在"商山之隐"下，十几骑潜于其中而吸纳精华、汲取力量，进而"龙行天下"。最终，灭了大明，青史留名。

据载，公元1637年春二月，李自成率部入陕西，准备东进与河南的"革左五营"会合。在潼关南原陷入明军洪承畴、孙传庭部的重兵包围。经几昼夜决战，独与刘宗敏、田见秀等十八骑冲出重围来到商洛山中。

当时的商洛山，人烟稀少，地瘠民贫，但沟壑纵横，森林茂密，地形复杂，处于军事的真空地带，也是"潜龙勿扰"而韬光养晦的最佳环境。

李自成知道，1635年自己在河南荥阳也遭受了重围，几乎全军覆没。现在天赐良机，息马深山，蛰伏隐姓，收集旧部，白天耕田练武，晚上研读兵书，以"收拾残破费经营，暂驻商洛苦练兵。月夜贪看击剑晚，星晨风送马蹄轻"的《商洛杂忆》自创诗而明志。与亲兵兄弟们，用汉高祖刘邦起义时屡战屡败，屡败屡战，终于垓下一役而消灭强敌项羽，取得天下的故事，互相激励斗志……之后，商洛山稳如磐石，义军积蓄力量并东山再起。

李自成在商山隐忍而图天下，只是中国隐士文化的一个范例。真正的商山之隐，开端于"商山四皓"。

史载，秦末汉初，一叫东园公、二叫夏黄公、三叫绮里季、四叫角里先生的"商山四皓"，年龄都八十多岁，须眉皓白，衣冠甚伟。四位博士，因避秦始皇焚书坑儒的暴政而隐居此山。看到商山，叠翠千里，泉清石幽，草木忘我，比起帝都咸阳的市侩遍地、明争暗斗，可谓一方人间净土。这里，没有争宠斗势、残暴杀戮、尔虞我诈。因而，便采摘野菜而食，一壶酒、一局棋，便悠然自得，遂决心隐居而生。

汉高祖刘邦得天下后，"四皓'征之不至'，乃深自匿终南山"，并以歌明志道："莫莫高山，深谷逶迤。晔晔紫芝，可以疗饥。唐虞世远，吾将何归？驷马高盖，其忧甚大。富贵之畏人兮，不如贫贱之肆志。"

后来，汉高祖十二年，因高祖想废黜太子，四位老人受张良邀请前往长安，出山辅佐太子刘盈，使其免于被废。从此，被称为"商山四皓"。

由此，商山四皓所代表的"邦有道则仕，邦无道则隐"的儒家伦理，受到历代士人的推崇，并成为中国隐逸文化的象征吟咏不绝。故，商山也被称为"中国第一隐山"。

"四皓"死后，葬于商山。南北朝时，为"四皓"立祠。《魏书》载："上洛郡有丹水、南秦水、汉高祖祠、四皓祠。"据载，晋代陶渊明的《桃花源记》的素材，正是取材于四皓的故事。

　　其实，开辟隐士文化先河的当属姜太公。当年把文王钓于囊中，成为大周开国宰相。之后，居于"天之中，都之南"的终南山，应为"名山修道"的"终南为冠"。只是，"四皓"把隐士文化推向了巅峰。而后，秦岭便成为隐士的天堂。而且，日臻成熟的隐士文化也渐进成为中国传统文化不可或缺的组成部分，熠熠生辉。如请"四皓"出山的张良，日后也到了秦岭南坡的紫柏山隐居。至今，张良修身养性、成仙得道的故事都扑朔迷离，让人莫衷一是。再之后的王维隐居终南山的辋川，将山水情怀与佛法禅意贯通一体，创作出大量在后世影响甚大的诗词佳句，让人在禅意和哲理中享受中国传统文化的宏阔，可谓高山仰止！孙思邈在太白山隐居，在"太白七十二样七"中，天天与草木通神通灵，终于成为草药的化身，成为名标青史的一代药圣等，把隐士文化逐步推向"心灵隐士""心神合一""天人合一"，而后，再返璞归真，回报现实的新境界。

　　商山，因"四皓"而得名。原指秦汉上雒、商（县）之间的南山。后，上雒城治所由上雒古城搬迁至上游六十里，即今商洛市所在地的"商州城"后，该地仅有商（丹凤）的山，所以，又指位于陕西省商洛市丹凤县商镇南一千米，丹江南岸，海拔1000余米，形似"商"字的山。据载，古之商国丹凤，素以山名，独有一山"形如商字，汤以为国号，郡以为名"，它就是商山。

　　战国末期，群雄逐鹿，卫国人卫鞅，"离魏相秦，舌战群儒"，"不畏权贵，变法革新"，使居西部一隅的秦国，迅速成长为七国之霸。据载，约秦孝公二十二年（前340），卫鞅计擒魏公子印，大破魏军，遂封于此，号商君。由于卫鞅封于商邑。后，商县、商洛县治亦均在古城。商鞅邑城，在今丹凤县城西的古城村，建于秦孝公十一年（前351），为商於古道之中心。据考古学家介绍，商，是今陕西丹凤至河南西峡一带的河谷。

春秋时期，陕南地区为秦、楚两国的边界。两国在此长期进行"拉锯战"，商邑地区也曾为楚国所有。

商洛之名，出于商山、洛水。在历史上，曾有商州、上洛等称谓。秦时，这片土地的南部属于汉中郡、北部属于关中郡。西汉时，设商县属于弘农郡。至西晋，为安置流民，始设上洛郡。当时，上洛郡辖上洛县（今商州）、商县（今丹凤）、卢氏县（今河南卢氏），郡治在古上洛城。一直到了宋代，撤销了上洛郡，设商州。

商山，不但连接着秦岭南北，而且是连接关中平原与江汉平原、西北与东南的大通道。还是将黄河与长江分水而流的桥头堡，这就是蟒岭。

蟒岭，北麓是洛河流域、南麓是丹江流域，以老鹳河与伏牛山为界。蟒岭在丹江北岸，最高峰位于丹凤、商南、卢氏三县交界处，海拔2000余米。丹江南岸有秦王山、流岭、新开岭等山脉。流岭即为小商山。南北一体，即为商山。就是说，商山是丹江两岸的总称。丹江流淌于商山之间，即为商水。因而，商山商水浑然一体，美不胜收。

如，塔云山，乃驰名秦、鄂、川、豫等地的道教名山，位于镇安县境内。主峰海拔1660余米，曾称"塔儿山"，《镇安旧志》称其为"邑西仙境"。洛南老君山，相传为太上老君在此修炼成仙，故而得名。千百年来一直为道教信众朝圣之所。柞水有溶洞117个，大小各异、景观奇特，反映了新近纪晚期至第四纪之间秦岭地壳多期间歇性抬升的演化过程，被誉为"北国奇观"。

位于柞水县的终南山秦楚古道，曾为长安通往金州（安康）的交通要道和枢纽，素有"秦楚咽喉""终南首邑"之称。古道沿途有溪流瀑布、高山草甸、冰川遗迹和雷劈石、红桦林、苦竹海、杜鹃林等，是难得一见的高山景观。

物产南北并蓄，风俗秦楚交融，文化积淀丰厚的商山，也是自古以来，南北杂处、各方人士云集的理想之地。

栈道春秋

从"难于上青天",到"暗度陈仓",到"六出祁山",到"一骑红尘妃子笑"……掩藏于崇山峻岭中的古栈道,让纵横于中国南北的秦岭,在"道阻且长"的历史云烟中,越发春秋如梦,似幻似真。

这些挂于悬崖峭壁,行走在崇山峻岭,如游龙伏于巍峨秦岭的栈道,奇美而壮丽!是当年祖先们探梦寻梦追梦的结晶,是祖先开拓精神的象征——当祖先们在"神话"的世界里翻江倒海,渴望到"山外有山,天外有天"的外面世界去闯荡、去开拓、去发展时,高山阻挡不了,峻岭阻挡不了,峭壁阻挡不了!

这些早于长城,更早于大运河的土木工程,因为人而改变环境、改变历史的故事,熔铸成中华民族征服自然、改造自然的精神史诗,便开始在秦岭上演!

"暗淡了刀光剑影,远去了鼓角争鸣","铁马秋风大散关"……这些斑驳残存的栈道记忆,如今已成高铁、高速公路的坦途。但是,故事里的栈道,早已铭刻在民族的史册上。

从史料中走来,来自武王伐纣。据载,那个时代,周师从镐京出发，沿秦岭渭水河谷南岸向东进发，抵达与黄河汇合点附近的潼关后，再进入桃林塞（潼关—灵宝老城段），之后进入崤函通道（由崤山古道和函谷组成），经灵宝老城（秦函谷关位置）—陕县—渑池，出崤函通道后再前行到义马，经过新安抵达洛阳，再向北到达黄河南岸的盟津渡口。在盟津，与赶来参战的庸、蜀、羌、髳、微、卢、彭、濮八个方国（部族）的军队会师，然后渡过黄河，北上伐纣。

看看伐纣路线，一路上，周等方国必须穿过用木头、绳索、藤条等搭建在秦岭悬崖上的栈道，一路到达朝歌。这说明，当时丛林密布、荆棘遍地、悬崖峭壁的秦岭，在栈道的疏通下，已阻挡不了军队的前行。更说明当时的栈道，已能承受大批人员物资的负载，是为中国交通史上的奇迹。

逢山开路，遇水搭桥。今天想想，古人们为了看看"外面的世界"，可谓煞费苦心。让我们不由得心生敬意。尤其那个靠锤打轧钻、肩扛手提的远古年代，先人们是怎么勘探、规划、打凿、铺板的？怎么在山水边、峭壁上，连成百里坦途的？至今，耐人寻味！

栈道，又称阁道、栈阁。修栈道，是在大山的河岸崖壁上凿洞架木，再铺上木板。木板下是激流险滩，人和车马可在木板铺成的道路上行走。一般情况下，是在大山的河流石底上凿出竖洞，插上竖木作横梁为支撑，另在峭壁上凿洞插入横梁，在横梁上铺起木板，也有将木梁改用石梁的。简易的栈道，横梁没有立柱支撑，经过时，板响梁震，让人心惊胆战，步步惊心。有的在边缘装有栏杆，让经过的人、马、车稍觉安全。遇到绕不过的山岭，只能凿出一条隧洞，使其变为通途。

每逢悬崖峭壁，要修建栈阁，难度最大。要在半崖凿出一排深孔，将方木紧紧嵌入，再用圆木作为立柱，在下面将木梁牢固支撑。再在方木之间铺上木板，就铺成了蜿蜒平直的道路。为防止山上随时有暴雨或山洪冲击而下的飞石、树枝等物，还会在栈道的上方平行搭起一道阁檐作为安全防护，以保证栈道的畅通。

当时，人们行走栈道，即便是加固得再坚固再牢靠，也令人提心吊胆，通过时常常恐惧而紧张。尤其是那些修建在悬崖峭壁上的栈阁，行走其上，如坠五里雾里，眼睛只能直勾勾地一直向前看，根本不敢瞟一眼栈道下方的万丈深渊。感觉，稍不留神，就会坠入万丈深渊，踏进"鬼门关"！

据载，最早的栈道，建于战国时秦惠王时。约公元前316年，当时，秦惠王用司马错之策攻蜀，大破蜀军并灭蜀国。之后，为了开发蜀国（四川），组织人员依山傍岩，深壑构路，凿山为道，修桥涉水，始建褒斜栈道。建成后的褒斜栈道长约235千米，可谓"栈道千里，通于蜀汉，使天下皆畏秦"。

秦岭中的栈道，像一只打开的手，十指连接着关中和汉中，连接着八百里秦川与巴蜀大地，连接着西北与西南、中原，连接着秦、汉、唐等帝国与中华大地，甚至世界的命脉。

史载，当年秦岭深处的子午道、金牛道、傥骆道、褒斜道、陈仓道、回车道、连云道等，把"天下之阻"的秦岭，"天堑"变"通途"。且条条险峻、处处绝境，一路上险象环生、风光无限。在"难于上青天"中，行云流水，云里雾里，让人常常有"绝处逢生""铁马秋风"的热血沸腾，气壮山河的大悲大美！

子午道，开辟于秦末汉初。史载："鸿门宴"后，刘邦被封为汉王，从西安市南的杜城进入秦岭子午道，前往汉中，并依张良之计，途中烧毁了栈道上的"葭阁"，以此表达再不入关中的决心而迷惑霸王。

古代，称北为子，南为午。南北走向的大道，是为子午道。秦岭的子午道，自长安直南，入子午谷翻越秦岭通往汉中、安康及巴蜀。子午道不是正南正北。

作为官道，开通于公元4年秋。《汉书》载："（元始五年）秋，莽以皇后有子孙瑞，通子午道。"

开通后，子午道常被以关中为根据地的政权用作进攻汉中、安康以至四川、湖北等地的通道。三国时，魏大将钟会率十万大军，从斜谷、骆谷、子午谷三道伐蜀而会于汉中，并一举灭掉了蜀。清初，康熙在平定占据四川、汉中等地的吴三桂叛军时，派大将图海等由子午道进攻汉中。同时也被以南方为根据地的政权用作攻打北方长安的通道。南朝刘宋开国皇帝刘裕，就利用子午道对后秦发起攻伐，以配合由洛阳、潼关、武关进入长安的主力。

唐代天宝年间，因杨贵妃嗜吃鲜荔枝。荔枝产于四川涪州，因而开辟"荔枝道"由涪州经镇巴、西乡、南子午镇沿汉子午道新路运往长安。就有了诗圣杜甫的"奔腾献荔枝"诗句。此时，也是子午道最鼎盛时期。

"蜀道难，难于上青天"，诗人李白慨叹的就是古蜀道的金牛道。古人的蜀道，是指长安穿越秦岭通往蜀地的道路。也指关中进入四川盆地的道路。金牛道北起陕南勉县，南至四川巴中大剑关口，其中川北广元到陕南宁强一段十分险峻。可以说，自八百里秦川逶迤而来，出勉县，过阳平关，走宁强，越七盘关至朝天驿，而后经广元至昭化（今广元市昭化区）。

金牛道，源自"石牛粪金、五丁开道"的故事。相传战国，秦欲征服关山万里的蜀国，惠王心生一计，命人造了五头石牛送给蜀王，并谎称石牛能日粪千金。蜀王贪财，命五丁力士开路，以迎石牛。道路修通了，蜀王迎来的不是日能粪千金的石牛，而是秦国的万千铁骑。于是，蜀国灭亡了。人们便把这条路称为"金牛道"。

金牛古道，全长共二千余里，山重水复，栈道相连。先有金牛道，后有翠云廊。翠云廊就在金牛古道上。其翠云廊的古柏，既是古道的守护者，又是历史的见证者。其南段，从剑阁到阆中；西段，从剑阁到梓潼，这是剑阁至成都的最主要通道；北段就是金牛道，位于剑阁的中段。翠云廊，三百里；柏树参天，形似云彩，覆盖在栈道两侧形成了苍翠茂密的绿色走廊，由此而得名。翠云廊，也是世界上罕见的人工种植最早、规模最大的行道树群。

从秦朝开始，翠云廊的柏树群经历了汉、晋、唐、宋、明、清等7个朝代。史载，这7个朝代中一共有7次植树活动。胸径2米以上的古柏，树龄应有两千多年，应为秦朝所植；胸径1.8米以上的古柏，应为三国所植；胸径1.8米以下的古柏，是为晋朝所植。

傥骆道，得名于其南口位于汉中洋县傥水河口，北口位于周至县西骆峪。长约240千米，是由长安翻越秦岭通达汉中、四川的又一驿道。是褒斜道、子午道、连云栈道等中最快捷，也最险峻的一条古道。如，老君岭至都督门一段道路，蜿蜒于秦岭主峰太白山南侧黑河各支流间，人烟稀少、野兽出没；真符县（今陕西洋县）境不仅"绝栏萦回，危栈绵亘"，而且有"黄泉"险地，并多有毒虫猛兽。

傥骆道之名，三国时历史已有记载。据载，五里一邮，十里一亭，三十里一驿……凌空飞架的傥骆栈道，在崇山峻岭之间、湍流绿波之上，雄奇而壮美。傥骆道开辟利用较晚，被用作官驿大道的时间也较短。元代以后，傥骆道荒废不通。

典故"明修栈道，暗度陈仓"的陈仓道，即故道、嘉陵道。从陈仓向西南出散关，沿嘉陵江上游（故道水）谷道至今凤县，折西南沿故道水河谷，经今两当……抵汉中。其道，长而平坦，又有嘉陵江水运。所以，川陕之间的往来，多发于嘉陵道。

……

巍峨栈道，虽然已成历史云烟，但是与长城的"围"而家国一体，大运河的"疏"而南北相携一道，栈道的"延"而通达四方，早已彪炳于中华民族灿烂悠久的历史文化史册！

上善之水

山因水而灵秀，水因山而多姿。汪洋大地，惟余莽莽。茫茫禹迹，划为九州。

老子云"上善若水，水善利万物而不争，故几于道"。秦岭的水，就是道的体现。

时间到了第四纪冰川时代，在"水随山而行，山界水而止"的秦岭山脉，冰斗、石海、石河、冰川湖等冰川地貌渐进形成……而后，山借水势，水走山形，"地势坤"的秦岭注定要在厚德载物中，把甘甜的"乳汁"——水，奉献给炎黄子孙，并孕育出中华文明的根脉而生生不息！

在北仰南俯的山体地形作用下，长江四大支流的两大支流——汉江、嘉陵江从秦岭南麓发源，黄河的第一大支流在北麓的渭河开源。由此，"两江两河"，即：汉江、嘉陵江、渭河、洛河的秦岭水系形成。从此，南坡的132条流入汉江（含丹江）、嘉陵江后，注入长江，最终流入东海；北坡的63条汇入渭河、洛河后，注入黄河，最终流入渤海。就这样，厚德的秦岭，犹如横躺于中华大地的母亲，把"乳汁"分送于我国南北两大水系——长江、黄河，哺育、浇灌出中华民族，肇始出中华文化的文明之光。而后，这光，逐渐沿黄河扩展到整个北方大河流域，尤其是黄土覆盖地区，形成了统一的华夏文明。

北仰南俯，南北坡极不对称的山地形态，使环绕其间的水系也明显有别。

北坡，河流都属于渭河中、下游右岸的一、二级支流。从主脊到渭河平原，最宽处不足40千米。其山势陡峭，峭壁林立。而且，河流路转像一个钓钩形水系，如黑河、石头河、坝河、桃川河等。河流以短、直为主，多瀑布、急流、险滩。沟谷形状为"V""U"形复式重叠，上部较宽，中间常呈"U"形，下部多为"V"。这些短小的山涧溪流，自南向北奔流，并在经年累月中天然切成许多溪谷或峪。

众多的峪，有人进行了统计，有"七十二峪"之多。其实，远不止这个数字。著名的峪口有：田峪口、大峪口、子午口、沣峪口、涝峪口、黑峪口、斜峪口等。与此同时，由于北坡坡幅短，又有大断层，影响了河流的纵坡比降，形成了上游陡、下游缓的特点。而且峪口和稍宽的直谷、深切直流交替出现，为封沟打坝、建库蓄水提供了有利条件。如先后在石砭峪、石头河、西骆峪、箭峪、桥峪、蒲峪等利用地形特点，修建了水库。

南坡，主要是汉江上游左岸的一级支流，嘉陵江和洛河上游干、支流。表现为曲长，是北坡的好几倍，而且比降小。河网，呈主流和支流成直角相交的格子状，东段谷岭间的不对称状，中段、西段的树枝状。

河流的横断面，以多而深邃的峡谷为主。如褒河的江口至褒城段、嘉陵江的十里墩至白水段、洛河的保安至河源段等。峡谷处，必有险滩。因而，其特点是险峻多石、急流如浪，甚是奇伟。而且，河水弯曲系数大、曲流多，如旬河流入汉江处，金钱河在山阳县境的簿岭子等。

水，乃生命之源，万物之根之魂。据载，孕育中华文明曙光的非大江大河，是汇入其中的某一支流。渭河，就是这一支流所在。人类，因水而生，逐水而居。早在115万—70万年前，蓝田猿人就在渭水流域生活。20万年前，大荔古人也在渭河边采集、狩猎，把渭河流域的人类生存空间进一步扩大。5万年前，新人登上渭河流域的历史舞台，在渭水的滋养下，氏族部落渐进形成。约8000年前，渭水之滨、老官台文化中的先民们，开始种植粟类作物，并磨制石器，烧制红陶，驯化家禽。约7000年前，以渭水流域关中地区为中心的仰韶文化迅速发展，先民们建造村落、刀耕火种、饲养家畜、制造器具、冶炼金属等。距今5000年左右龙山文化时期，炎帝、黄帝开始在渭水边建功立业。而且，炎黄二帝相互学习、取长补短，最终融合成不可分割的华夏民族。

居功至伟的渭水，发源于甘肃省渭源县鸟鼠山，横跨甘肃东部和陕西中部，全长818千米，在陕西境内长502千米。流经甘肃天水，陕西宝鸡、咸阳、西安、渭南等22个县（市、区），至渭南市潼关县汇入黄河。渭河两岸，南有东西走向的秦岭横亘，北有六盘山屏障。主要流域，分东西两部分。西为黄土丘陵沟壑区，东为关中平原。组成渭河水系的支流，流域面积100平方千米以上的有45条，10平方千米以上的有300多条。主要的五大支流石头河、黑河、沣河、涝河、灞河，让"八水绕长安""泾渭分明"等景色更加迷人。

渭河被称为陕西的"母亲河"，三秦儿女的"生命河"。西高东低，自西向东地势逐渐变缓，河谷也开始变宽，入黄河口海拔与最高处海拔相差3000米。南部的秦岭山脉最高峰为太白山，海拔3767米。陕西，61%的人口、56%的耕地、72%的灌溉面积、68%的粮食、80%以上的国内生产总值，在渭河流域。世界第八大奇迹的兵马俑、"五岳"之一的西岳华山、中华第一陵黄帝陵、世界四大古都之一的西安等，都坐落在渭河两岸。与此同时，丝绸之路也从这里走向世界。

洛河，又称雒水，是黄河右岸的重要支流。又因河南境内的伊河为其支流，所以又称为伊洛河。也就是上古时期的洛水。洛河出自秦岭龙凤山东南侧的蓝田县东北与渭南华县交界的箭峪岭，流经陕西省东北部及河南省西北部，在河南巩县注入黄河。北缘秦岭、华山，南顺蟒岭，中间为洛河河谷。总趋势为西北高、东南低。因处商渭台褶皱与秦祁地槽的东秦岭褶皱带，多灰岩、页岩地层，河道多以砾石质结构为主。陕西境内的支流24条，其中流域面积100平方千米以上的支流10条，如文峪河、石门河、石坡河等。

作为华夏文明的发源地之一，洛河流域是"中国"名称的来源。上古传说，"河图""洛书"均出于此，并且成为《周易》的发源地。据载，河洛地区，长期是奴隶制国家、封建制国家的都城所在，也是中华民族实现国家体制的发起地和实践地。与此同时，还是汉代辞赋、建安文学、汉魏文学、唐诗宋词等文学艺术的发祥地。

与长江、黄河、淮河并列的汉江，发源于秦岭南麓陕西宁强县，是为长江的最大支流。全长1577千米，流经陕西、湖北两省，在武汉市汉口龙王庙入长江。汉江流经的70%以上地区为山地，海拔在1000米以下的占70%。北有秦岭、外方山与黄河流域为界，东北以伏牛山、桐柏山与淮河流域比邻，西南以大巴山与嘉陵江流域为邻，东南为江汉平原。陕西境内的汉江为汉江上游段，支流众多，长度在50千米以上的有68条、100千米以上的18条。水系分布在左、右岸，很不对称。左岸主要有沮水、褒河、湑水河、金水河、子午河等，右岸主要有玉带河、冷水河、牧马河等。

汉江流域，由于介于长江、黄河两大水系之间，又地处我国南北差异的过渡带，秦岭耸立于北，巴山绵亘于南，汉江横贯其中、乘流而下，天然形成两山夹一川的盆地之形，由此成为我国南北文化交融的结合地带，并成为多个朝代霸主们一统南北、号令四方的"地机"和"咽喉"。

秦、蜀、巴、楚和西南夷文化的交汇点，南、北两条丝路的交换站，江、河文明的交流区，四川盆地与关中地区的交通要道的嘉陵江，发源于秦岭，古称"阆水"，是长江的一级支流。全长1120千米，仅次于汉江。起于凤县境内的嘉陵谷而得名。经陕西、甘肃、四川、重庆，注入长江。在陕西境内，主要有21条支流，较大的有旺峪河、八渡河等。嘉陵江水系呈树枝状，东西基本对称。

与嘉陵江有关的伏羲、女娲、神农、黄帝等，都是中华民族的祖先，也是汉民族的祖先。所以，从一定意义上看，正是嘉陵江孕育了汉民族，发祥了汉文化。

杳杳禅音

"杳杳寒山道，落落冷涧滨。啾啾常有鸟，寂寂更无人。淅淅风吹面，纷纷雪积身。朝朝不见日，岁岁不知春。"这是唐代著名诗僧寒山，深入佛理证道后禅悟的佳句。

这样的禅悟，在浩如烟海的佛学中，在中华九州方圆的大地上，似一粒尘埃，至今，"一切有为法，如梦幻泡影，如露亦如电，应作如是观"的禅机妙理，一直是众生们证道的至高向往。然而，苦苦修行中，又有几人能进入寒山的"朝朝不见日，岁岁不知春"境界而"无我"呢?！

高深莫测的佛学传入中国，得益于秦岭。《史记·秦始皇本纪》载："三十三年……禁不得祠。明星出西方。"就是说，始皇一统华夏，定都秦岭北麓的关中咸阳，于公元前214年，禁"不得祠"。"不得"，就是浮屠的译音。说明当时，"佛"已在华夏有所传播。七十余年后的公元前138年，在秦岭南坡的城固县出生、成长的张骞，受汉武帝派遣出使西域，得知大汉域外还有"身毒"（印度），而后，公元前119年，张骞带回了"佛乐"；约两百年后、公元64年，汉明帝在秦岭北麓的"天府之国"行宫夜梦"金人"，随之，神通广大、行虚空的"佛"进入中国；又五百六十多年后的公元629年，仍在秦岭北麓的大唐首都长安，高僧玄奘经西域到天竺，取回了"大乘佛经"——《心经》等，从此，佛教从"利他"的小乘，走向了广奥"无我"的大乘！

"佛"一路走来，经秦岭传播开，在中国大地经久不衰，愈演愈烈。

佛学，创立于公元前6世纪的古印度。流行于恒河中、上游一带。公元前3世纪，开始向印度及世界各地传播。

西域，是指佛教兴起后，由陆路东传中国所经的地区。西汉时期，西域三十六国长期处在匈奴的势力范围内。公元前138年，汉武帝想联合大月氏共同夹击匈奴，于是派遣张骞出使大月氏。事与愿违，十二年后，张骞只身逃回了长安。虽然没有达成目的，但他发现了中亚各国和南亚"身毒"（印度）等的地理位置、历史源流。公元前119年，武帝改变了策略，想联合乌孙来夹击匈奴。再度派遣张骞出使。张骞停留一年多，失望而归。但，这次的出使，张骞为"佛"走入中国做出了贡献。

《汉书·张骞传》云："骞，为人强力，宽大信人，蛮夷爱之。"短短几句，把张骞骨子里的"佛性"刻画得惟妙惟肖。当时，没有一定的信仰基础，很难融入西域社会。张骞"自带"的佛家品质，正是西域之行的必备条件。因而，这次凿空，张骞带回了"胡曲"。当时，佛教尚未真正传入中国。为此，汉乐府首席音乐家李延年根据这首"胡曲"创作的"二十八解"武乐，就是佛乐。

公元64年，汉明帝刘庄夜梦见神人，全身金色，项有日光，在殿前飞绕而行，次日问群臣："这是什么神？"大臣傅毅回道：

"听说西方有号称'佛'的得道者,神通广大,陛下梦见的想必就是佛。"

次年,"白马驮经"的故事在大汉上演。这一年,明帝派博士蔡愔等人,远赴西域求法。蔡愔不负圣恩,抄得佛经《四十二章》,且邀得高僧迦摄摩腾、竺法兰到汉地传播佛教。二师接受邀请,用白马驮着佛像和经卷,随蔡愔一行来到洛阳。公元68年,明帝为表示对二师的到来充满欢喜,在秦岭脚下的洛阳建立了至今享誉华夏的"白马寺"。白马寺,是我国汉地最早的佛寺,取回的佛经收藏于皇室图书档案馆的"兰台石室"中。

玄奘,本姓陈,名祎,洛阳缑氏(今河南偃师缑氏镇)人。少年出家,青年受具足戒,并曾游历和参访各地名师,学习《涅槃经》《摄大乘论》《俱舍论》等。感到各师所说不一,便决定西行求法。

公元629年,玄奘从长安出发,经姑臧出敦煌,经今新疆及中亚等地,辗转到达中印度摩揭陀国王舍城,进入当时印度佛教中心的那烂陀寺,学习佛法。

五年后,游历印度东部、南部、西部、北部数十国后回到那烂陀寺后,主讲《摄大乘论》《唯识抉择论》,著《会宗论》三千颂,融会了空有二宗。宣讲大乘教义,获得广泛声誉。公元645年,返回长安。

史载,玄奘西行求法,往返十七年、旅程五万里,所历"百有三十八国"。此行,他把《老子》传入印度,从印度带回了大小乘佛教经律论六百五十七部。归国后,受唐太宗召见,住长安弘福寺,并将入印路途见闻撰写成《大唐西域记》十二卷,流芳后世。

"长安三千金世界,终南百万玉楼台"。秦岭的"后花园"长安，以其雄浑的气势、海纳百川的胸怀，把佛学在中华大地推向了鼎盛。基此，作为丝绸之路的起点，在中外哲学的融通中，长安也把中国的文化、经济、政治等推向了世界。因而，有了汉晋时期，佛教"三宝"传入终南山；十六国到北周时期，大批高僧到"寒山"（太白山）隐居、修行，关中大地修建塔、修行禅定风靡一时；隋唐雄奇峻秀的终南山一带，"一片白云遮不住，满山红叶尽是僧"；两宋至明清，佛教经历了"灭种"并步步式微的过程，然而，秦岭却始终是佛禅一体、经久不衰的佛教圣地。

为此，长安，有了汉传佛教的摇篮，中国佛教经典译传中心，中国佛教宗派祖庭中心，中国历史上养僧护僧中心，中国佛教史上的慕道、学道、修道、悟道、证道中心，中国佛教文化传播中心等佛教美誉。

佛教传入中国后，自成体系，形成了九大宗派，即：华严、唯识、律宗、净土、密宗、天台、禅宗、三论、三阶教派。每一宗，都有自己的祖庭。就是开各大宗派祖师居住、弘法、布道的寺院。这是中国汉传佛教区别于印度佛教的特点。终南山，除天台、禅宗两大宗派的祖庭未在此外，其余七大均在。使"一花六瓣"的佛教之花，盛开在终南山上。

"法界缘起"，作为唐代"樊川八大寺"之一的华严寺，位于如今的西安长安区。始建于唐贞元十九年（803）。寺院可南观终南山玉案，可谓"寺南几十峰，峰翠晴可掬"。在未发生少陵塬崩塌事件前，有华严宗初祖、二祖、三祖、四祖的墓塔。现还存有寺院初祖、四祖的观塔。建于天子峪，有"终南正脉，结在其中"的至相寺，是弘扬华严宗的重要道场，由唐皇李世民李治父子修建。峪内，山体形如龟，下有泉水汇流，甚是奇伟。庄严的佛像，

"念佛是谁"的大字，让人心生敬意！

"不知香积寺，数里入云峰"，"阿弥陀佛"！作为净土的祖庭，香积寺位于终南山子午谷，是为"佛光天上转，僧影目中过"的净土宗祖庭。建于唐永隆二年（681）。与此同时，修建在秦岭北坡口的蓝田悟真寺，也是净土宗的重要发源地。悟真寺建于隋开皇初年（581）。唐时扩建为上、下两寺。上寺，殿堂依山势而建，共4000余间，周围竹林环抱，又称竹林寺。下寺，在王顺山巅，流水潺潺，房廊台殿，绕云拂槠，煞是壮观。

被誉为"中国的佛"的玄奘，是唯识宗的祖师。生前，玄奘称终南山为"众山之祖"，从他死后归藏的兴教寺，一眼就能看见终南山。兴教寺位于西安城南的少陵原畔，是唐代樊川八大寺院之首。公元664年，玄奘圆寂后，葬于白鹿原。公元669年，又改葬为樊川，并由唐肃宗题"兴教"二字，寓意为大兴佛教。寺院坐北朝南，远眺终南山，重峦叠嶂，气象庄严，山门额上镶着"护国兴教寺""法相""庄严"九个大字，格外肃穆。

终南山沣峪口有座远观如凤、地脉连绵、山奇高峻、沟壑纵深的"凤凰山"，山腰就是南山律宗的祖庭净业寺。寺院，创建于隋开皇十年（590），坐北朝南，东对青华山，西临沣峪河，是静心清修的宝地。位于沣峪口东坡的丰德寺，始于隋朝，因道宣住此弘法，故而也尊称为律宗祖庭。

在天子峪，有三阶教的祖庭"百塔寺"。寺院建于西晋（281）。原名淳化寺。隋开皇十四年（594）复建。三阶教创始人信行圆寂于真寂寺，弟子们依嘱收其尸骨建舍利塔于终南山天子峪。后来僧人们纷纷效仿，"以身布施"。天长日久，以信行墓塔为中心的数百座塔巍巍屹立，故在唐大历六年（771），更名为百塔寺。

位于终南山北麓圭峰脚下的"草堂寺",是中国第一个国立译经场所。建于后秦、兴于唐代。这里,诸峰奇秀,茂林葱郁,瀑布如画,是三论宗的起源地。因寺内有一古井,常年烟雾缭绕,是为长安八景之一的"草堂烟雾"。

茫茫秦岭,群山叠翠,奇峰竞秀,妙趣横生。悟道证道,是为天眷。据统计,在其南麓、北麓,东、西、中段的近百个寺院中,秦岭就是一座忽远忽近的心灵栖息地、精神金字塔。漫步其间,杳杳的禅佛一味、不二法门,会让你在自然与人文的观照中,不由自主地融入秦岭的雄奇而忘我中。

这,就是一座山化为精神的力量所在!

草木含情

"问世间情为何物？直教生死相许"，这就是草木与人世间的情怀。

"天覆地载，物数号万，而事亦因之，曲成而不遗，岂人力也哉?"《天工开物》的开篇之问，把盘古开天辟地的神话传说，引向了无限的云端，让人遐思而忘我!

是呀，盘古"生死相许"，用自己的头发和汗毛，变成了人间大地美丽的树木和花草！这草木，含着盘古生命大爱的精血，株株、棵棵、片片，展示着盘古向死而生、向炎黄子孙"以身相许"的爱的示现！

这向死而生的美，深情地把自己的生死轮回，化为人间生生不息的大美，把生命的绝唱演绎得精彩绝伦、永世不败。

这美，绚烂、凄楚、悲壮而豪迈——在壮美而怡心、妙曼而回春、味甘而养身中，把山河点缀得多姿多彩，绵延不绝，美醉寰宇！托起了中华大地的绿意盎然，山河无限！

秦岭，就是这种美的集中展示。草木情怀，在秦岭的沟沟岭岭中，无处不在。大美之情，处处弥漫和展现。

作为动植物物种南北交汇之地、东西承接之地、四方汇集之地，秦岭，森林面积约247.5万公顷，覆盖率达46.5%，是中国具有全球意义的11个陆地生物多样性保护关键区域之一，是堪比欧洲阿尔卑斯山、南美亚马孙河流、非洲大草原的生物天堂，是研究生物系统性、物种多样性、遗传多样性的天然实验室。据统计，目前，秦岭的种子植物达164科、1052属、3839种。作为我国长江和黄河的分水岭，南北地理的分界线，南北生物的交汇带，加之北仰南俯、东低西高、北坡陡峭、南坡缓长，多条峡谷深切为南北并列的山岭，峭壁林立，并多盆地的地理环境，使得多样化的植物生存有了天然优势。

森林以落叶阔叶林为主。分布在太白、周至、佛坪、宁陕等县的原始森林、天然次生林郁郁葱葱，奇花异木层林吐翠，景色迷人。尤其是汉江和渭河谷地至秦岭主脊的海拔高差超过2000米，而主峰太白山附近常超过3000米的海拔高度的变化，以及以北为暖温带半湿润大陆性季风气候，以南为北亚热带湿润季风气候的变化，植被由低到高、自西向东、由南而北，形成了复杂的植被垂直带。

植被的形成，经历了原生演替的矮生灌丛、矮生草甸、苔藓和地衣群落形成阶段，次生演替的一年生草本到多年生草本，再由灌草到乔灌草，两个发展阶段，逐渐形成了我国特有的华山松、油松为代表的温性针叶林，栓皮栎林、辽东栎林为代表的阔叶林，以及巴山冷松、太白红杉，高山草甸，亚高山、高山灌丛等特色的植被群落。

植被中，分布面积最大的阔叶林在中部和东部伏牛山等地，松柏类为主的针叶林在中部和西段，草丛主要在汉江流域和流域下游，草甸主要在西部海拔较高、气候比较寒冷的环境，草原呈点状分布在西部温带半干旱气候区，沼泽在西部边缘附近。

由此，形成了太白山、周至、佛坪、牛背梁、长青、汉中朱鹮、华山等七个国家级自然保护区，以及桑园、猿人遗址、渭水河、紫柏山、观音山、天竺山等二十多个省级保护区、保护点。由此，秦岭像一个百草园、百花园，琳琅满目，令人目不暇接。血浓于水的草木，把秦岭点缀得血色浪漫，株株含情，棵棵让人流连忘返。

走入群山叠翠、茂林修竹、密林巨树、"中华绿肺""生态王国"的秦岭，在"峪谷奇观"的南麓商县大峡谷里，在北麓天台山"大散关"的雾凇下，在南宫山的原始森林中，在被誉为"陕西九寨沟"的少华山……每株每棵由盘古精血生成的树木，挺拔苍翠，傲视苍穹，美而不败！

漫步在秦岭主峰太白山的山顶，仿佛置身于盘古大爱无疆的血色海洋，大片大片的红的、黄的、蓝紫、粉中带黄或红的"花卉之王"杜鹃，在灌丛中连成一片，在微风吹拂下，清香弥漫山野，一浪一浪涌向山顶，如盘古正在流出的血，绚烂、凄美而让人迷离；向前眺望，株株以红、蓝、紫等色绽放的像精美漏斗、别致古钟等数不清的龙胆花，似盘古流尽生命最后一滴血凝固而成的花朵。瞬间，让人在这些"蓝色精灵"的血色中沉醉！还有那长在高山、亚高山灌丛中的大片大片的白色、蓝色、粉色、橘红、深红、黄色、紫色……的报春花，在五彩斑斓中，天上人间，美不胜收！

岁月流转，草木含情。经历岁月沧桑，草木枝蔓中流淌的盘古的精血始终涓涓不断，挺拔而俊朗、美妙多姿，不断见证着时代变迁。老子、扁鹊、李白……来了，先贤们亲手种植的银杏树始终旺盛生长，昭示着中华民族悠久璀璨的优秀传统文化，生生不息；在秦岭南麓勉县旺盛生长的这棵"汉桂"，在与魏晋、南北朝、唐、宋、元、明、清……的时代对话中，把1700多年的历史见证；周至县的"中国玉兰王"、山阳县的"陕西红豆杉王"，在1000年的历史长河中，展现着中国的神采；洛南县的中国"核桃王""陕西白皮松王"，在500年的岁月里，奉献着自己的大美；400年中，勉县的"世界旱莲王"……

"秦岭无闲草，遍地都是宝"，这是草木把美丽奉献给人类的同时，化为"杏林春暖""济世灵丹"，一往情深地、无私地、默默地，把自己"相许"的大爱给予人类——"上行头顶，下行血海"的川芎；"解肌退热"的心脑血管良药葛根，"过五关斩六将"的"将军"大黄，"功同五芝，力倍五参"的天麻，"补阳壮肾、降压强劲"的杜仲等传统上等的中药材种类，占全国的30%以上，有248种被收入《中华人民共和国药典》。以秦岭、华山及"丹"字命名的商洛牛背梁的中草药，秦岭龙胆草、秦岭党参、华山参、活血丹、破血丹、祖师麻……

走一遍太白山，如读半部《本草纲目》。被誉为秦岭缩影的主峰太白山，有1415种植物，涉及药源的就达1300种，堪称"中华药材库"。相传，"药王"孙思邈就是在太白山里采药、用药，而悟通了草木的药理，写就了名标史册的《千金方》。

与此同时，还有民间广泛使用的植物类草系，如太白贝母、太白米、凤尾草、枇杷芋、延龄草等。尤其是出自秦岭的"七药"，是为药中的传奇。有活血、止痛、止血、消肿、解毒、除痹、祛瘀疗伤等功能，在治疗金刃、箭伤、跌打出血，痈疽疗毒，虫兽咬伤，五劳七伤时，立竿见影。由此，秦岭也被称为"药物王国"，成为老百姓心目中的"药山""神山"。

盘古显灵，把自身变为的草木，化为山民们的口中美味。口口佳肴，都再现出盘古的生命情怀。使这一带的人们，百吃不厌，强身健体，源远流长。

"稻田桑蚕子午茶，秦岭深处有人家"。用六道木叶子制成的"神仙凉粉"，色泽酱如茶、味甘微苦、绵软细嫩，并把六道木的消炎祛火、化积清淤、利肝明目发挥得恰到好处。还有"养在深闺无人知"的橡子凉粉、魔芋凉粉，以及让人目不暇接的蕨根粉丝、诸葛菜、黑木耳、牛蒡、山药、芦笋、刺龙芽、艾蒿、灰灰菜、百合、野韭菜、鱼腥草、地肤、马齿苋、水芹、蒲公英、香椿、鸭儿芹、黄毛草莓等，一大批带着秦岭味道、森林味道、清泉味道的"天然之珍"的草木佳肴，奉献给了人类。

在人类社会文明发展、科学技术不断更新中，秦岭的草木，把自身的生命价值带给了赖之以生存的人类。据载，在秦岭的植物王国中，现代工业赖以发展的木材类、树脂树胶类、鞣材类、淀粉类、纤维类、油料类等等，秦岭，把"取之不尽，用之不竭"的绿色宝库，源源不断献给了人类。

据统计，野生的针叶林树材、阔叶林树材，极为丰富，如松科、杉科、桦木科、杨柳科等；野生的天然树脂，分布广泛，如松科、漆树科、壳斗科、桦木科等；野生的鞣材植物，遍布山岭，如胡桃科、蔷薇科、蓼科等，以及与人们生活密切相关的野生淀粉类的豆科、百合科、银杏科，纤维类的亚麻科、荨麻科、榆科、桑科等，油脂类的大戟科、胡桃科、卫矛科，等等，都在秦岭大地默默地向死而生、光耀人间。

动物天堂

　　清晨，大地沉睡。东方露出的一丝丝鱼肚白，已把秦岭中段南坡的佛坪国家自然保护区，照耀得雾气蒸腾，宛如仙境。苍劲的大箭竹、华西箭竹等翠竹在漏斗般的阳光中，闪现出几只被誉为"世界公民""国宝"的大熊猫，正在咯吱咯吱地享用着丰盛的"早餐"。

　　你看，憨态可掬的大熊猫，正像人一样坐在地上，双手捧着竹子，专注地吃着。吃饭，是熊猫生命中的大事，睡觉也是，几乎是吃饭和睡觉交替衔接着。所以，"吃货"的大熊猫，必须在竹海的"天堂"里，才有安全感。每天有20多公斤以上的野生竹子吃，才有"衣食无忧"的安全感。

　　大熊猫的历史源远流长。最古老的大熊猫成员——始熊猫的化石，出土于中国云南禄丰和元谋两地。地质年代约为800万年前。在长期残酷的生存竞争和自然选择中，与大熊猫同时代的很多动物都灭绝了，唯独它成了健在的"活化石"。

　　在物竞天择中，大熊猫能存活下来，除自身基因之外，关键要有一定的生存环境为保障。如，气温相对稳定在20℃以下，高山深谷，森林茂盛，竹类生长良好，隐蔽条件好，食物资源和水源丰富等。在大熊猫活动的秦岭、岷山、邛崃山、大相岭、小相岭和大小凉山等山系中，秦岭先天具备了大熊猫的长期生存条件，尤其是佛坪。自1959年开始，科考队对秦岭的佛坪、洋县、太白、宁陕、周至、留坝、宁强等进行了20年的考证，最终得出结论：佛坪优越的地理、气候、资源条件，是中国大熊猫生存、分布的中心。为此，1978年12月，国务院批准在有"天然动植物基因库"之称的佛坪，建立佛坪国家自然保护区。

自然保护区位于陕西省佛坪县西北部，地处秦岭中段南坡，东、西、北三面均以山脊为界。西北高东南低，南侧以山脊、河流或道路划分，是以保护大熊猫为主的森林和野生动物类自然保护区。区内有高等植物1580种，野生动物265种。列入国家一级保护的动物有大熊猫、扭角羚、金丝猴和豹4种，二级保护动物33种。

"翩翩兮朱鹭，来泛春塘栖绿树。羽毛如剪色如染，远飞欲下双翅敛"，这是唐代诗人张籍笔下，翩翩起舞的"精灵仙子"朱鹮。

这个被世人推崇的"美人鸟""吉祥鸟""东方宝石"，在当代作家陈忠实眼里，它是大自然馈赠的优雅："一袭嫩白，柔若无骨，在稻田里踯躅是优雅的，起飞的动作是优雅的，掠过一畦畦稻田和一座座小丘飞行在天空是优雅的，重新落在田埂或树枝上的动作也是一份优雅。"

朱鹮，长喙、凤冠、赤颊，浑身羽毛白中夹红，颈部披有下垂的长柳叶形羽毛，体长80厘米左右。它平时栖息在高大的乔木上，觅食时才飞到水田、沼泽和山区溪流处，捕捉小鱼、泥鳅、蚯蚓、田螺、蜗牛、蟋蟀等食用。因而，对栖息地的生态环境要求极高。

1981年，世界上仅有的7只野生朱鹮，在与佛坪接壤的东北部的洋县被发现。从而，中国重新发现了野生朱鹮种群，这也是世界上仅存的野生朱鹮种群——在全世界的鸟类中，朱鹮是最为珍稀和濒危的种类之一。在1961年召开的第12届国际鸟类保护会议上，被定为"国际保护鸟"。

从一度濒临灭绝，到洋县发现7只，数千年来，朱鹮穿越古今、飞舞秦岭，一直述说着生命与绿色的传奇。

朱鹮喜欢生活在临近稻田、河滩、溪流和沼泽，海拔1200—1400米的温带山地森林和丘陵地带。洋县，位于秦岭南麓，依山傍水，有平坦的坝子、舒展的缓坡、起伏的丘陵、伟岸的群峰、如诗如画的田畴和稻地……正好是朱鹮种群的"乐园"和"最后家园"。

在远古时期，朱鹮广泛分布。随着地球演化，温度波动引起的冰川运动，对大量生物物种产生了毁灭性打击。幸运存活下来的，也都纷纷寻找自己的"诺亚方舟"和"避难天堂"。尤其是近代，随着战争、人口膨胀、生态衰败、猎杀、环境污染等对生存环境的极度破坏，让存活下来的生物又经历了一次劫难。因而，像朱鹮这种对生存环境要求极度天然和原始的鸟类，更加娇弱和"贵气"，随时都面临着灭顶之灾。

近代，这种只在中国、日本、朝鲜、俄罗斯等国生存的鸟儿，是亚洲东部的特有种群，被日本皇室视为圣鸟、国鸟。洁白的羽毛、艳红的头冠和黑色的长嘴，加上细长的双脚，在日本被视为"日本的国鸟"。

随着第二次、第三次工业革命的发展，过度开发、高度污染、资源匮乏，又使得朱鹮的生存空间连连遭到大面积破坏。仅存的、为数不多的鸟儿，大部分"无家可归"、生存堪忧，近于灭绝。

可喜的是，1981年，正当日本宣布自己的"国鸟"朱鹮灭绝时，在中国秦岭南部的洋县发现了野生朱鹮。这一举世震惊的消息，迅速传到日本，让日本和世界惊叹，并对秦岭的"鸟的天堂"而艳羡不已！

现在，在位于秦岭南坡的汉水之滨的汉中，在跨越洋县和城固县的姚家沟、金家河、三岔河等地37549公顷园地内，1400多只朱鹮，在这片国家自然保护区内自由自在繁衍、生长着。

而今，秦岭养育的野生大熊猫、朱鹮，远远超出了动物的属性，已成为中国的"国宝"，走向了世界的外交舞台，并不断把远古宇宙动物的形态呈现给人类。

在秦岭这块崇山峻岭、绿色叠翠、泉水清澈的人间福地、"动物天堂"里，除大熊猫、朱鹮之外，还有金丝猴、羚羊两大"国宝"乐享其间。

金丝猴是"猴中之王"，人称"丛林中的金色精灵"，美誉仅次于大熊猫。因一身金色如丝的长长毛发细密柔软，尤其在阳光照耀下金光闪闪、五彩斑斓而得名，是地球上稀有的珍贵动物之一。金丝猴是典型的森林树栖动物，常年栖息于海拔1500—3300米、垂直分布的山地常绿、落叶阔叶混交等植被中。

随着季节的变化，金丝猴不向水平方向迁移，只在栖息的环境中作垂直移动。主要在树上生活，也在地面找东西吃。以野果、嫩芽、竹笋、苔藓等植物为食，也食吃昆虫、鸟和鸟蛋。全世界有四种金丝猴，除越南金丝猴外，其余三种的滇金丝猴、黔金丝猴、川金丝猴，都在中国。

拥有人迹罕至的落叶阔叶林、针阔混交林和亚高山针叶林带的秦岭，为川金丝猴的生存提供了天然的"家园"。依树而居。主要分布在秦岭山脊南北两侧的周至、太白、宁陕、佛坪、洋县等地，也是中国金丝猴分布纬度的最北限。金丝猴活动在高大乔木树冠的顶层，四肢灵活，身手敏捷。夏季，多在3000米左右的高海拔山林纳凉、栖息；冬季，则在2000米左右的地带活动。

秦岭的金丝猴是群栖性动物，常常几十只、几百只群居一起，在一群中常有七八只相对集中独立成小群生活，每群中有一名最壮实的大公猴为猴王，发号施令，统率并保卫着猴群。猴王享有"一夫多妻"的特权，经常是"妻妾成群"。秦岭金丝猴已被列入中国国家一级保护动物，在《世界自然保护联盟濒危物种红色名录》中属于濒危。目前，已建立西安周至金丝猴保护区，种群已达4000多只。

在苍郁的古树掩映下，山体将合未合、将开未开，留下一线青天。奇险的峡谷夹缝，灵秀的清涧飞泻而下，婉转流淌……三峡、六瀑、八园、十桥、三十六潭，这就是秦岭造山运动的奇迹所在，天然无饰见真纯的山水乐园所在——秦岭南麓柞水县陕西牛背梁国家森林公园，也是陕西四大"国宝"之一的羚羊游憩的"天堂"。

羚羊，主要生活在非洲、中东和亚洲地区。体形介于牛和羊之间，也被称为大白羊或羚羊。它的脸像驼鹿，脚像牛羚，背像棕熊，后腿像斑鬣狗，四肢像牛，尾巴像羊，所以称其为羚牛。有高黎贡羚羊、不丹羚羊、四川羚羊和秦岭羚羊四个亚种。主要群居在高海拔和密林环境中，是食草动物。

春天，百花齐放，万物复苏，青草、树枝、竹叶、竹笋是其最爱；炎热的夏天，喜欢富含丰富淀粉的草药；秋天，结出各类植物的果实，是其最爱；冬天，万物凋敝，食物匮乏，靠树皮为生。

　　四大国宝，是秦岭"动物天堂"的象征。天然"天堂"，又使秦岭成为真正的动物天堂。著名的华南虎、云豹、豹、林麝、白鹳、黑鹳、金雕、中华秋沙鸭、中华虎凤蝶、三尾褐凤蝶、大鲵、秦岭细鳞鲑、山瑞鳖、小天鹅、白琵鹭、黑鸢、鹰雕、血雉、红隼、水獭等等，自远古以来乐享其间。据统计，目前秦岭有陆地脊椎动物28目、112科、325属、638种。其中，有兽类143种、鸟类433种、两栖爬行类62种，一起和谐共生、生机盎然，把秦岭打造得五色斑斓、多彩多姿。

诗无气象

走入秦岭，不觉间让你思接千古，在"山峥嵘，水泓澄，漫漫汗汗一笔耕，一草一木栖神明"中，沉浸于诗歌的海洋。

"秩秩斯干，幽幽南山""信彼南山，维禹甸之""节彼南山，维石岩岩""终南何有？有条有梅"……《诗经》里的秦岭终南山，幽远横亘，流水潺潺，绵延不绝，嵯峨高峻，有多样的植物；"汉之广矣，不可泳思。江之永矣，不可方思""沔彼流水，其流汤汤"……《诗经》里的秦岭南麓的汉江之水，逶迤绵绵……

"仙人骑白鹿，发短耳何长。导我上太华，揽芝获赤幢""王子乔，参驾白鹿云中遨"……这是《汉乐府》中的太白山、华山，是呀，凡人到了太华，犹如到了仙界，正如曹操《短歌行》"山不厌高，海不厌深。周公吐哺，天下归心"。

"重峦俯渭水，碧嶂插遥天"，唐太宗李世民笔下的终南山威武独特、幽深缥缈；"目极千里际，山川一何壮。太华见重岩，终南分叠嶂"，表达出唐玄宗李隆基胸中的壮阔山势；"四郊秦汉国，八水帝王都""万乘华山下，千岩云汉中""西岳莲花山，迢迢见明星"，表达出唐宋诗人们心中的天府之国关中、华山等的盛景……

123

"蜀道难，难于上青天""汉水窗中泻，巴山座上青""云笼紫柏山，烟树何濛濛。岩洞七十二，传是精灵宫""定军山色总苍苍，布谷声中仆马忙"……这是唐宋诗人们对秦岭南麓巴山、紫柏山、定军山的描写。

……

诗歌，是最早最发达的文学表达。这些现实主义诗篇，对"南山意象""银河汉水"等秦岭山水进行了传神的描写和叙述，尽展其风姿。

然而，在无尽的宇宙和无限的秦岭面前，秦岭之赋，又把山水之美的心灵观照，表达得意态无尽、神行于虚、深入妙境，进一步把诗的意象引上了云端，让古老的诗也望尘莫及。

"应风披靡，吐芳扬烈，郁郁斐斐，众香发越"，这是被汉武帝视为"神人"的司马相如，在《上林赋》中的句子；"华岳峨峨，冈峦参差。神木灵草，朱实离离，总会仙倡，戏豹舞罴""于是，众尽变，心醒醉"，东汉张衡的《两京赋》，把"百态横生"的秦岭，跃然纸上；在进一步展示秦岭的生命情调、宇宙意识中，唐杜甫的《封西岳赋》的"风雨所及，日月所照，莫不砥砺"；唐王昌龄的《灞桥赋》中"故可取于古今，岂徒阅千乘与万骑？惟梁于灞，惟灞于源"；唐白居易《泛渭赋》中的"乐乎乐乎，泛于渭兮咏而归，聊逍遥以卒岁"……

这些，"高峰入云，清流见底"的秦岭赋、都城赋、园林赋、水赋、桥赋……的美文，让人"澄怀观道"，更引诗情到"云霄"！在大哉造化中，领略宇宙的至深妙理！

还有那些彪炳千古的文人游记，如，北魏郦道元的《沣水》《灞水》、唐欧阳询的《大唐宗圣观记》、唐卢鸿的《终南十景图记》、宋苏轼的《凤鸣驿记》、宋张载的《真像堂记》、明王九思的《游南山记》、明杨慎的《记栈道》等，一批描绘山水，表达审美，体现情怀的游记和感悟，通过秦岭，把中国的散文推向了新的巅峰。

然而，文人心中的秦岭、笔下的秦岭，在巍巍秦岭面前，还是显得逊色三分。

因为，诗歌描写、描绘、刻画的秦岭，只能在千万个秦岭中，撷取一草一石一花一木一山一水，反映不出千姿万态的秦岭！因而，任何文学作品，在气象万千的秦岭面前，都显得有些逊色！

走入秦岭，不但是她雄壮的身姿，绵延千里的"神龙见首不见尾"的"龙影"，更重要是感悟秦岭的精气神，并予以情感的表达、艺术的表达！深入南坡北坡，在炎黄子孙生生不息的生活里，予以传承和表达。这，也是对秦岭最深沉的爱和眷恋！

就这样，秦岭在诗词文赋引领下的深厚传统文化，在北麓、南坡生根发芽，传统音乐、传统舞蹈、传统戏剧、曲艺、杂技竞技、民间美术、手工艺、民俗等，枝繁叶茂，开花结果，美不胜收。有的还被联合国教科文组织列为"人类非物质文化遗产"，如，民间文学、陕南傩戏、柞水渔鼓戏、安康汉调二黄、紫阳民歌、旬阳道情、华阴老腔、华县皮影戏等，熠熠生辉，光耀千秋。

寻古幽思，踏古流连，那些让任何诗文都黯然失色的秦岭文化符号，处处都有，比比皆是。让人不断感受到秦岭的伟岸和深邃，令人"高山仰止"！

"一方水土养一方人"。秦岭南北的气候、地理等诸多差异，使得"一岭三地"——秦岭下的关中平原、陕北、陕南，文化传承也有了较大的差异。

《广皇舆考》载："西安府其俗男耕女桑，先勇力尚气概。"描绘出关中人直截了当，不藏不掖，直爽暴躁，喜怒形于色，"三十亩地一头牛，老婆娃儿热炕头"，而集体"面食崇拜"的"有干面吃，有秦腔听"的自足生活气息和文化韵味。

作为周京沣镐、秦都咸阳、汉唐长安的屏障的陕北，既是农业文化与游牧文化争夺的"前沿阵地"，又是华族（汉代以后的汉族）和其他少数民族融合交流的"绳结区域"。因而，形成了以秦汉文化为主体，融合北方草原等少数民族文化的独特的豪爽仗义、扶危济困、热情开朗、轻利重义等等文化个性。

北靠秦岭、南倚巴山的陕南，汉江自西向东穿流而过。汉中、安康，具有明显的南方特征，以栽种水稻，盛产橘子、茶叶，大米面食兼而食之为特征。商洛以丹江为主要河流，属于汉江流域的一部分，为秦楚文化交融之地，素有"秦风楚韵"之称。

因而，秦岭统领下的陕西，文化"一树三枝"，各秀其秀，各表其美，美美与共。

"八百里秦川尘土飞扬，三千万百姓都喊秦腔"，秦地秦人秦腔，是关中大地最幽远最古老最典型的文化传承。起于西周，源于西府（宝鸡市的岐山与凤翔），成熟于秦。因周代以来，关中地区为"秦"，秦腔由此而得名。是古代陕西、甘肃一带汉民族的民间歌舞，经历代人民创造，在其政治、经济、文化中心长安，生长、壮大起来的优秀传统文化。别称为"梆子腔""陕西梆子"，是中国汉族最古老的戏剧之一。是国家级非物质文化遗产。

秦腔的表演，因其朴实、粗犷、豪放，富有夸张性，生活气息浓厚，形成后流传全国各地，并因成熟、完整的表演体系，对各地剧种产生了不同程度的影响，直接成为梆子腔剧种的始祖。

月儿弯弯，山和树的影子在月色照耀下，在汉江里飘忽不定，篝火在江边燃烧着，此时，寂静的黑夜被"咣咣咣"的锣鼓声惊醒，接着，一连串的奇声怪叫伴着有人戴着面具的"跳端公"——傩戏，开场了！

这是在陕南汉中一带的民俗文化。带有原始宗教色彩和图腾崇拜意识的舞仪民俗，寄托着人们美好的愿望，成了历史悠久的汉水文化中的一种跨时代的文化现象——傩文化。而且至今，人们在日常的交谈和文学作品中，常有"鬼脑壳""鬼崽崽""鬼捉起"的傩语出现。

傩戏民俗，包含着最为原始的生命崇拜、欲望、困惑、痛苦、不安与理想，让人们在敬神和娱神之外，映射和激活人的内心世界，在美丑善恶中明辨是非、对错、正邪，从而获得积极向上的生存力量。因而，每年十月立冬以后，田地间的活儿一忙完，剩下的就是闲暇的日子，百姓们就在傩戏中打发时光、凝聚力量。

兴盛于清乾隆、嘉庆年间，由戏剧家李芳桂等文人、举子演出的皮影戏《十大本》等剧目，至今流传，久演不衰，这就是华县皮影戏，又称为华县碗碗腔。碗碗腔形成于清代初叶，流传于关中东府渭南二华、大荔一带，所以也称东路碗碗腔。碗碗腔是中国乃至世界上最古老的民间艺术，也是中国民间工艺美术与戏曲的巧妙结合的结晶。

皮影戏，始于秦汉，兴盛于唐宋、明清。原为宫廷戏，唐以后流传于民间，13世纪传入西方，至今仍在中国保留着它的原始风貌，堪称"国宝""中华一绝"。

皮影俗称"灯影子"，在灯光的照射下，以兽皮刻制的人物隔亮布演戏而得名，是中国民间广为流传的傀儡戏之一，有"电影之父"之美称。皮影造型优美，人物个性鲜明，选料考究，制作精细，唱腔板式齐备，伴奏乐器很有特性，细腻优雅，婉转缠绵，表现形式丰富多彩。

华县皮影，不仅是中国乃至世界上最古老的艺术品种，也是国内外皮影界公认的皮影艺术之大成，被誉为"中华戏曲之父"和"世界皮影之父"，有着近似于秦始皇兵马俑在中外考古史的地位。

光耀千秋

"念天地之悠悠，独怆然而涕下"，在秦岭的千姿百态中，唐陈子昂这句诗让人"悲欣交集"，感同身受！是呀，天地宇宙间，万类殊胜的秦岭，让人类自己感到是那么渺小与孤独，不禁独自流下了泪水！

文明古国里，文化精髓如一颗颗长耀辉光的珍珠，在华夏金丝带串成的珍珠项链上熠熠生辉。秦岭，无出其右！就是金丝带上的一颗璀璨明珠。

俗话说，"看山不是山，看水不是水"，"采菊东篱下，悠然见南山"，这"南山"之大美，在如南朝宗炳"抚琴动操，欲令众山皆响"的艺术家们的图画中，在刻碑为史的秦岭众多摩崖上。

由此，作为艺术家们观照下的秦岭，给了"外师造化，中得心源"的物我，与此同时，也让艺术家们"由实入虚，超入玄境"，创作出不朽的画卷。

漫步在秦岭山水间，思接中国绘画史，从西周至秦汉两千年间，秦岭既引领了中华大地的中原文明，也把中国绘画推向了高峰。不论原始陶器、青铜器上的装饰图案，还是千姿百态的汉代壁画、帛画、漆画，绘画，始终是中华民族灿烂优秀的文化之一。

"人法地，地法天，天法道，道法自然"。据《中国绘画学全史》载："中国明确之画史，实始于汉。"专制时代，汉都长安，正是绘画之都。由此，中国最早的绘画机构——画坊，也产生于汉代。一开始，画家们是专为宫廷服务的，以画人物为主。如有记载的西汉宫廷画家毛延寿、陈敞、刘白等人，均因"昭君出塞"而留名。再如，汉武帝时代以古代先贤为主题的"麒麟阁壁画"，以教子有方为主题的"甘泉宫壁画"，以"明劝诫，著升沉"的"桂宫明光殿壁画"等等。到了东汉，中国"四大发明"之一的造纸术发明人，死后葬于秦岭南坡城固县的蔡伦，又把绘画推向了新阶段。《后汉书》载，汉灵帝还"置鸿都门学，画孔子七十二贤像"。此时，绘画已不为贵族和士大夫所独有，诸多文人也开始参与绘画。

这时，中国人的山水意识开始觉醒，由此，绘画的对象也由人物转入山水。转为眼前的山水——秦岭！所以，秦岭是为"六朝山水画的萌芽"。六朝"三杰"之一顾恺之的《洛神赋图》，就以秦岭山水的青绿为主基调，把画中的人物融于青山绿水，蔚为壮观。

而后，唐长安以秦岭为蓝本的山水画卷，融秦岭深处的儒释道为一体，把幽静、空明、禅定的玄学流于画笔，使其山水"气韵生动，应物随形"，开创了山水画的新境界。如吴道子"形神飞动"的道释人物图，融人物于山水、花鸟的画家韦偃的作品等等，把山水间的韵律，表现在绘画的构图中，借山水之势把宇宙苍穹的规律予以展现。

作为山水画创作的源泉，秦岭始终是画家们成长的摇篮。据统计，从盛唐开始，一大批山水画家都在长安居住。如，王维、朱审、毕宏、韦偃、吴道子等。归隐终南山的王维，潜心诗文歌赋、绘画艺术，其《雪溪图》《辋川图》《江山雪霁图》等，既充分展现了秦岭山水的灵动，又把吴道子的"水墨渲淡"表达出来。之后，经五代、宋、元的发展，形成了蔚为壮观的山水流派。至宋代，形成了中国山水画的第一个高峰。

此时，中国画这棵小树已在秦岭山水的哺育下，成长为参天大树。并有了明代董其昌的"南北宗论"之说。即：南宗以王维的"水墨画"为祖，北宗以李思训父子的"青山绿水"为宗。据记载，李思训一家五人均善丹青，尤以山水见长，被唐人誉为"国朝第一山水画家"。其作品构图多为全景，从天上到人间，从林中到水上，大都取之于秦岭，其笔格遒劲、云霞缥缈。因而唐张彦远在《历代名家画记》云，"山水之变始于吴，成于'二李'"。所以，到了宋朝，人们评价其时画作，为"今人所画之着色山水，往往多宗之，然至其妙处，不可到也"。就是感叹，与"二李"的画相比，不可同日而语！

厚德载物，秦岭大成。从唐代到北宋，山水画在秦岭的脉络不断壮大。关仝、李成、范宽等人的作品，成为中国山水的高峰。据载，其画，上有天，下有水，中间为景物的全景水墨山水。尤其根据不同景物形成的皴法笔触，巧妙地把山形、山石、山表植物等的地质结构、肌理层次，在"虚与实"中勾线填色，使其画作"墨法精微，气象萧疏"，把"胸中逸气"表达无遗！

宋代以后，与秦岭有关的山水画达到了巅峰，传世之作也层出不穷。如元代王蒙的《辋川图》、明代王履的《华山图》、明代戴本孝的《华山十二景图》、明代吴彬的《明皇幸蜀图》等等。

在世纪更迭中，20世纪60年代以赵望云、石鲁、何海霞等为代表的长安画派，把秦岭的青山绿水用如椽之笔，留给了灿烂的人间。

深入秦岭腹地，由秦始皇发明的在群山峭壁上刻字，以记事、以明志、以留名，把秦岭伟岸的身姿烘托得熠熠生辉。与此同时，也成为我们了解历史、传承文明、留存书法瑰宝的重要史料。

据统计，秦岭南北麓及西秦，现存与历史记载的碑刻5000余通。时间跨度，上至先秦、下迄民国，共计2600余年。其中，先秦两汉有21通、魏晋南北朝有63通、隋唐五代440通、宋金元257通、明代462通、清代3181通、民国495通，不详177通。

作为人文历史，这些碑刻涉及碑碣、墓志、塔铭、造像、摩崖五大类，四个方面内容，即：纂言的官方文书、乡规民约等；记事的建筑、桥梁、水利等修建；述德的墓志、德政、传记等；文学艺术的诗词、警句。

碑刻的史料价值和艺术价值，无穷尽。如现存于北京故宫博物院，宝鸡出土的石鼓文；再如早已遗失，现存有佚拓的唐太宗《温泉铭》等等。尤其是研究、临摹、学习中国书法艺术的"葵花宝典"。据统计，涉及篆书、隶书、楷书、行草四大类。其中，"花中之王"，是现存于汉中博物馆的"汉魏十三品"，是为"国之瑰宝"。

这是横跨秦岭天险、贯通南北的褒斜栈道，因汉相萧何肇创山河堰而得。故而，这里成为过往仕官商贾、文人墨客记事咏物镌刻的"宝地"。上自汉魏、下至明清，世代不绝。形成了蔚为壮观的石门摩崖石刻。

据统计，石门故址石刻有104种。其中13种为汉至南宋时代的石刻，称为"汉魏十三品"，即13件著名摩崖石刻的合称。上世纪70年代因修建石门水库，迁至现汉中博物馆。其中，有汉刻8种，曹魏和北魏石刻各1种，宋刻3种。

记述或赞颂褒斜道修治通塞历史的汉魏摩崖，有5种。如，《鄐君开通褒斜道摩崖》，镌刻于公元66年，是我国早期的摩崖石刻，其书体为篆书向隶书过渡的典型代表。《故司隶校尉犍为杨君颂》（又称《石门颂》）号称我国汉代摩崖"三颂"之首（另外两颂为《西狭颂》《郙阁颂》），其汉隶被誉为"汉人极作"。《右扶风丞李君通阁道摩崖》《杨淮、杨弼表记摩崖》都是汉代摩崖的精品。曹魏《李苞通阁道摩崖》属少见的三国遗存，是研究三国蜀魏之战的实物资料。

还有北魏《石门铭》，在魏碑中地位极高，被誉为"不食人间烟火"之仙品；以及《石门》《玉盆》《石虎》《衮雪》四种汉隶大字摩崖。署名"魏王"的《衮雪》，出自曹操手笔。

《鄐君开通褒斜道摩崖释文》《释潘宗伯、韩仲元、李苞通阁道题名》追述汉魏往事，是宋代仿写汉隶的好作品。《山河堰落成记》又名《重修山河堰碑》，形巨体丰，为该地摩崖石刻中最大的一块碑刻，是南宋绍熙年间官民整修山河堰竣工后的记事碑。

石门石刻，反映了我国文字由篆到隶、由隶到楷的发展过程，可以看出中国书法演变的历史轨迹。因而，既是研究褒斜栈道通塞和汉中水利建设的珍贵史料，又是研究汉隶书法艺术的重要实物。两千多年来，一直为历代学者所推崇。宋代欧阳修的《集古录》、洪适的《隶释》、赵明诚的《金石录》等都有对汉中石门石刻的著录。尤其清代以来，重要的书法研究和辑录，都收有汉中《石门颂》等作品。民国时期，中国出版的第一部大型工具书《辞海》，其封面就是集汉中《石门颂》中的"辞""海"二字而成。

近代书法大师于右任曾有"朝临石门铭，暮写二十品。辛苦集为联，夜夜泪湿枕"的诗句。

在绵延不绝的秦岭，还有灵崖寺、张良庙、武侯墓、武侯祠、蔡伦墓、华山庙、玉泉院、重阳宫、草堂寺、楼观台等形成的碑刻群，从汉隶到唐楷，佳作不断。

这些彪炳史册的煌煌巨制，把巍巍秦岭衬托得光彩夺目，让人情驰神纵！

乘风御云！秦岭，道不尽的美，说不完的俊，就让我们以游无穷吧……

下篇

汉江泳思

"汉之广矣，不可泳思。江之永矣，不可方思"，《诗经》中的汉江，就是生于斯、长于斯，祖祖辈辈饮着这江水长大，血液里融入这江水之美——格物而后知、"富润屋，德润身"的我的"不可泳思"之地！

"嶓冢导漾，东流为汉，又东为沧浪之水"，这是《尚书》中记载，"无私于内，无争于外"，发端于巍巍秦岭南坡宁强县嶓冢山的汉江。

"水由地中行，江河淮汉是也"，孟子把汉江与长江、黄河、淮河并称。《左传》云，"汉，水祥也"。故，汉江又称汉水。古时叫沔水。

"山月临窗近，天河入户低"的陕南汉中大地，发源于斯、流动于斯的汉江，如天上之银河，在秦巴山脉形成的盆地间穿越而过，流动出灿烂的中华文明——枕秦巴，抱荆山，挽武当，依神农，贯穿汉中、南阳、江汉三大平原，通南北、连西东，行走于甘、陕、鄂、豫、川、渝六省（市）的78个县（区），流经汉中盆地、江汉平原，于"九省通衢"的武汉市汇入长江，绵延3000里，流域面积15.9万平方公里。

汉江，为中国南北交通的"黄金水道"，是中华文明的融合地、发散地，长江的第一大支流。是目前中国唯一没被污染的大江，是南水北调中线的水源地，是"中国式的莱茵河"。汉江，可谓历史悠久、文化灿烂、物华天宝、人杰地灵。

从小，我就穷其汉江之美，与"水德"秉性无二。如今泳思，深感汉江还有其独特之美——泽及万物而不以为德，利施万民而不以为功，爱物无遗而不以为仁，舍己为人而不以为惠的"唯善为止"！

因而，汉江有了有容乃大的悲悯情怀，交融四方的华夏文明，天下粮仓的膏腴之壤，天下锁钥的云蒸霞蔚……

虚无大道

水，乃地球之血液，人类生命之源！"水如道，长流不息"，这是孔子在川观水时，回答子贡的话。

"道生一，一生二，二生三，三生万物。万物负阴而抱阳，冲气以为和"，老子告诉世人，"万物从无到有，莫不负阴抱阳得其生，各物含一冲虚以为和"。

道体冲虚，为天地万物之本。泽流无穷的汉江，就体现出"冲虚为本"的宇宙规律。

盘古开天辟地，把自身的"一"化为日月星辰、高山大海、山川河流……因而，江河湖泊，莫不是盘古之"道体冲虚"的血脉生成。汉江，也不例外。

水随山而行，山界水而止。秦岭之水体的孕育、产生、形成，与秦岭山脉的演化紧密相关。秦岭为一座古老的褶皱断裂山脉，早在前寒武基底形成阶段，秦岭通过地壳的运动，形成了两套基底岩石，即：最古老的杂岩基底、火山—沉积岩为主的过渡性基底。到了古生代—中生代三叠纪中期，秦岭开始了陆壳扩张发育，形成多个小型洋盆，海水自西南和东南侵入小型洋盆；之后，伴随裂谷扩张和深部地幔动力的影响，秦岭沿商丹带拉开，形成秦岭古海洋和北侧的华北板块。

中生代后期的燕山运动，使秦岭进入既有南北分异，又有东西不同，山脉开始整体上升和断陷的地质发育期；随后的新生代喜马拉雅造山运动，为秦岭山脉的格局奠定了重要基础。到了第三纪时的中国东部裂陷解体和青藏高原形成而产生的地壳作用，形成了汉中—安康和东部向斜裂的洛南、商丹、山阳、漫川关等断陷盆地地带。第四纪时，秦岭北部的山地与渭河地堑之间形成了巨大的东西向裂断；南部的汉中、安康一带以河湖的沙质黏土沉积为主。这样，秦岭的水系在山体的构造中形成。

秦岭水系，分属长江、黄河两大流域——在秦岭北仰南俯山体地形作用下，黄河第一大支流渭河，在北麓诞生并形成63条河流汇入渭河、洛河后，流入黄河；长江四大支流的两大支流汉江、嘉陵江，在南坡发源并孕育出132条河流流入汉江、嘉陵江后，注入长江。

就这样，发源于秦岭南端的汉江，在"法自然"的"道生一"中，顺天地万物之自然、"居善地"嶓冢山，成为无私无争的秦岭四大水系之一。

"嶓冢之山，汉水出焉，而东流注入沔（汉水古之别称）"，这是《山海经》记载的250余条河流中，对汉江发源的描述。

嶓冢山系从汉王山起首，向西南延伸，直至川陕交界处。山之东水皆东流入汉水，山之西水皆西流入嘉陵江。嶓冢山又名汉王山，位于陕西省汉中市宁强县境内。汉水，也是"汉中王"刘邦建立汉朝的发祥地，因此源头嶓冢山亦称"汉王山"。

"夏禹崩来一万秋，水从嶓冢至今流"；"山势孤高耸翠峦，遥天凝望碧云端。飞流燕尾迢迢落，仄径羊肠曲曲盘。风送闲花黏客袖，烟横石岸隐渔竿。飘飘我欲凌云去，一笑长空星斗寒"，这是唐诗人胡曾、明王一鸣，分别描绘嶓冢山的诗。嶓冢山，群山起伏，怪石嶙峋，汉水之源从此潺潺流出，向东流经15县而入长江。

大道之行，天下为公。"功垂万古德万古，为鱼谁弗钦仰视"，这是清乾隆皇帝赞誉大禹治水的诗。

孟子说，"当尧之时，天下犹未平，洪水横流，泛滥于天下……尧独忧之，举舜而敷治焉……禹疏九河，瀹济漯，而注诸海；决汝汉，排淮泗，而注之江，然后中国可得而食也"，讲述华夏尧、舜、禹三帝波澜壮阔的治水历史，尤其使"中国"从"泛滥于天下"到"然后可得而食也"的华夏文明轨迹演进，并在禹的时代建立了中国第一个奴隶制国家——夏王朝。

而今，当你游走于横跨宁强县大安、代家坝和略阳县部分地区的烈金坝村，村口有一棵巨大的桂花树，就是探寻汉江源头的标志。从此进入山谷，就到了北嶓冢山，在半山腰可见一石洞，洞旁的石壁上刻有"古汉源"三字，洞内有尊如卧牛状的钟乳石，石身下一线清泉淙淙流淌，这就到了汉水的源头。走近石牛，但见牛背上刻有类似蝌蚪的八个字"禹迹天书"。有人研究"天书"得出结论为"浩气长存，皇盖昆仑"，抑或"风范永留，帝之昆仑"。

《说文》载，"皇者，大也，言其煌煌盛美"。《山海经》里的"漾水出昆仑西北隅"，《禹贡》的"嶓冢导漾，东流为汉"，此"昆仑"与"嶓冢"，实指同一山。因而，"浩气永留，皇盖昆仑"，应是大禹遗留的摩崖石刻，意思为：决汉水的浩大气魄，巨大盖世之功，留著昆仑（嶓冢）。

古今有别

西晋《郡国志》载："汉水有二源，东出氐道，西出西县之嶓冢山。"《华阳国志》载："汉水出武都氐道县漾山为漾水，《禹贡》'导漾东流为汉'是也；西源出陇西西县嶓冢山，会白水迳葭萌入汉。"历史记载的汉水，有了东西两个源头。这是因为，中国有两座嶓冢山，一座在陕西宁强，另一座在甘肃的天水。这两座嶓冢山，都是汉江的发源地。所不同的是，天水是古汉江源头，是为西汉水；宁强是现在的源头，是为东汉水。

西汉水与东汉水的分流时间，至今说法不一。有人说是在汉代，也有人说是在南朝。但是地点，基本都认定为宁强县的阳平关与代家坝一带。

据《汉书》载，高后二年春（前186），略阳与勉县发生了七级以上地震，震中烈度达十级以上，造成了山崩，将汉江宁强段河道拦腰截断，形成了低矮的分水岭——凤飞岭，使西汉水改道南下而注入了嘉陵江。与此同时，也使西汉水的流程缩短。至今，在宁强县嶓冢山等地仍有河流冲击、搬运与沉积形成的大小卵石，以及河流袭夺而中断，由中游而变为上游的痕迹。

《山海经》以华山为原点，指出："又西三百二十里，曰嶓冢山，汉水出焉，而东南流注与沔。"《禹书》指出，大禹疏导九州"嶓冢导漾，东流为汉"。这些，记载了汉水东西没有分流，是为古汉水的西汉水发源于秦岭之门的天水嶓冢山，又为齐寿山、崦嵫山、兑山的历史。

司马迁在《史记》也记载道："日出东南隅，日落崦嵫山。"表达出太阳在辛苦一天后，落于西汉水涌出的崦嵫山。

行走在甘肃天水，大秦岭主脊上坐落着两座千古流芳的"祖山"——东边叫齐寿山，西边叫朱圉山，特别引人注目。在两座祖山之间，有一个巨大的豁口，就是称为"秦岭门"的"天水豁口"。

从天水市区向西南行进，30余千米处的山与山的窄缝中，有一座凸起的山峦"不高不低"，比当地的平均海拔略微高一点。远望，像是一座大土丘；近看，是一座天然的大冢——一座巨大的坟茔，故得名"嶓冢山"。当地村民介绍，这就是大名鼎鼎的齐寿山。

齐寿山取长寿、同寿之意，也得"寿丘"之名。

有传说，这"寿丘"是黄帝轩辕氏的诞生地。齐寿山，又名兑山。是《易经》中唯一谈论喜悦的第五十八卦的兑卦。与此同时，传说是伏羲创制八卦时，兑卦的定卦之山。从地理意义上讲，齐寿山是秦岭的重要节点：向东，秦岭缓慢抬升，使秦岭的山势越来越高大，一路经过大散岭、玉皇山，到达秦岭的最高峰——主峰太白山。

齐寿山之水，流向了"四面八方"：西南方向，水流嘉陵江，包括向西向南流，再折向东流并注入嘉陵江的西汉水；向南，直接注入嘉陵江的白水江；东北方向，水流渭河，其一是向西北注入由西而东的藉河的南沟河，向东北直接注入渭河的轩辕溪。

思古观今，当年在西汉水的河谷上，秦的先民们在"西犬丘"这块土地上建起了自己的都邑，为周天子牧马。

史载，在水肥草美的西汉水两岸，秦人先祖大费由虞舜赐嬴姓，后因嬴姓部族参与了武庚的叛乱而沦为奴隶。以商奄遗身份，居住在了森林茂密、水草丰美的西汉水上游河谷盆地。当时，这一带是西周的边陲，被称为"西垂"。周边主要是羌、戎族，秦人先祖兼有守边之责，所以称为"西犬丘"。

一百多年里，秦人先祖与羌、戎和谐共处，并学会了养马、驯马等技术，而且氏族也发展壮大，成为和西垂、固边关的重要力量。故而，公元前905年，周孝王恢复了非子嬴姓，号曰"秦嬴"。之后，秦襄公不愿居人下，沿西汉水而上，迁都到了今陕西宝鸡的陇县。再而后，司马迁说："秦以蚕食六国，百有余载，至始皇乃能冠带之伦。"

当年，胸怀大志的秦人，常常在西汉水边仰望星空，把天空上皎洁如水的月光称作"汉"，或"云汉""天汉"，把脚边流动的河水称为"汉水"。正是这条古汉水源头，把为奴的秦人一族哺育得人强马壮、开枝散叶，一发而不可收。成长为天下第一大邦国，并一统华夏，成为霸主，开启了中国专制社会的"郡县制"帷幕。

岁月不居。如今，站在天水的嶓冢山顶，往昔汹涌澎湃的"汉水"已成过往。在树林草丛中，再难见到在天上皎洁月光、地下潺潺流水相映中，古老西汉水的美丽身姿。尤其是哺育了大秦帝国的西汉水的身姿。

三源归一

"问渠那得清如许？为有源头活水来"。饮水思源，位居长江流域水系之首、浸润着阴柔之美的汉江，其奔流之势也是几条涓涓细流汇聚而成的。

现代水文研究表明，汉江的河源有北、中、南三个源头，即：北源的沮水、中源的漾水、南源的玉带河，都在宁强县境内。流经沔县（现勉县），称沔水；东流至汉中，始称汉水；自安康至丹江口段，古称沧浪水；襄阳以下，别名襄江、襄水。

孔子云："仁者乐山，智者乐水。"峻山出秀水。山水，从来都是一对孪生兄弟。

峻美的紫柏山，造就了卓越的北源沮水。气势雄伟，岗峦绵延，怪石林立，位于留坝县山巅之最、有九十二峰七十二洞八十二坦的紫柏山，就是北源沮水的好兄弟。《水经注》载："沔水出武都沮县东狼谷口，沔水一名沮水。阚骃曰：以其初出沮洳然，故曰沮水也。县亦受名焉。"就是说，在勉县始称沮水、黑河，因"初出沮洳然"而名。发源于陕西省留坝县紫柏山西北部至光华山以西，始名正河，向西南流入勉县境内。

漫步紫柏山，但见山顶浑圆，植被良好，常年潮湿多雾，草甸平旷；面巴蜀倚秦川，由东向西，横跨在留坝、凤县之间，是南抵川汉、北至关中的天然屏障，自古是"秦汉咽喉"之地！因山岭两头高，当地又称为龙如山。

走到紫柏山南麓腹地的闸口石村，当地山民介绍，相传早年此处有一巨石，朝天张着口，故名张口石，后被雷电击碎演变为"闸口石"。村口的潺潺流水，就是来自陕西省凤县、留坝县交界处的紫柏山的沮水，以紫柏山南麓闸口石流程最长，是为源头。沮水初向东南流，经凤县营盘、勉县张家河、洛阳县观音寺，又到勉县茶店子，在新铺以东，流入汉江。流域内山高坡陡、林木茂密，河道狭窄呈"V"字形。

"流漾为汉"，《尚书》之语，道出了中源漾水的独特美。唐元稹有诗云，"嶓冢去年寻漾水，襄阳今日渡江濆。山遥远树才成点，浦静沈碑欲辨文"。出自宁强县东北嶓冢山的汉江中源，初出山时为漾水，通过疏导，东北流经陕西沔县西南合沔水，又东经褒城，以下才叫汉水。因而《尚书》有"流漾为汉"之语。远看山上，树木只有很小一点；近看江水，清澈见底，连沉入水中的碑上的文字，都能辨认清楚。

郦道元在《水经注》中载："汉中记曰，嶓冢以东水皆东流。嶓冢以西水皆西流，故以嶓冢为分水岭。"《山海经》说"嶓冢之山，汉水出焉，而东南流注于沔"；《魏书》载，汉中华阳郡"嶓冢（县），有嶓冢山，汉水出焉"；大诗人屈原在《楚辞》说："指嶓冢之西隈兮，与纁黄以为期。"认为嶓冢山是汉江源。因而，嶓冢山，成为汉江源头的中源。

行进在陡峭曲折的北嶓冢山，但见如一只口小肚大的大瓮般的山谷渐次打开，涓涓溪流声从幽深的峡谷隐约传来，头顶是突兀的山峰直冲云霄。行至半山腰，就见溪流从悬崖上一个并不大的溶洞飞流直下，山内有洞——"宽数丈，深里许，水从下涌出，有声砰砰然，天将降雨，其声愈大如殷雷，洞外有石砌台数丈，为往时祭汉源行礼之所"，这，就是汉江源头的中源。

从嶓冢山起步的汉江，在平缓辽阔的汉中盆地展开，让莽莽秦岭和巴山交织的峡谷流淌出的万千小溪，与汉江汇合。南源的玉带河，便是溪流中汇入汉江的又一源头。

发源于嶓冢山箭竹岭水池垭的玉带河，呈"V"字形展布于宁强县东部。远眺，河流如玉带蜿蜒，故在宁强境内称玉带河；在勉县境内，称沔水，又名南河。自勉县新铺镇七姊妹山东流入勉县，在铜钱坝村与大安河汇合，在疙瘩寺汇入汉江。

以玉带河为正源的大安河，又成为汉江之源的又一溪流——陈家大梁的石钟沟水纳汉王沟水而形成的大安河，经大安镇在石窝金入勉县境，在炭场寺与汉江干流汇合。

故而，中源的漾水与南源的玉带河在炭厂寺相汇后，至北源的沮水铺与沮水相汇，三源相汇后，汉江成。

中国科学院的专家实地考察后认为，汉江三源的水系很不对称。北源海拔高、流程长，形成沮水等几条北源的主流，垂直汇入汉江干流；南源海拔低，流程短，水系没有北源区发育。因而，按河流源头的径流量、河流长度等原则，南源玉带河应为汉江的正源。

"汉水窗中泻，巴山座上青。绿深三市树，红醉百花馨""汉山山下水如烟，嶓冢残阳满渡船。两岸棕榈秋社雨，一滩鸥鹭蓼花天"，逶迤东流的汉江正如清代岳礼笔下的诗句，把秦岭与巴山分界相望，南岸俊秀与北岸巍峨的风光依次展现，把豪迈而灵动、生机盎然而变化无穷的山水秦巴演绎得万分精彩，让人在寻源和神怡中，美不胜收。

就这样，发源于陕西宁强县嶓冢山的汉江，自西向东，流经勉县、汉中市区、城固县、洋县、石泉县、汉阴县、安康市区、旬阳县、白河县而流入湖北省……最后，在武汉市汉口汇入长江。

曲莫如汉

流经汉中平原、襄阳—宜城平原、唐白河平原、下游平原四大平原，于"九省通衢"的武汉市汇入长江的汉江，来回在秦岭和巴山的走势中流动，多弯曲，所以有了"曲莫如汉"——弯曲超不过汉江之说。因而，如游龙行在"九曲回肠"中，尽把"水龙"的本色体现——把褒河、丹江、唐河、白河、堵河等支流的甘露喷洒于沿途的沃土。

弯弯曲曲的汉江，尽展天然之本色，把如彩带飘荡的神采写在秦巴大地。其地势，西北高东南低，北有秦岭、外方山与黄河流域为界，东北以伏牛山、桐柏山与淮河流域毗邻，西南以大巴山与嘉陵江流域相邻，东南为江汉平原，天然形成东南向敞开的大喇叭形。因而，流经的绝大部分地区为山地。据统计，山地占全流域面积的70%以上。四处平原中的汉中平原、襄阳—宜城平原与下游平原三处，都是泛滥平原，地势平坦，只有唐白河平原大部分为古冲积平原，多为岗地。

在历史变迁中，从震旦纪到近代，汉江河道的形成几乎囊括了各个时期的地层。尤以古生代变质岩系分布最广。其次是新生代古近纪、新近纪的红色岩系和第四纪的松散沉积物。按地层特点，可分为上游的变质岩和岩浆岩、中下游为沉积岩层和松散沉积物。根据大地的特点，可分为渭南古陆区、秦岭地槽区、汉南山地区、亚秦岭带区、南阳凹陷区、淮阳地盾区和下游凹陷区七个地质构造区。

蜿蜒的大山走向，决定了地层走向。因而，流域的山系可分为两组，即：一组为东西走向的秦岭与巴山山脉，另一组为西北—东南走向的大洪山与荆山山脉。这两组山脉都以皱褶为主，岩层挤压紧、逆断层多、角度大，是典型的"山大谷小"。

"汉江之水靠天收"。流域水补给，主要是秦岭、巴山气候分水岭形成的降雨汇集而成。降雪、冰雹较少。全流域亦无终年积雪的山岭。因而，流域内湖泊较多，较大的就有200多个，其中大部分为洼地积水。

"河水一石，而六斗泥"。汉江流域的上游河道比降大，河道狭窄，水流急骤，为泥沙输移提供了便利；中游为泥沙输移沉积过渡区；下游河道坡度平缓、河道较宽且蜿蜒曲回，河汊多，河床游荡多变，从而形成泥沙淤积环境。再加之流域的地面坡度，从下游至上游，依次递增。上中游多为山区，暴雨形成地表冲刷，有了天然产沙的条件。因而，汉江的产沙量，成为仅次于嘉陵江的长江中游主要泥沙来源。汉江河床总的落差是1850米，而主要集中在上游河段，落差达到1780米，占全河总落差的96%。

"一道残阳铺水中，半江瑟瑟半江红"，唐白居易的《暮江吟》，一展清澈、恬静而令人神往的汉江在夕阳中的神韵。在江上缓缓而行，静静的江水，静得像一面镜子，水中的倒影让人浮想联翩。远看，碧绿的江水，绿得像一条翡翠色的绸带；近看，清得见河底的河水，又把游动的鱼虾尽显眼前。这就是汉江之水之大美。永远在不变中，把水的千形万象尽展。据统计，汉江流域的整体水质良好，三类优质河水占河长的91.8%。

丹江口以上的上游，长900多千米，呈东西走向，穿行秦岭、巴山，两岸高山耸立，峡谷多，沿途峡谷盆地交错，河床多为卵石、砾石与基岩组成；自郧西进入湖北省后，北为秦岭余脉、南为武当山脉，河道弯曲系数1.78，属山地蜿蜒性河段，水流急，水量大，水能资源丰富。按河道形态特征，上游有六个"回肠"，即：河源至武侯镇段从列金坝到魏家坝，沿江形成一个小盆地——大安盆地；武侯镇至龙亭铺段，河流进入汉中盆地，河槽左右摆动不定，盆地中的四段阶地，水资源丰富，有"小江南"之称；龙亭铺至渭门段，以从小峡口至环珠庙的小峡、从环珠庙至渭门的大峡，也就是黄金峡为险，河谷最窄处30米，滩险多、浪急；渭门至石泉段，险峻程度仅次于黄金峡，河道弯曲，左岸陡、右岸缓；石泉至安康段，盆地、峡谷交错，有险滩30多处；安康至白河段，是下古生界变质岩及石灰岩峡谷，山高谷宽，有险滩24处。

丹江口至钟祥的中游，长270多千米，河谷狭窄，流经低山丘岗，接纳南河和唐白河后，水量和含沙量大增，多沙洲、石滩，河道不稳定。据统计，有大小江心洲20余个，大小沙洲143处，沙滩38处，受两岸山势节点控制，宽窄不一。

钟祥以下的下游，长382多千米，迂回在江汉平原，河床坡降小，水流缓慢，曲流发育，河汉纵横，且愈近河口，河道愈窄，呈倒置喇叭形，泄洪能力差，容易溃口成灾。河道蜿蜒曲折逐步缩小。各河道的形势各有不同，如钟祥至泽口段，共有汊道14个，窄段河段单一、弯道较多；泽口至仙桃段，河道单一，弯曲系数1.4，有7个弯道；仙桃至河口段，河道蜿蜒，弯曲系数为2.82，河床横断面多呈"V"形。

......

而今，"汉江1600千米"已是过往，"南水北调"后绵延3000千米，横跨甘、陕、鄂、豫、川、渝六省（市）的78个县（区），成为殷实庶民的"汉之广矣，不可泳思"。

澎湃的歌

"万涓成水，终究汇流成河，像一首澎湃的歌，一年过了一年，啊，一生只为这一天，让血脉再相连，擦干心中的血和泪痕，留住我们的根……"用童安格这首《把根留住》，来形容千里汉江的汹涌澎湃、滔滔不绝，再合适不过了。

汉江之根，就是成千上万个"叮咚叮咚"泉水声汇聚成潺潺的流水声，进而唱出了欢乐、奔腾的汉江之歌。因而，汉江犹如一支辉煌的进行曲、交响曲，始终在千万条支流们哼着的小调小曲中，在"欢声笑语"汇成的"大合唱"中，一往无前，奔向长江。

据统计，流域面积超过5000平方千米的较大支流就有20多条，如任河、堵河、旬河、夹河、丹江、南河、唐白河、汉北河等。

这歌声，首先在陕西境内唱响。长度在50千米以上的河流"A大调"就有68条，在100千米以上的"D大调"有18条，还有汇聚其间的b小调、E大调等。因左岸发源于秦岭南坡、右岸发源于北坡，所以左、右岸水系分布不对称。左岸主要有沮水河、褒河、湑水河、酉水河、金水河、子午河、月河、旬河、蜀河、金钱河等，均为秦岭南坡的顺向河，90%以上在山区，但河一出峡谷，骤然开朗，"歌声嘹亮"直奔汉中平原；右岸主要有玉带河、漾家河、冷水河、南沙河、牧马河、任河、岚河、坝河等，比左岸支流短促，也唱出了"和弦"的韵律。各支流在羽毛状或近似羽毛状，个别为扇状的曲调演绎中，展示各自的精彩。

湖北境内的中、下游段，在呈格子状排列的水天一色中，美妙的歌声从不间歇。两岸较短的支流，把各自的a小调演绎。中流，在丹江、南河、唐白河、蛮河等的丘陵、滩石地上，始终传出悠扬的圆舞曲；下游，在山地的大洪山、桐柏山，涢水、天门河、滠水、大富水等，在泥沙沉积中，把C大调演奏得酣畅淋漓。

随着流域江水的年变化率达20%以上、月变化率达百分之百以上，不同的季节，汉江的歌声又演奏出不同的曲调。如，每年6月、7月、8月、9月份水位最高，咆哮的汉江常常把《黄河大合唱》演奏。最低的水位是每年12月到次年2月，汉江的《小夜曲》又那么动人和哀婉！

先是8条小溪汇成的沮水声，在秦岭南坡拉开演出的前奏；紧接着，称为乌龙江的褒河从秦岭主脊的凤县药材湾的西源和太白县以北的秦岭青峰山的东源"高歌"而来。"歌声"漫过铁佛殿、马道，于河东店进入汉中盆地，在孤山附近流入汉江；此时，发源于太白山以南秦岭主脊光头山北侧的湑水河，也不甘落后，在"引颈而歌"中，到达太白县黄柏塬后折向南流，作大弧形向西弯曲，于升仙村进入汉中盆地，向南流到城固县汉王城东入汉江，湑水河的45条支流如45个节拍，尽情把沿途的14个乡镇快慢不一地唱响；低吟浅唱中，江水到达了秦岭主脊兴隆岭的酉水河，秦岭主脊光头山南侧的金水河，一个流经茅坪、酉水，于酉水街以南流入汉江；另一个向南流经岳坝、栗子坝，经秧田、金水后流入汉江。

欢歌笑语中，江水哼着"小调"到了子午河，在发源于宁陕县金竹园文公庙的中源向南与发源于佛坪县龙草乡的西源，及发源于宁陕县陈家坪的东源的汶水河汇合，使子午河在4支一级支流中，奔涌向前。这时，发源于宁陕县龙潭子山的池河，也随子午河澎湃"高歌"。

曲调悠扬，发源于凤凰山的月河，9支支流像一个小合唱，经汉阴县城后，于安康市长岭乡许家台子以南奔向汉江，共同演绎出和声之美。

"八百里旬河不浇田"。发源于宁陕县和西安市长安区交界的秦岭亚楠南侧的旬河，18条支流在"V"字形的峡谷中，不断弹奏此起彼伏的"交响曲"，穿梭于宁陕、镇安，在旬阳县城东南角汇入汉江"大合唱"。

悠悠河水，在湖北郧西县又有了别样腔调——发源于秦岭主脊南侧的金钱河，在16个"腔调"的支流唱声中，相继"漫过"柞水县的马家台、杏坪、柴庄，山阳县户家垣、合河、宽坪等，于山阳县漫川关的沙沟口进入湖北省郧西县。

一路走来，汉江进入了"大合唱"的高潮——发源于秦岭南坡的最大一条支流丹江加入了"合唱"。

在秦岭凤凰山东南侧，有从庙沟口向东南流入黑花谷的东源，与来自牧护关以东的秦岭的西源，在黑龙口相汇。由黑龙口向下，丹江的21条支流，唱着雄壮嘹亮的歌声，在峡谷与川塬交替组成的藕节形河段——源峡峡谷段、商丹盆地段、流岭峡谷段、川塬峡谷段，唱出了"银花河""武关河"的别样曲目，让汉江的"大合唱"委婉动听、非同凡响。

汉江及其支流水位补给主要是降雨。每年4月中旬到10月底，流量急剧增加、高于平均值；11月至次年3月，流量又降到平均值以下。7—10月份径流量占全年径流量的50%左右，特殊的年份高达75%以上。5—6月份受西南季风的影响，可以形成洪水；7月西南季风盛行，加上秦岭山地的作用，汉江上游往往形成较大暴雨洪水；8月东南季风活动最盛，控制了汉江上游地区，可形成大洪水；9月北方强大的冷空气南下，也可形成大洪水。因而，不同的月份和季节，汉江又会澎湃出不同的曲调。

神鉴自明

　　"水生民，民生文，文生万象"。水，不但孕育了地球上的生命，养育了人类，而且创造了地球上充满生机活力的人类文明，让人类从"缘水而居，不耕不稼"中，不断懂得了"得水而兴"的"水利文明"。

　　"汉之广矣，不可泳思。江之永矣，不可方思"，《诗经》中的汉江，广阔的水域，不能游泳过去，也不能乘竹筏过去啊！永不停歇的江水，思念也从未有过短暂的停止啊！是啊，空阔浩瀚的江水、两岸苍茫的景色，尽显汉江的清虚湛澈，体现出神鉴自明的文化韵味。

　　放眼全球文明的诞生繁育，三千里汉江尽得天时、地利、江山之便利。地球上，有一条"神秘"的北纬30度的线——许多古老的河流文明都是沿着这条纬线开始了自己跨越千年文明的进程。如，美国的密西西比河、埃及的尼罗河、伊拉克的幼发拉底河、中国的长江等，均在北纬30度入海。这一纬线上，奇观绝景也神秘莫测，如撒哈拉大沙漠的"火神火种"壁画、加勒比海的百慕大群岛、远古的玛雅文明遗址，中国的钱塘江大潮、安徽的黄山、江西的庐山、四川的峨眉山等，汉江，正处于这条北纬30度的"文明线"上。

人类逐水而居，聚居而成聚落。出现比长江、黄河还要早七亿多年的汉水，为人类起源和聚居提供了有利条件，成为华夏民族的摇篮。

地球上，生物水母、珊瑚等软体动物的出现，在距今约6亿年前。经过几百万年的进化，海洋中出现了鱼类。距今约3.6亿年前，两栖动物登上陆地，地球陆地上首次有了爬行动物。2.5亿年前，恐龙出现了，地球上的物种也丰富起来。1.45亿年前，恐龙走向了灭绝。从7000万年前至今，世界呈现新生代。从距今260万年前到1.17万年前，大多数动物进化到现代的水平。其中，人类的出现，是更新世的标志性事件。

上世纪，在汉江流域的勉县温泉、胡家渡、杨家山、赤土岭，南郑区的龙岗寺，城固、洋县，连续发现大熊猫、东方剑齿象、中国犀、羚羊等森林动物化石。

人类出现后，有了旧石器时代、新石器时代、铜器时代、铁器时代。距今约300万年前至约1万年前，称为旧石器时代，此时期，巫山人、龙岗寺人、蓝田人、郧县人等相继出现。

考古表明，汉江是古人类龙岗寺人、郧县人的活跃地——位于陕西省汉中市南郑区梁山镇爱国村的龙岗寺遗址，包括旧石器文化、新石器时代李家村文化、仰韶文化半坡类型、少量仰韶文化庙底沟类型和龙山文化遗存、汉代墓葬群等文化遗存，绝对年代距今120万年以上，说明汉水流域是中国古代文明的重要发祥地之一。郧县梅铺丹洞发现的人类牙齿化石3枚，其年代距今80万—100万年，是中国旧石器时代重要的早期遗址之一。在郧县曲远河口弥陀寺村学堂梁子先后发掘的两具人类头骨化石"郧县人"，彻底改写了人类起源于非洲的历史，不仅说明汉水流域是人类的起源地之一，更是亚洲人类当之无愧的摇篮。

迄今发现的旧石器时代遗存，基本上集中于汉江上游地区，如湖北郧县、房县，陕西勉县、洋县、城固县，河南淅川、南召等，先后发现5处人类化石地和22处旧石器文化遗址。当时，汉江上游江面宽阔，两岸的秦岭、巴山呈现低丘宽谷的地貌，为古人类生存提供了空间。

介于南北方之间，处于南北地理差异过渡带，作为黄河长江流域两大文化板块接合部、交融、转换轴心的汉江，在人类的长期生存中，形成了上游以新石器关中文化、中游南北融会、下游地域浓郁的文明示现。研究表明，中华民族范围内，曾经活跃着西北的"华夏集团"、东方的"东夷集团"、南方的"苗蛮集团"。"华夏"主要在黄河流域一带，以老官台文化—仰韶文化—龙山文化为主；"东夷"主要在山东、河南东部、安徽中部一带，以北辛文化—大汶口文化—龙山文化—马家浜文化—良渚文化为主；"苗蛮"主要在湖北、湖南、江西一带，以城背溪文化—大溪文化—曲家岭文化—石家河文化为主。因而，汉水上游，又以"华夏"文化为主，下游以"苗蛮"文化为主。中游，是在"华夏"与"苗蛮"的角逐中，不断融合和转移，直到春秋时期。

故而，上游的汉中、安康两地，以华县老官台遗址命名的老官台文化，承接了渭河流域的文明。在西乡县李家村发现的"老官台文化"类型，先后又在西乡县的何家湾、洋县土地庙、南郑县的龙岗寺、汉阴县的阮家坝、紫阳县的马家营等地发现。与此同时，汉水上游发掘的何家湾、龙岗寺、马家营、阮家坝等遗址，又是渭河流域仰韶文化中半坡类型和庙底沟类型的特征。新石器晚期，何家湾与龙岗寺所出土的龙山文化遗物，仍是渭河流域龙山文化的范畴。之后，龙山文化渐进演变为巴蜀文化的特征。

中游的襄宜平原、唐白河平原，以及汉水支流的丹江、堵河、南河流域，在大约7000年前，主要发育成长的是"老官台文化"，如商县的紫荆遗址、山阳的南宽坪遗址。丹江下游的郧西至老河口段的新石器遗址，如淅川下王岗、黄栋树，均县朱家台、乱石滩、郧西大寺、青龙泉等。以河南邓州八里岗遗址为代表的，融仰韶文化、曲家岭文化、石家河文化为不同阶段的唐白河平原新石器遗址，表达出汉江中游早在新石器时代已是南北文化发展的过渡地带。

江汉平原北部，以及汉水下游以东、以北的大洪山周围的丘陵地区与随枣走廊，距今6000年左右、在湖北钟祥市九里乡发现的边畈文化遗址，以及在此基础上发展起来的大溪文化、曲家岭文化、石家河文化，构成了汉江下游的文化类型。

"有鸟自南兮，来集汉北"，《楚辞》表达出汉水自古就是沟通东西的走廊，是西部高原走向中部盆地和东部平原的重要通道之一。汉水源头"禹碑"上的蝌蚪文，汉水流域边比万里长城早四百年的楚长城，诞生于汉水流域、唯一由中国人创立的宗教——道教，中华农业、医药、纺织的开山祖师神农炎帝从汉水腹地走出，独领风骚代表春秋音乐文化绝响的随国曾侯乙墓中的大型编钟，独领风骚、以楚辞为代表的汉水流域文化，西汉张骞从汉水边的城固踏出了第一条通向世界的丝绸之路，发明了造纸术的东汉蔡伦封侯于汉水边的龙亭铺，张衡发明的浑天仪率先揭开了中国地震科学和遥测技术等，都闪烁出汉水的博大浑厚、熠熠辉光，让人情不自禁地生发出无数遐思和神往。

"惟天有汉，鉴亦有光"。汉水流域，也是"两汉"的龙兴之地。刘邦始封于汉中，发迹于汉中，故将江山命名为"汉"，年号也从汉中时算起；刘秀发迹于汉江中游的枣阳。随着战争与贸易，匈奴人称汉人士兵为"汉子"，称中原人为"汉人""汉民"，进而有了汉字、汉语，并有了"汉民族"。因此，这里也是汉民族的兴隆之地。据《大不列颠百科全书》记载，汉族、汉朝、汉人、汉子、汉字、汉学、汉剧、汉隶、汉白玉等，均源自汉朝。所以，汉江是为世界江河之奇迹。

天下锁钥

汉江，北望黄河，南接长江，上、中游流淌于秦岭和巴山之间，下游北面耸立着桐柏山、大洪山，天然成为沟通关中、中原、川蜀和长江流域的走廊，联系南北西东的地理纽带，关联天下的"钥匙"——从新石器时代开始，这里就是控巴蜀、制吴越、指秦陇、下闽粤的兵家必争之地，商家交会之枢。

历史上，南北朝对立时期，双方征讨的"楚河汉界"就在黄河、长江之间的汉水、淮河流域，战场的焦点是汉中、襄樊、寿春、徐州这四条主要交通干线上的"地机"，是为"天关"和"九州咽喉"。

"浮于潜，逾于沔，入于渭"，这是《禹贡》记载汉江最初的水运贡道。自国家诞生并有了中央集权后，就要将各地的财富运往都城。这就是漕运。这样，运输成本要比陆路运输低得多的水运诞生了。于是，"地机"的汉江，就成为"当仁不让"的水运首选。

作为"官道"的漕运，汉江千古留名。"汉中之粟可致，山东从沔无限，便于砥柱之漕"，这是西汉武帝刘彻，以南阳、襄阳、汉中、襄城等地的汉江干支流为基础，越过长安通向关中的黄河水道三门峡砥柱之险，整修褒斜道，把汉江及其支流褒水和渭水及其支流斜水（石头河）打通，实现水路联运，把关东和巴蜀的粮食和物资运往首都长安的创举。

进入唐代，汉江的水运地位更是越发凸显。当时定都长安的大唐，汉江是与渭水、汴水、江北运河、江南运河并列的五大漕运主力之一。尤其每临战事，运河受阻，大量物资只能通过长江西上到达汉江，然后由汉江转入其支流丹水，或经安康到达汉中，再改为陆运，翻过秦岭运到长安。到了宋朝，尤其南宋初年，都城迁往临安（杭州），宰相张俊就提出，"以汉中为基地，北据关陇，东出潼关以争中原"，并建议"汉中前可接六路之师，后可据两川之粟，左通荆襄之财，右可出秦陇之马"，通过汉江水道源源不断运往都城。

军事上，汉江可"统领杂流"。郦道元在《水经注》中载："汉水又东，历敖头，旧立仓储之所，旁山通道，水陆险凑，魏兴安康县治，有戍统领杂流。"就是说，敖头（石泉县马池镇）作为水陆两运交汇处，驻扎重兵，可"执牛耳"，扼南北。战国时期，汉江的特殊地理位置，就一度是楚秦相争的"黄金水道"。三国刘备与曹操的蜀、魏两国，多次利用汉江水运进行战争。蜀国老将黄忠在汉江边的定军山刀劈夏侯渊，大将军赵云在汉水之滨大败曹军，诸葛亮在汉水边"六出祁山""七伐曹魏"，鞠躬尽瘁，死而后已；魏明帝派大将曹真统兵两路攻蜀，一路由陆路，从子午道、褒斜道进军，另一路水路，由司马懿溯汉江而上，在汉中会合等。尤其南北朝时期，汉水一直是南北两朝争夺的"要道"；唐代的"安史之乱"，唐肃宗灵武继位后，也是将江淮等地征调的战备物资，通过汉江逆流而上，运往洋州（洋县），再翻越秦岭送往关中。宋元时期，汉江更是中原与关陇维持统治的"要冲"。

汉江水运成本低廉，自秦汉至清代，一度又成为民间客货运输的首选。尤其是明中后期，商品经济日趋火爆，汉江便涌动出"商品大潮"下的滚滚洪流。据载，水运的兴盛，使汉江及其支流出现了一大批农副产品集市，如从康熙到道光年间，洋县从没有一处集市发展到了三十多处。而且，汉中盆地的烟草种植也由零发展到了"商贾所集，烟铺十居其三四"。巴山中部的平利县也在"邑内物产，并无市肆"的情况下，发展成秦巴山区最大的生漆市场。与此同时，汉江两岸发展成为一批重要的物资集散地。如南郑、城固、紫阳、旬阳、白河等，纷纷成为"南北贯通、客商云集"的"都会"。水运，也让陕南、鄂西的农业、手工业生产与长江中下游市场形成互动，焕发出一江两岸的经济活力。

穿越秦巴

　　"蜀道难，难于上青天"，"蛇盘鸟栊，势与天通"，"栈阁北来连陇蜀"……这些文字描写崇山峻岭间，曲折迂回，穿梭于秦岭南侧、巴山北侧的汉江，不直通关中和蜀地。商周以前，聪明的人类沿汉江及其支流，穿越秦岭、巴山，巧妙地把水运与陆运叠加，开辟了多条连接四方的谷道，使得蜿蜒的山谷成为汉水沟通关中、中原、川蜀和长江的"坦途"，使古代的交通智慧在汉江流域尽情展示。

　　"明修栈道，暗度陈仓"，这条成就汉高祖刘邦得天下的故道，因其路的北端为秦汉的陈仓县而得名。又因在嘉陵江上源东支流——故道水源出散关之南，秦代曾设故道县，亦名故道。从陈仓向西南出大散关，沿嘉陵江上游故道至今凤县，折西南沿故道水河谷，经今两当、徽县至今略阳接沮水道抵汉中，或经今略阳的陈平道至今宁强县大安镇接金牛道入川。郦道元在《水经注》称为"周道谷"。这条道是蜀道北段中，里程最长的。途中不但要翻越散关附近的秦岭正脊，还要攀越青泥岭、马岭、老爷岭等大山和嘉陵江、汉水，以及两条支流间的分水梁八九处河谷。故道

165

中，阡陌相连，物产丰富，村落众多。秦末汉初，故道已是人们穿梭往来的热门路线。东汉年间（172），武都太守在今略阳县西北的嘉陵江岸修建"栈阁栈道"后，使故道更为畅通，一度成为长安、汉中、成都间的交通要道。

"栈道千里，通于蜀汉"的褒斜道，是世界上最古老的栈道之一，是秦蜀两地人民最早互相沟通的通道。殷商末年，武王伐纣、孟津观兵，巴蜀之师随征就是走的褒斜道。西周末年，周幽王走褒斜道征伐褒国，褒人将美丽的褒姒送给了幽王。最终，酒色之徒的幽王在博美人一笑而"烽火戏诸侯"中，断送了江山。褒斜道，因褒水和斜水而得名。褒水为汉江支流，发源于秦岭南坡。亦称斜谷道。是因从秦汉首都长安取道汉中、巴蜀，必经斜谷，后入褒谷。褒斜道是一谷二口，纵穿秦岭。大致走向是从今西安市向南行，至户县折向西，经过周至县到眉县，再折西南过斜谷关，沿石头河河谷东侧，经鹦哥嘴。下寺湾，过石头河，翻老爷岭到达太白县，然后折而西南，再沿褒水干流的狭谷，经孔雀台、褒姒铺，穿石门洞出褒谷口，而达汉中。据载，东汉年间，汉中郡守以"火焚水激"之法开凿石门隧道，建成了世界上最早的人工隧道。褒斜道虽没有高山阻隔，但沿途峡谷险段多且长，常常令人心惊胆战，视为畏途。虽然如此，秦汉魏晋各代，都把褒斜道作为连通长安与汉中的主要通道。当年，刘邦为迷惑霸王项羽，依张良之计在过褒斜道时烧毁所过栈道，以示"无心天下"而"固项王意"！

"高祖受命，兴于汉中，道由子午，出散入秦"，由长安沿沣河而上，越秦岭经宁陕、石泉，到达汉中，这是子午道，也是刘邦就位汉王时走的道。中国古代，称北方为子、南方为午，南北走向的大道就是子午道。这条道，北端由长安正南进入子午谷，因而得名。子午道重山叠岭，道路崎岖，老林密布，居民稀少，因而利用率比较低。西汉时，已废弃。汉平帝年间（5），王莽复开后才更名子午道。但是，此道是长安通往安康的要道，也是通往四川东部各州郡的捷径，而且还是安康通往汉中的道路，且常被用作襄阳通向汉中的大道，其重要性不可低估。不同历史时期，进行了大的改道，新老线并用，发挥了不同的作用。如唐天宝年间，开辟了"荔枝道"，经西乡、镇巴至四川涪陵，成为继金牛道之后由秦入蜀的另一捷径。北宋时期，子午道是商旅由长安去洋州（今汉中洋县）、金州（今安康）的大路。

里程最短、最便捷，但最艰险。北口从周至县入西骆谷，沿骆峪，越兴隆岭，沿西水河、华阳至洋县，出傥谷到汉中。七百六十五里的路程，有五百里的谷道，其"绝揽萦回，危栈绵亘"，尤在北段的骆谷关附近有著名的十八盘山和老君岭，道路蜿蜒于秦岭主峰太白山南侧黑河各支流间，升降起伏于人烟稀少、野兽出没的原始森林。过秦岭南脉后，在洋县境内又有八十四盘，常有毒蛇盘桓于竹木间，凶险异常。据载，三国时，蜀将姜维曾出骆谷以攻魏；魏将钟会伐蜀，亦出兵傥骆道。尤在唐中后期，傥骆道使用频繁。

战国中期，秦惠王想征服蜀国，始终找不到进攻的道路。俗话说，有心栽花花不成，无心插柳柳成荫。一天，秦惠王在褒谷竟与狩猎的蜀王不期而遇。为此，秦惠王心生一计，在相遇处雕刻了五头石牛，并在石牛屁股后放了一些金子，假称是石牛粪金，并要将五头石牛赠予蜀王。蜀王信以为真，就派五丁力士率千余人拖石牛到了成都，这样就有了"金牛道"。不久，秦惠王就派丞相张仪等出兵"金牛道"，灭掉了蜀国。

故事终归故事。据载，武王伐纣时，巴蜀之师参战，走的就是金牛道。还有"周王伐蜀"的记载。金牛道，专指汉中通往成都的道路。具体是陕西汉中向西，过褒水，经勉县进入山区，过五丁关到宁强，转西南到四川的广元，再到剑阁县，至坡路起伏、松柏夹道、浓阴蔽日的翠云廊，再向西南至绵阳市，而后到达成都，共一千二百余里。

始于秦朝末年，兴于汉代的米仓道，是陕西汉中通往四川盆地的古道。因米仓山而得名。汉水南面的支流濂水河、冷水河，发源于米仓山北麓；与发源于米仓山南麓的渠江上游支流南江相对应。米仓道经濂水或冷水河谷，越过米仓山进入南江河谷，到达巴中。此道的北端，险居岩侧，陡临深渊，呈"Y"字形，由城固、南郑、勉县南去，均有路通往北口。

"高高此山顶，四望唯烟云。下游一条路，通达楚与秦"，这是当年白居易被贬江州（今江西九江市），由蓝田武关道出秦岭而到商州、襄阳，再乘船顺汉江而下抵达江州时，在武关岭上留下的诗句。此外，还有文川道、荔枝道等，都通过汉江及其支流，把秦巴相连，与中国各地相通。

膏腴之壤

一方水土，养一方人。三千里汉江，介于黄河、长江两大水系之间，既是中国南北与东西的"地机""锁钥"，又是南北气候的融合地，还是内陆的腹心之地——在西北以长安为中心的关中平原、东北以洛阳为中心的伊洛平原、东南以武汉为中心的江汉平原、西南以成都为中心的成都平原的包裹下，流域内的汉中盆地、南阳盆地、襄阳盆地，尽得亚热带温润季风气候之优势，气候温和、山清水秀，是天然的膏腴之地，更是多样生物的宝库、天然物种的"基因库"。

《礼记》云："饮食男女，人之大欲存焉！"《孟子·告子上》也云："食色，性也"。膏腴之壤，在一江清水哺育下，使得域内成为鱼米之乡、"天下粮仓"，在物丰民足中，"饮食男女们"就地取食，"因时制菜"，享尽大自然赋予的"性也"之饕餮大餐，且代代相传，脉脉绵长。

人与动物的本质区别，在于人类因劳动而有了意识和思维，有了改造自然、征服自然的本能。因而，在思维的指引下，人类的食源也得到发展。这，使人类有了渔猎畜牧业的农耕文明和进步。

《礼记》云："昔先王未有宫室……未有火化，食草木之实，鸟兽之肉，饮其血，茹其毛。"就是说，古时，人类生食草木、鸟兽、鱼鳖等动、植物，为饮食之本、生存之道。随着燧人氏发现了火，进而改变了人们的饮食习惯、生存手段。尤其是"神农尝百草之滋味，水泉之甘苦，一日遇七十二毒"，而有了农耕、家养六畜，使得人类赖以生存的饮食及制作方式又大大向前推进一步。由此，有了依赖居住的地域、水土，并进行"刀耕火种"的进化。与此同时，也有了"好山好水"与"穷山恶水"之别！

宜居宜业的汉江，依靠得天独厚的天然优势，在中华民族的农耕文明中乘势而上——在史前的萌芽、夏商周的初步发展、秦汉至隋统一前的繁荣、隋唐至明清的农业经济重心南移的五个历史时期，尽得地利之便，一江两岸，稻花飘香，五谷丰登，鱼蟹满江，鸡鸭成群，万物繁荣，可谓"天府之地"，华夏沃土。

据载，汉水河谷优越的自然环境、独特的地理位置，在食物匮乏的史前时代，创研食物结构和驯化原始作物已有迹象。至夏商周，汉水流域平原盆地以种植水稻为主，丘陵岗地以种植粟、黍为主，并杂以其他作物的格局基本形成。

考古中，科研工作者在流域内发现的16处水稻遗存，在中上游有7处、下游有9处。尤其是陕西西乡李家村、何家湾遗址，湖北京山县的屈家岭遗址的水稻遗存，充分说明了中上游是水旱作业，旱作业的汉水上游龙岗遗址的豆科植物，把大豆种植史提前到距今7000年前。与原始农业并存的家畜饲养，在汉水流域的众多新石器遗址中，也屡屡有家猪、家牛、家羊、家鸡等家养牲畜的遗骨。在湖北天门邓家湾遗址的石家河，出土了大量的陶制动物，进一步表明了当时汉水流域的畜牧农业发展到了一定水平。

沃土之上，秦汉至隋统一前，随着农业经济和农耕文明的发展，粮食品种更加丰富，农业的生产经营方式更加先进，农业经验和理论更加成熟，汉水流域借助优越的气候、地理、区位优势等，顺势而上，形成了汉水上游的汉中盆地、中游支流唐白河流域的南阳盆地、下游的襄宜平原的农业生产区域，各具特色，"次第花开"，迅速成长为当时中国最发达的三个农业经济区域。

富庶的汉中盆地走入历史视野，是在秦末汉初的刘项争霸中。当年，刘邦被霸王项羽贬到汉中为王，刘邦迟迟不肯启程，认为汉中不但有秦岭巴山相隔，而且人烟稀少、土地贫瘠，乃不毛之地，去了，只有死路一条。打算与项羽在关中拼命，被谋士萧何劝阻。

当时，刘邦攻取秦都咸阳后，萧何迅速收集了秦丞相御史律令图书而藏之，并从这些"图书律令"中认识了汉中。为此，萧何劝阻道："汉中，语曰'天汉'，其称甚美……大王王汉中，抚其民，以致贤人，收用巴蜀，还定三秦，天下可图也！"一番话，让纠结了三四个月的刘邦下定决心，去汉中当王。而后，刘邦依韩信之计"明修栈道，暗度陈仓"，北出三秦，进军关中，并留萧何在汉中兴水利，发展生产。沃土汉中，鱼米飘香，让源源不断的粮草供应到前方，保障了"楚汉争霸"中汉军后勤。终于使刘邦夺得天下。

《魏书》也载："汉末张鲁据有汉中，汉川之民，户出十万，财富沃土，四面险固。"道出了汉中的物丰民足。

隋唐明清时期的一千多年，随着中国农业经济重心南移，南方稻作物的迅速发展，以及原产美洲的玉米、甘薯、花生、烟草在中国的推广，汉江流域因地制宜，平原和盆地水利条件好的地域多种水稻，中下游以麦、粟等旱地作物为主。与此同时，兼种蚕桑、茶、麻等。尤其是被世人奉为茶圣的陆羽，就出生在汉水下游的湖北天门，把汉江的茶文化推向全国。明清，汉水流域的农业生产结构发生了显著变化。

近代以来，尤其是新中国成立后，汉江两岸的开发利用更加科学合理。随着上世纪八十年代南水北调工程的启动，一江清水永续北送，汉江这片沃土更加展现出富饶美丽的"润物无声"。

汉有游女

浩荡明媚，是水的常态。"女儿是水做的骨肉，男子是泥做的骨肉。我见了女儿便清爽，见了男子便觉浊臭逼人"，《红楼梦》中，贾宝玉用水比喻女人，是对女人自然美的由衷赞誉。

水生万象，灵动而潋滟。故而，以水比喻女人，是水美学的升华。这种比喻，最早出现在《诗经》里，有十余首之多，指的就是汉江。"关关雎鸠，在河之洲。窈窕淑女，君子好逑……求之不得，寤寐思服"，是呀，在江边，男子追求心爱的女子，追求得好辛苦啊！"蒹葭苍苍，白露为霜。所谓伊人，在水一方"，这首诞生在汉水之畔、堪称爱情绝唱中的精品，把汉水演绎成了人类追寻爱情神话的海市蜃楼。"南有乔木，不可休息。汉有游女，不可求思"，砍樵青年，怎么也追求不到汉水之上凌波出游的美丽的女子，就像宽宽长长的河水，是那么求而不得呀！

是呀，浩荡明媚，且"寤寐思服""在水一方""不可求思"！美丽的汉水养育了先民们似水的深情，赋予了无与伦比的神韵，清澈高洁，利万物而不争，从善如流，泽及万物，几于道的"上善之德"，就如女性之美！这美，是可遇不可求的，几近神话。

故而，最早把水之美从女人上升到女神，也出自汉江。据《华阳国志》载："汉沔彪炳，灵光上照，在天鉴为云汉，于地画为梁州。"就是说，天上的"云汉"与地上的"汉水"交相辉映，天人感应，从而产生了汉水女神！西汉文学家刘向在《列仙传》中道，汉水女神是两位飘忽不定、美若天仙的神女。东晋王嘉在《拾遗记》中描述，当年周昭王南征得两名女子，一名延娟，一名延娱。二人辩口丽辞，巧善歌笑，步尘无迹，行中无影。后，二女与昭王乘舟溺于汉水，便化为神女。

入汉水化为女神，是人们对汉水从水崇拜上升到水图腾的至美境界。就像人们把大禹的治水功德神化为造福于民的英雄水神一样。

汉水神女，是汉水千万女子的象征，是对汉水流域女性上善之德智慧、德性、神采的赞扬。在汉水女神身上，寄托着汉水两岸人民对女性高贵、美丽、聪颖、善良、刚毅、柔美的向往和期待。

因而，与汉水女神相会，便成了众多神话故事的素材。"云梦之会"，记录的就是汉江女子的神奇故事。

"云梦者，方九百里，其中有山焉"，这是司马相如笔下《子虚赋》中的云梦泽。是统治了长江流域800多年的楚国的皇家林苑。据载，春秋初年，楚武王的祖父若敖娶了一位汉江边长大的䢵国（今湖北省十堰市郧阳区一带）女子。若敖去世后，夫人便带着儿子斗伯比回到了䢵国。䢵君有个女儿是斗伯比的表妹，两人从小青梅竹马，此时正情窦初开，便经常约会。春天的一日，他俩与一大批男男女女竞相出游于"云梦"，情不自禁行了周公之礼。不久，䢵君的女儿便诞下一名男婴。䢵夫人不愿意将女儿嫁给斗伯比，便命人偷偷把小男婴扔在了云梦之中。恰巧䢵君在此打猎，见到一只老虎正在给一个小男婴喂奶，惊奇中赶紧回宫，并将奇遇讲给了夫人。夫人闻听，大吃一惊。知道女儿诞下的男婴非常人，是有天神护佑的"神人"。为此，便赶忙令人把小男婴抱回宫中，悉心抚养。后来，长大后这名男婴就是楚国知名的贤相令尹子文。

其实，云梦之会应为当时汉江一带的民俗。《周礼》云："中春之月，令会男女，于是时也，奔者不禁。"又据《墨子》载："燕之有祖，当齐之有社稷，宋之有桑林，楚之有云梦，此男女之所属而观也。"就是说，在莺飞草长的春天，男男女女赏春游春，放歌欢唱。有一见钟情者，便互赠定情物，卿卿我我，乘欢云雨。

东汉张衡在《南都赋》中说，春秋时，郑国大夫郑交甫出使楚国，在万山下的汉水之滨，遇见了两位美若天仙的女子，佩两珠，大如荆鸡之卵。情不自禁中，他便上前乞求道："愿请子之佩。"二女含笑不语，解下佩珠相赠。郑交甫以为得到了定情信物，赶紧接过宝珠藏于怀中。行约数步再回望时，二女已杳无踪迹。再伸手探怀，佩珠已失，方知遇到了汉水女神。

那么，汉水女神，其究竟长相如何呢？在宋玉的《神女赋》中，可以找到答案。

当年，楚襄王与宋玉在云梦泽边游览。那天夜里，楚襄王就寝，梦见与神女相遇，但见神女"丰满、漂亮，各种美质都集于一身；艳丽、秀美，姣美得难以形容。上古没有人能和她相比，在当年更是见所未见。可以说完美无瑕。刚出现时，光芒四射，宛如旭日照屋梁；稍稍靠近，皎洁照人，又如皓月放光华。顷刻之间，绚烂似鲜花，温润如美玉。步履轻盈婉美，光彩照耀殿堂。

好似游龙驾云翱翔，又似刚刚沐浴过兰草的雨露散发着宜人的芳香。举止有节而又温柔，最会调和人的心肠。"

这就是汉江女子之美，"各种美质集于一身，上古没人能比，完美无瑕，温润如美玉，举止有节而又温柔……"这美，有礼有节，是非分明。因而，有了古代四大美女中褒姒的美的绝唱——《史记》载，昏庸的周幽王行为荒诞，无道好色，听信谗言，无故将汉江边的褒氏国国君褒珦下狱治罪。褒珦的儿子褒洪德，为保境安民，救出父亲，便将国中美女褒姒进献给幽王。爱憎分明的褒姒，内心不喜，对昏庸的幽王不屑一顾，天天冷若冰霜。好色的周幽王为博褒姒一笑，不惜"烽火戏诸侯"。最终，不但丢了性命，还丢了祖先文王武王好不容易从纣王手中夺得的西周江山，成为千古笑谈。

汉水女神作为江汉肇始的民族文化符号，之后便转化为诸多文人雅士笔下女人灵动之美的象征。如屈原笔下的湘君、湘夫人，紧接着，后世又将其转化为"有虞二妃"。再如曹植笔下的"洛神"宓妃，在其《洛神赋》开篇就道："感宋玉对楚王神女之事，遂作斯赋。"

"家家迎莫愁，人人说莫愁，莫愁歌一曲，恰恰在心头"。如果说汉水女神是神话，那么久居汉江襄阳、以莫愁为代表的大堤女，便是"南国多佳人，莫如大堤女"（唐诗人张柬之）的"汉水临襄阳，花开大堤女"（唐李白诗）。

唯化自生

老子云："道生一，一生二，二生三，三生万物。"孔子《易传》云："唯神也，不疾而速，不行而至。"因而，一切事物，生生为之道。道生，则万物穷神之化，化而自生，生而自长。无为，而无所不为。

中国文化都是从水文化开始的。今天，推动了中华文化发展，闪烁于世界民族之林，对世界文化发展产生了深远影响，也是世界上使用时间最久、使用空间最广、使用人数最多的文字之一的汉字，寻根振叶，就是灵动汉水在唯化自生中摇曳而出的结果。

人类，非团结不能进化。所以有了语言，让语言把一个人的意思传达给另一个人。而后，为了在空间和时间上把人联系在一起，于是有了赋予语言以形的文字。就是以语言表达意思，以文字表达语言。语言文字萌芽之初，多靠身势。这其中，又主要靠手势。之后，事物越来越复杂，靠手势已不能表达更多的意思，便有了图画。考古发现，3600多年前商朝的甲骨文、4000年前至7000年前的陶文、7000年前至10000年前，具有文字性质的龟骨契刻符号等，就是中国早期的文字。

据载，5500年前，华夏始祖、统治"万二千里"汉水流域的黄帝，有一个史官叫仓颉，他在汉水边仰观天象、俯察鸟兽虫鱼之迹，受到启发，创造出中国最原始的象形文字。从而，结束了靠手势、图画结绳记事的初始时代，使中国文字逐渐演变成了今天的汉字。仓颉，也被后人尊称为"造字圣人"。许慎在《说文解字》中云："黄帝之史仓颉，见鸟兽蹄远之迹，知分理之可相别异也，初造书契。""之初作书，盖依类画形，故谓之文；其后形声相益，即谓之字。"

据传，仓颉创制文字时，天上降下粟米，鬼在夜间哭泣。因为上天担心人们学会文字后，都去从事商业而放弃农耕，造成饥荒。鬼怕人们学会文字后，会作疏文弹劾它们，因此在夜间哭泣。还有一种说法，兔子害怕人们学会文字后，取它们身上的毫毛做笔，从而危及它们的性命，因此在夜间哭泣。

合大众之功，于无形中经仓颉在汉水边集身势、图画等大成而创造的文字，真正成为汉字，又经历了漫长的发展过程。语言因分歧而统一。表达语言的文字，也在统一中发展。

首先，得益于因水而得名的大汉王朝。当年，刘、项约定先取关中者为王。但得天下后，项羽撕毁盟约自称霸王，将刘邦撵到了偏居一隅的秦岭南端汉江边的汉中，封为汉王。谁知，胸怀大志的刘邦几年后，东山再起。明修栈道，暗度陈仓。一举平定天下，并把得到的天下以汉江的汉命名为大汉。由此，由汉江边起家，而后有了四百多年基业的汉王朝，便成为九州方圆的主宰。这样，使用的文字，理所当然成为了国家通用的文字——汉字。

其次，是中华民族大一统的必然。在五十六个民族逐步凝聚、团结，而成为一体的进步发展中，作为基本媒介的文字也在通俗易懂、简捷便利中，交替融合，向前推进。因而，随着仓颉造字的成功，中国文字之后经历了从商朝时刻写在龟甲、兽骨上的"甲骨文"——"汉字"的第一种形式，到商周时代铸刻在青铜器上的铭文的大篆，再到秦一统后的小篆，以及慢慢在民间流行起的隶书，直到汉代，隶书发展到了成熟阶段等过程。此时，字的易读性和书写的简便易用，成为文字发展的共识。因此，汉隶理所当然成为中国文字的称呼。这，应是中国文字称为"汉字"之始。

雄奇的汉江，就这样让刘邦的大汉王朝在古韵悠悠、浑厚博大、流水万年长中成长，长出了汉字。在汉字中，长出了《诗经》、楚辞、汉赋，长出了中华文化的高度。

文字表达出语言的意思，语言又以丰富的文字表达出语言之优美。这就是仓颉造字后，语言成长的新境界。此时，中华民族第一部诗歌总成的《诗经》诞生了。《诗经》中"风""雅""颂"，其"风"开头的"国风"，涉及了相当于现代陕西、山西、河南、河北、山东、湖北北部地区的民间歌谣。其中的"周南"在汉水上游的汉中盆地，其地为蜀人，其《关雎》中的"关关雎鸠，在河之洲"，《桃夭》中的"桃之夭夭，灼灼其华"，《汉广》中的"江之广矣，不可方思"；"召南"在汉中盆地东部及南阳一带，其地为巴人，其诗作有《摽有梅》《小星》等。这些，都是对汉江风情民俗的生动刻画。当时，"二南"在周称为"南国"。"巴风"和"蜀风"发源地在古庸国。因而，"周南""召南"之后的"邶风""庸风""卫风""王风""郑风"等，逆向溯源，都是"周召"二风的传承。

"君住长江头，我住长江尾"。语言凝成的诗歌，通过汉江，摇曳出以屈原、宋玉等为代表的"楚辞"在其下游成长，并成长为中国诗歌的另一源头。《九歌》中的《湘君》《湘夫人》《河伯》《山鬼》，《九章》中的《涉江》《思美人》等，都是与《诗经》中的水、美人、民风等一脉相承的忧思。

刘勰在《文心雕龙》中道："赋也者，受命于诗人，而拓宇于《楚辞》也。于是荀况《礼》《智》，宋玉《风》《钓》……遂述客主以首引，极声貌以穷文。斯盖别诗之原始，命赋之厥初也。"就是说，赋，起源于《诗经》。受荀子的影响，自屈原起开始"纵辞骋气，远说天神，词多于意，讽喻遂隐"。拓宇于屈原、宋玉等人的楚辞，被汉代所继承。因此，后世称赋为辞赋，楚辞成为汉赋渊源之一。汉赋，充分吸纳了楚辞在创作中雄奇瑰丽的特点，形成了自己独特的风格。

王国维在《宋元戏曲史》序中说："凡一代有一代之文学，楚之骚、汉之赋、六代之骈语、唐之诗、宋之词、元之曲，皆所谓一代之文学，而后世莫能继焉者也。"

汉初期辞赋风格偏向于楚辞的居多，在句尾都会加上类楚辞的"兮"字。贾谊的《吊屈原赋》，就是汉初辞赋的经典代表。而后，司马相如的《子虚赋》《上林赋》，极大地影响了汉代大赋的创作，为后来班固《两都赋》、张衡《二京赋》的创作提供了范例。到魏晋时期左思的《三都赋》，一度造成洛阳纸贵。辞赋，因兴盛于汉代，通常被称为"一代之文学"——汉赋。

以水论道

老子在汉江边成就了学术"道行",在其《道德经》中云:"上善若水,水善利万物而不争,处众人之所恶,故几于道。"鲁迅先生说:"中国根底,全在道教。"

"之宗室""几于道""全在道教",就是说,中国的哲学,就是水的哲学。一切智慧、观点、方法、学识等,都能从"水里"找到答案。其根,是"以水为师"。就像当年在汉江边的一间简陋的小屋,老子的老师常枞告诉弟子"舌头和牙齿,哪个刚强,哪个软弱",老子回答不上时,常枞让老子观察了自己已掉光的牙齿和依然柔软的舌头后,告诉老子"以水为师"!"语毕而逝"!

此时,长跪不起、泪流满面的老子,终于悟出了水的无穷奥秘,知道了水的无坚不摧——上善若水!

因而,当年,孔子五十有一而未闻道,南至老子故里沛,向老子问学。孔子感到,自己用五年求仁义之礼,十二年从阴阳变化中求"天道"。结果,一无所获。"一直未闻道"。"复南之沛,往见老子"道:"夫子德配天地,而犹假至言以修心;古之君子,孰能说焉!"

老子告诉孔子："夫水之于汋也，无为而才自然矣。至人之于德也，不修而物不能离焉；若天之高，地之厚，日月之明，夫何修焉?"就是说："上善若水！圣人视无为而无所不为为自然之道。如天之自高，如地之自厚，日月之自明，不自为而物。何用修?"

孔子一生曾四见老子，这是第三次，也是最重要的一次。见后，孔子三天不语，事后弟子问曰："夫子见老聃，亦将何规哉?"孔子曰："吾乃今于是乎见龙。龙合而成体，散而成章，乘云气而养乎阴阳。"就是说，孔子见老子，恍惚中，见到传说中的"龙"了。三天，还没缓过神。事后孔子感慨道：自己是与人为徒！而老子是与天为徒！与水为师！因而，老子有了如水般"清虚谦退自守，柔弱卑下自持，恬淡寂静自适，归真返朴自颐"的超立独世、人神合一！

纵观老子学说之精髓，就是水的哲学。这与老子一生的修行分不开。

道家文化的奠基者、鼻祖彭祖，是帝颛顼玄孙终陵氏第三子，为尧帝大臣，封于淮河流域的彭城（今江苏徐州市），为彭氏部落首领。彭祖守静形气、服食养生，传说活了八百岁，体现出道家文化之高深。把道家文化在淮河流域传播。

"江淮河汉"，孟子将中国的四大河流长江、黄河、淮河、汉江并列。同时也可以看出淮河、汉江对中国自然和文化地理分界的作用。就是说，淮河、汉江介于南北之间，是北方的南方，南方的北方，是黄河流域与长江流域文化的交汇点。商末周初，道家学术的先驱、荆楚部落首领鬻子，在汉水最大支流的丹水发展壮大。在这片泽国里，开创出以柔克刚水性之美的道家水文化。而后，鬻子的后裔"积柔必刚，积弱必强"，建立起强大的战国七雄之一的楚国。

春秋末期，老子出生在淮河北岸、涡河之滨的楚苦县厉乡曲仁里（今河南鹿邑县太清宫镇），饮着淮河水长大，浸润着彭祖的道家学说。后，到发源于秦岭北端的洛河、东周的首都洛阳，任守藏室史，又饱饮汉江流域传来的鬻子道家的"水文化"。而后在函谷关受尹喜之托，写下五千言《道德经》便归隐于洛阳景室山了。由此，老子渐成中国古代的思想家、哲学家、文学家和史学家，成为道家学派的创始人，并与庄子并称"老庄"，被道教尊为"太上老君"。

汉初，刘邦崛起于淮河，成长于汉江。这一江清水，不但让黄老学说把刘邦养育成大汉开国皇帝，而且其在秦岭北端长安的都城，与南端的汉中遥相呼应，使道家学说成为西汉的国学。东汉末年，在淮河边成长的今江苏丰县人张陵，不但奉老子为太上老君，而且从淮河来到汉江边的四川大邑县，创立了中国道教早期第一个教派——五斗米教，使黄老学说最终发展为道教。之后，其孙张鲁就在汉水上游的汉中盆地，建立了政教合一的"户出十万，财富土沃"的吃饭不要钱的"五斗米王国"。

最终，道教在汉水流域发展，长江流域传播，形成了青城山、武当山、龙虎山、齐云山全国四大道教名山。

风流千古

"大江东去，浪淘尽，千古风流人物……"，回望三千里汉江，苏轼的《赤壁怀古》便油然浮现在脑海。

"仁者乐山，智者乐水"。汉江，一江灵动之水尽把水之智慧展示，养育出纵横家鬼谷子、政治家诸葛亮、造纸鼻祖蔡伦、外交家张骞、山水田园诗人孟浩然、"书癫"米芾等，一大批彪炳史册的旷世奇才，熠熠生辉于璀璨的历史文化长空。

"一笑而天下兴，一怒使诸侯惧"，这是《孟子》描绘的鬼谷术之奇！在太史公《史记》中，司马迁记载纵横家代表人物苏秦和张仪道："习之于鬼谷先生""俱事鬼谷先生学术"，"一人之辩，重于九鼎之宝。三寸之舌，胜于百万雄师！""此二人真倾危之士也！"鬼谷术，即纵横法，以列国为棋局，操纵天下之格局。

鬼谷门人有五百之多，遍布各地，风云一时。如，庞涓遇羊而荣，孙膑逢战不输，苏秦佩六国相印，张仪两次做秦国丞相；还有商鞅、李斯，一个为孝公改革变法，一个助始皇一统山河！至于后来东渡寻仙的徐福，据传则成了日本的第一位天皇——神武天皇。

在汉江上游，有一块"两山夹一川"的神仙境地。这里，北部的秦岭，山高坡陡，最高处的云雾山海拔2000余米，常年云茫茫、雾漫漫，云里雾里、如醉如仙，这里就是人称的鬼谷岭，又叫"南终南山""小武当"；南部的巴山，山脊浑圆，最低处的石泉嘴海拔仅300余米，林海叠翠如浪，一波一波，漫山遍野；中部的汉江，如串珠式的河谷盆地常常清泉石上流，在滚滚江水衬托下如朵朵绿云，若隐若现，如梦如幻。这就是，陕南的石泉县，就是纵横家鬼谷子修行的故里。

据载，鬼谷子（前400—前320），原名王诩，别称王禅、王利、刘务滋，楚国人。常入云梦山采药修道，因隐居清溪之鬼谷，故自称鬼谷先生。深明刚柔之势，通晓捭阖之术，独具通天之智，是先秦最神秘的历史人物。他的出现，使历史上有了纵横家的深谋、兵家的锐利、法家的霸道、儒家的刚柔并济、道家的待机而动。他是春秋战国时期著名思想家、政治家、教育家、军事家、医学家、心理学家等，是"诸子百家"之一，被誉为千古奇人，不仅通晓天文地理、军事政治、百工科技、医学心术，而且在每个领域都取得了登峰造极的成就！著有《鬼谷子》《本经阴符七术》等书籍。

由石泉顺江而下，一顿饭工夫，就到了汉江中游的湖北襄阳。"亮躬耕陇亩，好为《梁父吟》""臣本布衣，躬耕于南阳"，据国务院1986年历史文化名称批复中定性，诸葛亮《隆中对》中的隆中、《出师表》中的南阳，就是今湖北省襄阳市，就是集人类智慧与才能于一身，三国时期著名的政治家、军事家诸葛亮的故居。襄阳，肇始于周宣王封仲山甫（樊穆仲）。从荆州牧刘表徙治襄阳始，襄阳历来为府、道、州、路、县治所。位于湖北省西北部，北邻河南省南阳市，南邻荆门市，东接随州市，西连十堰市，是国家历史文化名城，汉江流域中心城市，鄂、豫、渝、陕毗邻地区的中心城市，湖北省域副中心城市。

诸葛亮（181—234），字孔明，号卧龙，琅琊阳都（今山东省临沂市沂南县）人，蜀汉丞相，杰出的政治家、军事家、发明家、文学家。早年，为避战乱，随叔父诸葛玄来到荆州。诸葛玄死后，一直在隆中隐居。刘备"三顾茅庐"而得诸葛亮，并依诸葛亮之计成功占领荆州、益州，建立蜀汉帝国，形成与孙权、曹操的三足鼎立。后，受刘备永安托孤，在汉江上游的汉中建立大本营，出兵散关、七伐曹魏，终因积劳成疾病逝于五丈原，享年五十四岁。后主刘禅追谥其为"忠武侯"，后世常以"武侯"尊称。著有《出师表》《诫子书》等。诸葛亮的一生，可谓"上善若水""鞠躬尽瘁，死而后已"，是中国历史上"忠臣"与"智者"的代表。

"为多山水乐，频作泛舟行"，在饮着汉江水长大的孟浩然心里，这一生就是为汉水而生的。所以，他始终在汉水的风情里畅游着。也是这一江清水，把世称"孟襄阳"的孟浩然打造成唐代著名的山水田园派诗人，与盛唐另一山水诗人王维并称为"王孟"。

公元689年，出生于襄州襄阳（今湖北襄阳）的孟浩然，未曾入仕，又称之为"孟山人"。孟浩然的人生像明媚的汉江水一样，一尘不染而醉于汉水、醉于田园、醉于美妙的诗歌。因而有了陶渊明、"二谢"（谢灵运、谢朓）诗歌的田园之美、灵秀之妙，有了高山般的胸襟而自成"高山"！

在孟浩然的诗中，已不再是山水原形的描摹，或在其中简单加入自己的情感，而是将山水形象与性情气质合而为一，使山水诗的刻画达到了前所未有的高度——"气蒸云梦泽，波撼岳阳城"

而自然浑成，意境清迥，韵致流溢，"精力浑健，俯视一切"！故而，李白在怀念孟浩然的诗中写道："高山安可仰，彼此揖清芬。"

前有仓颉造字，后有"书癫"米芾。米芾（1051—1107），初名黻，后改芾，字元章，自署姓名米或为芈，祖居太原，后迁居湖北襄阳，人称"米襄阳"。曾任校书郎、书画博士、礼部员外郎。因举止癫狂，又称"米癫"。是北宋时期与蔡襄、苏轼、黄庭坚合称"宋四家"的著名书法家、画家。其书画尽得汉水之魂魄。画，山水人物，不装巧趣、烟云掩映，信笔作来的"米氏云山"而自成一家；多以水墨点染，重意趣不求工细。书，以行书为最优，也以书法而名世。其"稳不俗、险不怪、老不枯、润不肥"的风格，把水德之美的"裹与藏、肥与瘦、疏与密、简与繁"等对立因素巧妙融合，在欲左先右、欲扬先抑中，而"合于天造，厌于人意"，飘逸超迈，所书《蜀素帖》，亦称《拟古诗帖》，是为天下第八行书，被后人誉为中华第一美帖。

而今，走入位于襄阳樊城区的米公祠，"癫不可及""妙不得笔"的题词，把后人对米芾书法及人格的敬仰一一展现。

在汉江上游洋县城东十千米的龙亭镇，有一处占地三十亩，古柏参天、汉桂飘香、翠竹成林、百鸟鸣啼、花团锦簇的园林，是中国古代"四大发明"之一造纸术发明人蔡伦的封地和葬地。站在千年古柏下瞻仰为世界文明做出了杰出贡献的"纸圣"，让人高山仰止、景行行止！与此同时，又不由而然感叹起这位因宫廷争斗而早逝的"纸圣"！是呀，蔡伦（61—121），字敬仲，东汉桂阳郡人，出身于铁匠世家，寒窗苦读而入仕，因卓越政绩而位居龙亭之侯。同时，凭着自己的总结研究革新了造纸工艺，制成"蔡侯纸"——公元2世纪初，蔡伦集中前人的造纸经验，反复试验，创造了利用树皮、麻头、破布、渔网等废物制成的植物纤维纸。公元6世纪开始，传到了朝鲜、日本、越南……直到一千多年后的公元1150年，西班牙才在欧洲建立了第一家造纸厂。再往后的13世纪，法国、意大利才开始造纸。如果不是党争，或许蔡伦还能创造出更多的世界奇迹。

在与洋县一墙之隔的城固县，灵动的汉江哺育出"具有坚韧不拔、心胸开阔的气度，又有以信义待人的优良品质"（《史记》语）的中国著名的外交家、旅行家、探险家，丝绸之路的开拓者张骞——两次出使西域，开辟了与西域诸国沟通往来之路，被后世誉为"第一个睁开眼睛看世界的中国人"。

据载，公元前164年，张骞出生于汉中郡城固（今陕西城固）。汉武帝即位初期，任侍从郎官，组成使团，由归汉胡人堂邑父任向导，于公元前139年西行，至公元前126年归汉，历13年。出发时一百多人，归来仅剩张骞和堂邑父二人。而后，张骞以校尉身份随大将军卫青攻打匈奴，得胜返回后封为博望侯。

公元前119年，汉武帝任张骞为中郎将，再率300多名随员，二次出使西域。于公元前115年偕乌孙使者数十人返抵长安，因功拜大行令，列于九卿。次年去世。

张骞第一次出使西域回汉后，汉庭才了解到中国的西南方有一个身毒国，了解到华夏的外部世界。两次出使西域，沟通了中国同西亚和欧洲的通商关系，使中国的丝和丝织品从长安往西，经河西走廊运到安息（今伊朗高原和两河流域），再从安息，转运到西亚和欧洲的大秦（罗马），开拓了历史上著名的"丝绸之路"。

出生于汉水中游南阳盆地西鄂县（今南阳市石桥镇）的张衡（78—139），不但以其《东京赋》《西京赋》《归田赋》《同声歌》

等扬名于东汉，还成为与司马相如、扬雄、班固齐名的"汉赋四大家"，而且以发明浑天仪、地动仪而成一代科学巨匠、中国古代"四大发明"人之一。

花开两枝，再表"医圣"。汉水中游的南阳盆地，又诞生了一位医学伟人——出生于涅阳县（今邓州市）的张仲景（150—215）。张仲景以其传世巨著《伤寒杂病论》，成为东汉末年医学家，与华佗、董奉齐名的"建安三神医"之一，并被后世誉为"医圣"。

灵魂之水

春秋战国，走入了一个需要巨人而产生巨人的时期。正如《周礼》云："使民兴贤，出使长之；使民兴能，入使治之。"

那个时期，有了"六国之时，贤才之臣，入楚楚重，出齐齐轻，为赵赵完，畔魏魏丧"的争天下，必先争人才的"蓄士""养士"风潮；出现了一大批"不耕而食"，独立于其他阶层的能人、贤者的士大夫阶层。

"朝问道，夕死可矣"，"士可杀，不可辱"……这些闪烁于中华文化星空、彪炳于史册，人才辈出、风起云涌的"士志于道""舍生而取义""富贵不能淫，威武不能屈"的士大夫精神也应运而生。

这个阶层中，人才辈出、群英荟萃。如，思想家老子、孔子，政治家管仲、商鞅，军事家孙武、孙膑，谋略家苏秦、张仪，医学家扁鹊，等等。

汉水，也走出了独具禀赋的屈原、宋玉。这是汉水的灵性所必然！

孔子当年观水时说，"河水长流不息，好像道的流传一样，所以君子见水必观"。汉水就是这些"道"的综合体现。既柔情似水，又至刚而能滴水穿石！既至洁，又能洗刷万物之尘埃！既与万物相容，又利万物而不争！汉水的灵动、高洁、妙然，无出其右！

商末周初，祝融部落的后裔、芈姓荆人酋长鬻熊，立国于汉水边的荆山一带，建都丹阳秭归（今湖北宜昌）。其重孙熊绎在周成王时，就被封在楚地，立"楚"为国号。

作为起源于汉水流域的楚国国君的后裔——楚武王熊通之子屈瑕后代的屈原，就出生在楚国的首都丹阳秭归。从小，饮着汉水长大，沐浴着汉水的灵性，汲取着汉水的精华，是名副其实的汉江之子。因而，血脉和骨子里流淌着、传承着汉江的"上善之水"。天赋秉性中，好学而向上，嗜书成癖，有了"石洞读书"而遇"巴山野老授经"的奇遇；打小与民众的休戚与共，有了与世同悲的悲悯情怀；有了"诗者，天地之心，君德之祖，百福之宗，万物之户"的春秋大义；有了任左徒、三闾大夫等职时"美政"的主张；有了"对内举贤任能，修明法度，对外力主联齐抗秦"的家国情怀；有了虽遭贵族排挤诽谤两次被流放而九死不悔，最终以投汨罗江"殉道"的旷世悲歌……生于汉水的屈原，最终葬身于汨罗江之水！

水是屈原的生命、灵魄！毕生都将水的魂魄化为自己的精神追求——楚辞。因而屈原的诗歌，与汉江流域的民风息息相关，与《诗经》中的"二南"一脉相承。抒写的男女情思、志士爱国真切而丰富；抒写的人神之恋、狂怪之士、远古历史、天神鬼怪等，都具有汉水边普通的人性之美。都是水德的具体体现。有了"论山水则循声而得貌"。其《离骚》，在"处众人之所恶，故几于道"中，把自己的理想、遭遇、痛苦、热情等熔铸成诗篇，闪耀出"吾将上下而求索"的鲜明个性光辉。《天问》是"心善渊，与善仁"神话诗篇，表现自己唯善是从的"诸恶不作，众善奉行"的历史观和自然观。《九歌》是"言善信，政善治"的代人或代神的表述，充满浓厚的时代气息。

源远流长的汉水，悠长而清澈、宁静而浩瀚，早已化为中华民族奋斗史上永不凋谢的灿烂之花而令世人敬仰！——以屈原作品为主体的《楚辞》是中国浪漫主义文学的源头之一，与《诗经》一道成为是中国文学史上的两座丰碑。1953年，在屈原逝世2230周年之际，世界和平理事会通过决议，确定屈原为当年纪念的世界四大文化名人之一，永远洗涤和浸润着人们的灵魂！

最得屈原风骨的是宋玉。"阳春白雪""曲高和寡"的宋玉，在汉水里成长，在屈原教诲、感染、浸润下成长的宋玉，其《九辩》成为继屈原《离骚》之后最杰出的楚辞作品的代表。

宋玉（前298—前222），楚国鄢人，宋国公族后裔，曾事楚顷襄王，为楚国士大夫，战国著名辞赋家。一出生，便跟随屈原长大，为屈原弟子，直到公元前278年，宋玉21岁，屈原投江自尽而与屈原永别。

人生最最重要的幼年、少年、青年，宋玉都与屈原朝夕相处、耳濡目染、亲亲相传。因而，宋玉的眼里、心里、思想里、灵魂里，满眼、满脑、满门心思，都是屈原和屈原的风骨。公元前296年，宋玉三岁，见屈原因楚怀王死于秦国而写《招魂》，在幼小的心灵里就播撒下了屈原强烈的爱国情怀、高尚的人格修养。所以，长大后的宋玉就像从"屈原的模子里"打造出来一样。因而，后人有人说《招魂》是宋玉所写。是宋玉在为屈原招魂——"欲复其精神，延其年寿，外陈四方之恶，内崇楚国之美。"

随着年龄的增长，一天天长大的宋玉，在汉水的浇灌下、在屈原文学思想的熏陶下，有了《高唐赋》《大言赋》《小言赋》《讽赋》《风赋》《钓赋》等作品问世。到了公元前278年春，时年21岁的宋玉便写下了《神女赋》而光照千秋。也是这一年，让宋玉刻骨铭心、终生难忘——这年4月，与自己生死相伴、时年62岁的恩师屈原，因秦将白起攻陷郢都，烧楚先王之墓夷陵，楚襄王迁都陈城，而在农历五月五日投江自尽了！这，给正值风华正茂年华的宋玉心灵留下了极大的创伤和震撼！从此，宋玉的人生，就永远活在了恩师屈原的"影子"里、骨子里、精神里！

一晃到了公元前256年，知天命的宋玉在自己最最成熟和才华横溢的年华，悟出了先师屈原的真谛，写下了与《离骚》有异曲同工之妙的长篇抒情诗《九辩》。诗中借景抒情，融情于景，把汉水的平缓有力、曲莫如汉、澎湃之歌等急骤、流转、迂回融入诗的抑扬顿挫，充分表达出诗人"处浊世而显荣兮，非余心之所乐；与其无义而有名兮，宁处穷而守高"，"乘精气之抟抟兮，骛诸神之湛湛"的高超志向。把"贫士失职而志不平""君子谋道而不食""从心所欲而不逾矩"的士大夫精神，在其人生和诗中得到完美展现。

公元前222年，生于汉水流域、成长于汉水流域、强大于汉水流域的楚国，在更强大的秦的攻势下，国亡。此时，不知是历史的巧合，还是汉水的悲壮，七十六岁的宋玉也走到了人生的尽头。这，既是历史的嬗变，也是一名诗人的命运使然！因为世上再无楚国。谁知没有楚国的宋玉，会不会像恩师屈原一样，也选择投江自尽？！

不过，从此，世上已再无宋玉！也再无宋玉的"楚辞"！

然而，伴随着一江清水源远流长，两千多年前的宋玉的诗歌，一直在汉水的流动中进行着永不停歇的传播！

因为，这是汉水之美，是古老汉江的灵动之魂养育和照耀着中华民族的子孙——千秋万代，永不停歇！

两汉三国

在嶓冢山"古汉源"洞内石牛背上的"禹迹天书""浩气永留，皇盖昆仑"八个大字，概括了汉水的浩大气魄，盖世之功而如昆仑雄踞中华大地！也只有汉水的绝世独立，才能建此盖世奇功！因而，这条中国四大水系之一的河流，最终走入了中华民族斑斓多姿的历史长河——两汉三国！而且，这条河，与刘姓家族不离不弃，源远流长！

一条汉江，成就了刘邦"先入关中"为王的王者之风，而大风起兮云飞扬！封汉王，韬光养晦，又使刘邦与汉江、汉，结下了不解之缘而帝业有成。就这样，第一个走入历史视野的是汉高祖刘邦。

当年，刘邦在淮河岸边做泗水亭长时，做梦也不会想到今生会与千里之外、"皇盖昆仑"的汉江有缘。是否汉江就是为大汉，为大汉的始祖刘邦而生的呢？！更不会想到，在因释放刑徒而藏匿于距汉江千里以外的芒砀山（河南商丘）而斩"白蛇"时，自己会跌跌撞撞遇到汉江，而成"汉王"！而后，在汉江边韬光养晦而雄霸天下！

刘邦（前256—前195），字季，江苏省徐州市丰县人，汉朝开国皇帝。在秦朝任沛县泗水亭长。后因释放刑徒，藏匿于芒砀山中。陈胜起义后，刘邦集合数千人马在沛县响应，自称沛公。投奔反秦义军首领项梁后，共立楚怀王，被封武安侯。秦二世三年（前207）率军进驻霸上，接受秦王子婴投降，废除秦朝苛法。"鸿门宴"后，受楚霸王项羽之封为汉王，统治巴蜀及汉中一带。随后，重返三秦，并于公元前202年赢得楚汉之争，统一天下，建立西汉，定都长安。汉十二年（前195），在讨伐英布叛乱时伤重不起而驾崩，尊号高皇帝，庙号太祖。

刘邦一生中两次命运转折，都与汉江有关。

一次是为与楚怀王约定的"先入定关中者，王之"的"入关"之争。这对一介草民起家的刘邦来说，可谓性命攸关。据载，公元前208年，楚怀王为了分散秦军力量，决定派一支部队西向直接攻秦。楚国北路军以宋义为主将，西路军以刘邦为主将。约定谁先入关中，谁就可在关中称王。

身为西路军主帅，刘邦在西行久克昌邑（今山东巨野东南）不下，舍弃昌邑而率军西行，克开封又不下，转而再向西进攻洛阳，又几攻不下的情况下，听从谋士张良建议，掉头南下，到汉江中游的南阳，攻打南阳郡。夜袭宛城（今南阳市宛城区），降取南阳郡守吕齮。之后，逆汉水支流丹江而上，一路顺风顺水，兵取武关（今陕西丹凤县武关镇），接着在峣下击败秦军，进而至秦都咸阳附近的蓝田再败秦军。至此，刘邦的军队先于各路诸侯到达霸上。公元前207年10月，秦王子婴在轵道旁投降。秦朝至此灭亡。而后，刘邦被楚霸王项羽封为汉王，并封在汉江上游的汉中。

历史不能重演，也不能想象。但是，而今我们去回顾刘邦的西行之路，如果没有当时张良的建议，在危急关头不调转枪头南下，南下后，又恰巧行进在汉江的古道上"趁虚而入"，能先"入关"吗？

封为汉王，封地汉中，又开启了刘邦与汉江的又一次天定缘分。这可能就是历史的安排——在西征前，老将们普遍认为，刘邦宽厚，是有德行的长者，适合"扶义而西"，减少西进阻力，能更好地不动用暴力让秦国父老归顺，于是任命刘邦为西征军统帅；项羽为人"僄悍滑贼"及"所过皆残灭"，不利于西征，因而让项羽担任北路军的次将，北上救赵。所以，"鸿门宴"后，自恃兵强马壮的项羽自封为西楚霸王，撕毁楚怀王定的"先入关为王"的盟约，把自认为弹丸之地、蛮荒之域的汉中封给刘邦。这样，就把强敌刘邦的"帝王梦"粉碎了！然而，项羽哪里知道，汉中就是一块风水宝地、龙兴之地！有上天眷顾、汉水护佑的刘邦，到了汉中，就"龙归大海"，如鱼得水。从此，刘邦龙行天下一发而不可收！

就这样，听从谋士萧何的建议，刘邦到了汉中，演绎出了"萧何月下追韩信""盖世英名三杰并，登坛拜将三军惊""明修栈道、暗度陈仓"等一系列英雄故事。不出四年，汉五年（前202）正月，刘邦君临天下！迎来了中华大地的第二次大统一！一江汉水，就这样摇曳出了汉王朝、汉民族、汉字、汉语、汉文化！

历史从来不重复，但是往往有惊人的相似！公元8年，王莽篡位，改立国号为"新"。就这样，刘邦开创的西汉帝国，在210年后被王莽结束了！此时，又是在汉水中游的南阳，也就是当年刘邦西进、久克不下而调转枪头南下的南阳，汉高祖刘邦的九世孙、东汉开国皇帝刘秀，挑起了反王莽大旗，开始光复汉室。

这是源远流长、厚德载物的汉水，又一次养育大汉民族生生不息！因而，骑着耕牛上战场的刘秀（前5—57），在汉业"大厦将倾"的关键时刻，力挽狂澜，拯救大汉霸业于"不倒"！

公元前5年，刘秀出生于陈留郡济阳县（今山东省济南市），其父为县令。公元3年，其父刘钦在南顿县（在今河南项城市）县令任上去世。此时，成了孤儿、年仅9岁的刘秀，便被远在汉水中游、南阳郡蔡阳县（今湖北枣阳）的叔父刘良抚养。

翩翩少年刘秀，来到汉江边，开始沐浴在汉水的灵动中，与这江源远流长的清水嬉戏、打闹、玩耍，更多的是思考当年高祖在汉水滋养下，开辟汉业的刚毅、柔韧，一往无前、百折不挠。

当时，正逢王莽篡位后海内分崩，天下大乱。赤眉、绿林、铜马等数十股农民起义军纷纷揭竿而起。刘秀想，自己身为皇族后裔，正是光复汉室、安定民心、救民于水火的绝佳时期！也可能是天赐良缘——让自己在汉水边深思熟虑，遥想当年高祖在顺风顺水的汉江边，"大风起兮"而"威加海内"！

谋定天下大势后，公元22年，刘秀与长兄刘缜打出"复高祖之业，定万世之秋"的口号，刘秀在汉水中游的宛城（今南阳市宛城）、刘缜在汉水流域的唐白河入汉水交汇处春陵（今湖北枣阳）起义。四年后的公元25年，刘秀成就帝业，是为汉光武帝，为东汉开国皇帝。终于实现了自己秉承祖业、光复汉室的宏伟志向！

一百九十五年后的公元220年，刘秀建立的东汉大厦在历史烟云中轰然坍塌。此时，群雄逐鹿、三国鼎立。滔滔汉江之水，又把复兴汉室大业的命运交给了另一位刘姓后代——刘备（161—223）。

古典四大名著《三国演义》中，有一大半的故事发生在汉江畔的汉中。刘备因汉水而兴，因汉中而立的故事格外吸引人。

公元219年，在汉水上游的勉县定军山下，黄忠怒斩魏将夏侯渊，刘备称汉王。一年后，魏、蜀、吴三国鼎立，刘备的蜀汉政权登上历史舞台。之后，刘备托孤，蜀汉丞相诸葛亮继承刘备遗志，饮着汉水、立足汉中，七伐曹魏，最后累死于岐山五丈原，成为汉水绝唱！

据载，公元184年"黄巾起义"爆发，东汉的中央集权开始崩溃，军阀四起、天下大乱。此时，出生于涿郡涿县（今河北省涿州市）、时年24岁，身为西汉景帝刘启之子、中山靖王刘胜后裔的刘备，在镇压"黄巾起义"中立下战功，崭露头角。公元191年，刘备又在对抗冀州牧袁绍中立功，被封为平原（今山东省德州市平原县）国相。眼见当时混乱的局势，胸怀大志的刘备，开始寻找光复汉室的道路。

几经波折，遇水而兴——在长江中游的荆州投靠刘表。一下子，刘备复兴汉室的理想便开始发端。紧接着，像东、西汉两位先祖建立大汉王朝一样，在汉水边便开始发迹。在中游的襄阳，"三顾茅庐"而得诸葛亮；在中游的南阳博望坡"火烧新野"，而威震四方；依《隆中对》孙刘联合，"火烧赤壁"名扬天下；吞益州（今四川、重庆、云南、贵州、汉中大部分地区及湖北、湖南一部分地区）、依汉水，而成鼎足之势；取汉中控南北，而封王拜大司马……最终，问鼎蜀汉帝王，把光复汉室的理想推向了现实。

一晃到了公元263年，刘备建立的大汉蜀国在一甲子后，后主刘禅在魏司马昭派遣的三路大军围攻下，兵败如山倒，最后，只能在泪水与绝望中听从谯周建议，打开都城成都城门向魏将邓艾投降，把刘备千辛万苦建立的蜀汉政权毁于一旦。

江水滔滔，流尽千古英雄。流出了大汉的雄浑与辉煌！从此，历史上再无刘姓一脉的汉家天下！先祖刘邦创立的汉朝，也走完了自己应有的命运而"一尊还酹江月"。

岁月不居，青山不老，江水长流。而今，绵延不绝的汉江一如既往地述说着神奇的过往、今天和明天！尤其把汉水—汉中—汉朝—汉族—汉文化等，不断传向世界的远方！

古镇千年

缘水而居，依水而生，伴水而长，是人类的本能。因而，人类从"穴居野处"到"逐水而居"，再到"岛居""平地居"，不断走向了农耕文明、近代文明、现代文明。由此，有了后来以居住地为中心的氏族、部落、部族、方国，也就是现在的村、镇、县、市，以至于省。比黄河、长江形成要早7亿年、一度是华夏大地第一大江的汉江，就成了人类最早"逐水而居"的福地。

《尚书》载，夏封九州，汉为荆、梁二州。夏还在汉水上游分封褒方国。商、周的巴、蜀等方国，均在汉水上游的城固、南郑一带。因而，著名历史学家钱穆说，中华民族之根本，在春秋时代，常称为诸华或诸夏。华与夏，应为先民们的居住地名。华，是指今河南境内的嵩山（当时的华山）；夏，即是夏水，今天的汉水。华夏民族，很可能就是指今河南嵩山山脉西南，直到汉水北岸一带的民族。因而，一江清水既把中华民族摇曳而出，又有了三千里汉江两岸的古镇如明珠闪烁于历史长河。

汉中，古名南郑，是汉江上游的第一古镇。区域面积2.7万平方千米，辖2个区、9个县，5个经济功能区，人口380余万人。

汉中北与秦岭腹地的宝鸡市、西安市毗连，东与安康市接壤，南与巴山山脉的四川省广元市、巴中市、达州市相连，西与甘肃省陇南市相邻，发端于嶓冢山的汉水穿流而过，气候温润，土地肥美，物产丰富，自古就是"秦之咽喉""蜀之门户""兵家必争之地""行旅通商的要地""汉家发祥地""中华聚宝盆"，为陕南首府、三秦小江南，并有"天汉""全球汉人老家"之美誉。

殷墟卜辞中有"巴方"一名，是商攻伐的对象。据考，巴族受到打击后，被迫迁移到了汉江一带。汉水上游的陕西汉中、安康等地区，中游的房陵（今湖北房县），就是称为"巴"的方国。《华阳国志》云："禹会诸侯于会稽，执玉帛者万国，巴蜀往焉。"又云，"周武王伐纣，实得巴蜀之师"。据考，当时参加武王伐纣的八个同盟方国，有六个在汉水流域。蜀与巴一样，早期活动地在汉水上游的城固湑水河下游一带。西周早期才迁徙到成都平原。进入西周，汉水流域才纳入周人的势力范围。因而，夏、商属梁州，为褒国所有。西周时，为周代古邑。

南郑之名，始于公元前771年。当年，周平王迁都洛阳，郑（今华县）人一部分东迁至今河南郑州以南的新郑市建新郑邑，另一部分人南迁至汉中一代建南郑邑，始有南郑。公元前451年，秦取蜀南郑，设左庶长，筑南郑城（今汉中火车站东北一千米处）。

"郡临汉水之阳，南面汉山，故名汉中"。公元前312年，秦楚丹阳之战，秦夺楚汉中地六百里后，与南郑地区合并，置汉中郡，治南郑（今汉台区）。至此，南郑正式置县，为陕西置县最早之一。

自公元前451年，秦左庶长筑南郑城以后，历来为汉中郡、道、府、县所在地，为陕南经济、政治、文化中心。西汉高祖刘邦为汉王时，曾以南郑为都城。东汉张鲁在此建立政教合一的政权近30年。三国蜀汉与曹魏在南郑地区进行过激烈的较量。

新中国成立后，先后为南郑专区、陕南行政区、汉中专区、汉中地区行政公署、汉中市的驻地。域内有褒斜道、石门及摩崖石刻、古汉台、拜将坛等众多名胜古迹，可谓历史悠久，文化底蕴深厚，是国务院公布的第三批国家历史文化名城，中国优秀旅游城市。

汉江上游的又一著名古镇安康，位于汉中平原东部，汉江南岸。东与湖北省十堰市接壤，南与重庆市、四川省达州市相接，西与汉中市相连，北与西安市接壤。汉江由石泉县入境，经汉阴县、紫阳县、岚皋县等横贯安康市全境，于白河县出境，"枕流而城"，辖1个区、8个县，1个县级市，另有2个经济区、1个旅游区，区域面积2.3万平方千米，人口300余万人，气候湿润温和，四季分明，土壤因含丰富的硒元素被誉为"中国硒谷"。

石器时代，这里就有先民活动。夏，属梁州。商、周为庸国封地。春秋时期，被秦、楚、巴三国分割。公元前312年，秦置汉中郡，安康归属汉中郡管辖。

"安康"，得名于晋太康元年（280）。当时，为安置巴山一带流民，取"万年丰乐，安宁康泰"之意，在今石泉、汉阴设安康县。后因汉江北移，城为水所毁。公元504年，其地归魏，北魏将治所迁到汉江之南，即今天的安康城。明代为兴安州，州城建在汉江高河漫滩上，因地势低下，明万历十一年（1583）被洪水淹没，便在城南另建一城，称为南城或新城。清顺治四年（1647），又在原旧址建城，就是今天所说的旧城或北城。清康熙四十五年（1706）北城又被水淹没，次年便将县治迁到南城，并于兴安府复置安康县。清末，新旧两城并存。

一条汉江把安康分为两大地域，北为秦岭地区，南为大巴山地区，其地貌也呈现出南北高山夹峙、河谷盆地居中的特点，属亚热带大陆性季风气候，四季分明，雨量充沛，无霜期长，是天然的鱼米之乡。其瓦房店会馆群、刘家营遗址等，被国务院列为第七批全国重点文物保护单位。

还有简称为"汉"的古镇——汉江下游的武汉市，别称江城。"黄鹤楼中吹玉笛，江城五月落梅花"，这是唐李白在诗中描写的武汉。地处江汉平原东部，汉水在此与长江交汇，可北上中原、南抵湘粤、东通吴会、西达巴蜀，武昌、汉口、汉阳三镇峙立于汉江、长江两岸。下辖13个区，总面积8.5万平方千米，常住人口1373余万人。市内江河纵横、湖港交织，水域面积占全市总面积的四分之一，是国际湿地城市，素有"九省通衢"之称，是中国内陆最大的水陆空交通枢纽、长江中游航运中心，其高铁网辐射大半个中国，是华中地区唯一可直航全球五大洲的城市。

安康是中国最早起源的古城镇之一。上溯到距今8000年前新石器时代的东湖放鹰台遗址、4300年前的张西湾古城遗址、3500年前的盘龙城遗址，皆为古人类在此生活的遗存。

据载，春秋战国时期，武汉属楚国管辖。秦汉时期，先后属南郡、江夏郡所属。

武汉地方建制始于西汉，为江夏郡沙羡县地。东汉末年，先后在今汉阳的龟山北麓、却月城西，兴建却月城和马骑城。"却月城"遂成为武汉市最早的城堡。武昌则为沙羡县治所。三国时，孙吴政权的开拓，使武汉发展迅猛——东吴在今武昌、汉阳分别修筑了夏口城、鲁山城，并移江夏郡治于鲁山城。夏口城内的黄鹄矶上修筑有瞭望塔，取名为黄鹤楼。鲁山是因东吴大将鲁肃镇守，故将龟山改为鲁山。因而，汉江注入长江处，又名鲁口，城也名为鲁山城。

三镇之名，由来各不相同。武昌，得名源于汉献帝建安二十五年（220），孙权从公安迁都鄂城，取"因武而昌"之意，故而将鄂城改为武昌。汉阳，因位于汉水以北，古人以山北水南为阴，故为其名。后因汉水改道北移，才形成今天的汉阳位于汉水南岸。汉口，因为汉水的入江口而得名。

武汉，最初是指武昌府和汉阳府，1927年，北伐胜利后，武汉正式作为行政名称，统领武昌、汉阳、汉口三镇。

近代史上，武汉数度成为全国政治、军事、文化中心，是"楚中第一繁盛处"的商业大都会，是"天下有四聚，北则京师、南则佛山、东则苏州、西则汉口"的"四聚"之一。会馆行帮、五方杂处，街头巷尾，市井小民喧嚣快活。尤其是汉正街、长堤街，更是老字号林立、三教九流云集，好一派烟火人间。武昌是辛亥革命的首义之地，国家历史文化名城，楚文化重要发祥地。而今，武汉是长江经济带核心城市、中部崛起战略支点、全面创新改革试验区，全球有影响力的中国光谷创新创业中心。

汉水熠熠，古镇悠悠。在光芒四射的汉水古道上，还有一大批历史古镇，如公元505年北魏在洋县设立的龙亭镇；公元553年西魏在洋县设立的洋州镇，在紫阳县西北汉水东岸设立的有"陕南小武当"美誉的汉王镇、博望镇、华阳镇、谢村镇等，尽把汉水的风姿展现。

人水相亲

人类要生存、繁衍，便离不开水。司马迁在《史记》中云："甚哉，水之为利害也。"自远古以来，人类就有了趋利避害的水文化觉醒——从"逐水草而居，遇洪涝而徙"，到"鲧作城""禹决江、浚河""四奥既居"，再到修堤筑台、丁坝顺坝、改道分流、建闸引水等的"以水就人""以水治水"。

汉江，也不例外，也在"以水治水"探索中，筑堤御水，依堤为命，最终达到"人水相亲"。

汉江的堤防经历了由大小挡水堤塍，到自成互不相连的堤垸，各式垸堤与零星堤段沿江而筑，进而分段连接，以至发展为连续完整的大堤的演变过程。这些演变，与汉江的洪水灾害密不可分。

汉江上游，河行谷中。河出山谷，山尽水泛。因而，发端于秦岭南坡的汉江，受气候和地形影响，洪水的形成多因上游集中性暴雨而发育，行走在中下游形成峰高量大的洪水灾害——暴雨强度大、历时短、雨量集中，产生的暴雨洪流速度快、陡涨陡落、破坏力强。自西晋（301）至新中国成立的1949年1649年间，汉江中下游共发生大小水灾239次，两岸堤防三年两毁，江边城镇和百姓深受其害，苦不堪言。

据载，唐贞元八年（792）秋，汉江大水淹没城郭庐舍无数；元至大三年（1310）6月，汉江大水，毁坏房屋2万余间，死亡无数；明万历十一年（1583），汉江发生特大洪灾，有"汉江溢，百姓溺死无数"，安康段为900年一遇……据统计，汉江上游的汉中盆地，自南宋至民国的800余年就发生特大洪灾47次，平均每百年约6次，常常使"千家漂没，房屋无存"；安康盆地，自北宋至清同治的近八百年间，共发生造成决堤淹城洪灾15次，平均53年一次；下游的江汉平原，河道蜿蜒曲折，两岸受堤防约束河面越向下越狭窄，河道泄洪能力逐渐减小，且当长江中游水位处于高水位时，其钟祥、潜江、天门、仙桃等县市自古以来洪水频繁，常常泛滥成灾。

在滔天洪水灾害中，两岸百姓发扬战天斗地、百折不挠的民族精神，筑堤挡水。然而，往往溃不成堤。资料显示，自南朝宋元嘉八年（431）至1954年，在一千五百年的历史长河中，汉江有188次溢溃，造成了巨大的人民生命和财产损失。

汉江的堤防历史，可追溯到商周时期的襄阳古堤。再推之，《史记》载，汉江的堤防始自公元前613年至公元前591年，楚令尹孙叔敖"堤防湖浦，收九泽之利"。后经汉三国南北朝直到宋代，汉江的堤防一直在修筑和加固，《宋史》道："宋初（960—970），汉江水岁坏堤，害民田，常兴工修护。延进累石为岸，遂绝其患。"到了明代，堤坝的修筑技术才有了本质性提高，堤防才初具规模。据载，至明嘉靖年间（1522—1566），汉江下游两岸的堤防相继连为一体。自清顺治十年至民国三十六年的近三百年间，汉江下游的堤防屡遭溃决，但屡屡修复，堤防保护有较大进展。

民国，汉江的堤防也在不断维修、加固、连接中，有了一定发展。

新中国成立后，汉江发生大、小洪水45次，全流域平均每四年发生一次较大洪水。党和政府针对汉江堤防堤身低矮、破旧不堪、抗洪能力极低等情况，按照《国家防洪标准》，制定一系列整治方针，有计划有步骤进行"堵口挽月、加培填护、险段整治"等的建设与管理，至2013年，累计完成土方1.5亿立方米、石方247万多立方米，大大改善了堤基，加强了堤质，增强了堤防的抗洪能力。

迈入新时代，党将生态文明建设写入党章，纳入"五位一体"总体布局和"四个全面"战略布局，汉江的治理进入了"人水相亲"新阶段。在打造"山清水秀、海晏河清"总体治理思想指导下，党和政府把水资源开发利用与保护等持续发展统筹考虑，一批批防洪与交通、景观、城市建设，新建的护堤工程、碧道工程、整体形象工程、景观工程等已相继完成……目前，往日"汤汤洪水，浩浩滔天"的千里汉江，已成"人水和谐"的安澜典范。一江两岸的生态廊道、滨江景观等早已融入百姓的寻常生活，成为老百姓宜居、宜业、宜乐、宜游的一江清水，浩浩荡荡向前奔流。

泽被四方

　　自"鲧障洪水"始，中国人的水意识、水思维、水文明不断提升，有了"以水就人""以水治水"而筑堤御水的"人水相亲"。与此同时，也有了"利水水利""利人水利"的治水、管水技术而开挖千里京杭大运河，沟通长江、淮河两大水系；修建"都江堰"，使成都平原成为千里沃野；建堰闸截断"巫山云雨"，而"高峡出平湖"；创造"四纵三横"的"南水北调"而泽被四方……一批致力于水旱灾害防御的水资源利用工程。

　　作为华夏文明的发源地，居住在秦岭南北两端的古人类发明了原始农业，最早进入了农业社会。水利是农业的命脉，农业的发展离不开水利。因而，秦岭两侧有了很多著名的水利工程。最早的水利工程可追溯到公元前246年，韩国人郑国主持修建的"郑国渠"，使关中成为"天府之国"。而后，西汉萧何修建的山河堰、汉武帝的引渭诸渠工程等，破解了粮荒，造福了民众，推动了经济社会的发展。

　　汉江，在"利人水利"中，也创造出彪炳史册的水利奇迹——被世界灌排委员会确认为世界灌溉工程遗产的"汉中三堰"，就是古代水资源开发利用的典范。

"汉中三堰"，是依托汉江上游两条支流褒河、湑水河而建的山河堰、五门堰、杨填堰。

"万古萧何堰，褒斜北面南。石泾盆琢玉，川激水无蓝。星象开天汉，云龙寄斗潭。休登岩穴路，不忍见毅函。"这是《汉中府志》记述汉江上游修筑山河堰而良田广布、富庶一方的水利故事。山河堰位于汉中城北，褒河石门水库附近，是汉中历史上最早有史可查的水利工程。

褒河也称乌龙江，是汉江的一条主要支流，其自身支流众多而密集。先后经过铁佛殿、马道，于河东店进入汉中盆地，在孤山附近流入汉江。从宋代开始，有"相传为西汉明相萧何、曹参肇创"之说，据载，公元前206年，萧何跟随刘邦入汉中，当时，中原地带修堰引水灌溉早已普及，但汉中还在用古老的橘槔汲水。萧何为了更好地筹集军粮，考察了当地的河流，与曹参共同主持修筑了这一伟大的水利工程——山河堰，也称"萧曹堰""萧何堰"。

渠首位于汉台区河东店褒河谷口，沿河自北而南共有四堰。第一堰在褒城北1千米处，又名铁桩堰，于鸡头关下筑堰截水，东西分流，堰废已久，地面遗址无存。第二堰名柳边堰，亦称官堰，位于褒城县东门外，堰长320米，底部贯以木桩，卵石垒砌。引水口在褒河左岸河东店街后，输水干渠曲折东行，至汉台区十八里铺南入汉江。第三堰在第二堰下游约1千米处，左岸引水，渠长近10千米，灌田1.5万亩。第四堰在第三堰下游1.5千米处，民国二十一年（1932）修建，聚石作堰，右岸引水，渠长15千米，灌田3100亩。

山河堰驯服了奔流的褒河水，发展了汉中盆地的农业，尤盛于两宋元明清，沿用至民国。之后，修筑了褒惠渠，再到今天的石门水库，在数千年的历史长河中熠熠生辉。

五门堰，位于城固县橘园镇湑水谷口右岸。湑水河是汉江在秦岭南坡的一条主要支流，其自身有5000米以上的支流达45条之多。从周至县流经洋县、城固县而入汉江。截湑水河水而灌溉农田。因堰首横列五洞进水，故称之"五门堰"。五门堰灌区建有"九洞八涨"及"三十六处水口"，其工程设计、建造技术充分体现了古代劳动人民的智慧。相传建于西汉末年。北宋年间，城固县令鲁宗道、阎苍舒等重视水利，相继扩建，灌田达3000余亩。直到元明清增开渠道、加修石渠，灌溉面积达五六万亩之多。1948年，湑惠渠建成，取代了"五门堰"。1984年，"五门堰"被列为陕西省重点保护文物。

杨填堰，位于湑水河中游段左岸。何时建成，已无从考证。相传也为汉代萧何、曹参所修。后因宋代洋州知州杨从义进行了大规模整修改造，灌溉洋县、城固两县的5000余亩农田。为纪念杨从义的功绩，故名杨填堰。后元明清各朝，均对杨填堰进行了整修和扩建。但是灌溉面积有起有落。1948年，杨填堰纳入湑惠渠。1991—1995年间，党和政府将杨填堰引水枢纽改建为固定堰堤，加固修砌干渠，使灌溉面积稳定到万余亩。

"汉中三堰"，自创建距今已有2000多年历史，经过历朝历代的修缮保护，至今仍在发挥着灌溉、防洪、抗旱、旅游等综合效益。

"一江清水送北京""引汉济渭"，从古代的汉江泽被两岸人民，到新中国成立后，安澜汉江不但惠及三千里江岸的千百万百姓，还通过"南水北调"中线枢纽上京津、穿越秦岭到达关中和渭北而达济四海。

"南水北调"，即"南水北调工程"，是国家战略工程，构想于1952年国家主席毛泽东视察黄河时的蓝图。在分析比较50多种方案后，形成了东、中、西三条线路调水方案，干线总长4350千米，涉及人口4.38亿人，调水规模448亿立方米。其东、中线一期工程干线总长为2899千米，沿线六省市一级配套支渠约2700千米。

东线工程，起点位于江苏扬州江都水利枢纽，终点是天津；中线工程，起点位于汉江中上游大型水利枢纽——丹江口水库引汉水，于丹江口水库陶岔渠首引水，自流到河南、河北、北京、天津；西线，将通天河（长江上游）、雅砻江（长江支流）、大渡河不用隧道方式调入黄河（西北地区），解决青海、甘肃、宁夏、内蒙古、陕西、山西6省区的缺水问题，分三期实施，规划已于2001年通过审查，仍未进入基建审批程序。

三条调水线路，与长江、黄河、淮河和海河四大江河构成了"四横三纵"布局，解决了我国北方地区，尤其是黄淮海流域水资源短缺，有效实现了中国水资源的南北调配、东西互济。

为京津地区人民提供安全、健康的汉江之水，是汉江的水德达然，也是汉江儿女的骄傲。丹江是汉江在秦岭南坡的最大一条支流，发源于秦岭主脊凤凰山东南侧，有21条支流，属于峡谷与川塬交替组成的藕节形河段。中线输水全长1421千米，其中引水渠首至北京1267千米，天津干渠154千米，年调水130亿立方米。良好的生态环境和丰富的汉江水源，既缓解了京津城市水资源短缺，又改善了京津地区的生态环境，还实现了华北水资源的优化配置。

截至2023年12月，南水北调东、中线一期工程全面建成通水

9年来，累计调水突破670亿立方米，向沿线50多条处河流湖泊生态补水超过百亿立方米，并成为沿线4座大中城市280多个县市区的主力水源，超1.76亿人受益；中线工程京津冀豫四省市直接受益人口超过1.08亿。

让汉江之水从南端穿越秦岭，到达秦岭北麓，最终接入关中地区的供水系统，实现长江和黄河在关中大地"握手"，是上善之水汉江的又一美德彰显。

这项列入"十三五"期间国家节水供水重大水利工程之一的"引汉济渭"工程，是将长江最大支流的汉江之水穿过近百千米的秦岭隧洞，最终将补给黄河最大的支流渭河——从陕南汉中市洋县、佛坪县的汉江流域，调水至关中渭河流域，解决西安、咸阳、渭南、宝鸡等4个重点城市，以及西咸新区5个新城，渭河两岸长安区、临潼区、兴平市、富平县等11个区县和渭北工业园区的用水需求，受水区域总面积达1.4万平方千米，受益人口1400余万，改变了小型、分散、自成体系的供水状况，增强了关中和整个渭北城市的供水抗风险能力。2023年7月，历经十余年的建设，"引汉济渭"工程已正式向西安供水，实现了关中乃至渭北城市群的供水安全。

滋养性灵

"白鸟朱冠，鼓翼池干，……故知野禽野性"，这是西汉初期（约前140）文士路乔如所作《鹤赋》中的诗句。这只头顶着红色的羽冠，奋起洁白的翅膀，在池岸边展翅飞翔，充满野性的鸟，就是栖息在汉江边，有着鸟中"东方宝石"之称，被列入《世界自然保护联盟濒危物种红色名录》的朱鹮。

朱鹮来到世上，就是与青山绿水为伍、鸟语花香为朋，与大自然为一体的——曾广泛分布于中国东北、华北、陕西等地，在俄罗斯、朝鲜和日本也有踪迹，还被日本定为"国鸟"。

当人类的工业化破坏了自然生态、污染了江河湖泊，它们就悄然回归了"天堂"！

因而，天生娇嫩高贵、有洁癖的朱鹮，常常喜欢在海拔千余米，从未污染过的水稻田、河滩、池塘、溪流和沼泽等温湿环境里栖息；在水滨泥潭里寻觅小鱼、泥鳅、蛙、蟹、虾、蜗牛、蟋蟀、蚯蚓、甲虫等无脊椎和小型脊椎动物为食。觅食时，脚步轻盈，连鸣叫都格外珍贵。除起飞时向同伴或大自然报报讯息外，其他时间从不发出声音，生怕惊扰了自然之美……

诞生于距今6000多万年、"道法自然"的朱鹮，就是为自然而生的。因而，它们只能选择在"野性的天堂"里高洁地生活。所以，当上个世纪八十年代初，已从人类视线消失20余年，中国科学院鸟类专家在汉江上游洋县姚家沟发现两个朱鹮的营巢地、7只朱鹮时，世界震惊，舆论哗然！但是，汉江波澜不惊。因为，博大浑厚、清澈宁静的汉江，本身就是顺应天地万物之自然的"天堂"。

而今，滋养性灵的汉江两岸，早已把几只朱鹮哺育成成千上万只。行走在汉中盆地，时时可见在江水上飞翔，稻田里觅食的朱鹮。与此同时，朱鹮已从汉江飞向了富饶辽阔的祖国大地，走向了世界，并成为我国外交的"和平使者"，以国礼赠予日本。据统计，2023年全球朱鹮数量已突破万只大关，成为"世界拯救濒危物种"的成功典范。而且，"东南飞"的朱鹮还安家到了钱江源国家公园。

与朱鹮一样，很多年以来，被视为汉江流域生命精灵的"野人"，一直在堵河边茂密的神农架出没。但是，谁也说不清它到底是什么，只是口口相传着"野人"的趣闻。

"野人"，究竟是什么动物呢？难道它和人类有什么渊源吗？直立行走却又遍体生毛，也许这神秘的"野人"和人类的原始祖先有什么亲缘关系？

屈原在《山鬼》中写道："若有人兮山之阿，被薜荔兮带女罗……余处幽篁兮终不见天，路险难兮终独后来！"是啊，隐隐约约有人在那山的拐弯处，身披薜荔啊腰间系着松萝……我住在幽深的竹林中终日见不到天，道路艰险难走啊使我姗姗来迟，据说，这是屈原描述"野人"的诗句。

自古以来，中国许多地方就有"野人"的传说。时不时也有目击"野人"的记载。但真正让"野人"走入公众视野的，还是汉江边神农架出没的"野人"。

有人认为，"野人"是巨猿的后代，巨猿是生活在几十万到几百万年前的一种猿，在中国多个地方都发现过其化石，光是牙齿化石就有上千颗。事实上，巨猿和"野人"很不一样，与目击者对神农架"野人"的描述，也不符。而且，巨猿大约在30万年前已经灭绝。如果是，那么"野人"又是怎么从巨猿进化而来的？30万年的进化历程，留下的化石证据又在哪里呢?!

神秘的汉江，神秘的神农架，幽幽韵味让人浮想联翩！更让人浮想的是，那些刻骨铭心的远古神话，把汉江带入了无尽的洪荒。

宇宙洪荒，地球创生，古海初成。35亿年前，当鲜美的"原始汤"古海，在光合作用下催生出生命——蓝绿藻。自此，生命始终与水相生相伴、形影不离。与此同时，洁净自然的水，也滋养着万物生生不息。接着，汪洋大海华丽转身，露出了高山湖泊。随之，在"道法自然"中，早于黄河、长江几亿年的"祖母河"汉江，开始发端。就这样，无尘无染、洁净清澈的汉江，成了最原始、最朴实、最浑厚的生命栖息地。就这样，2.5亿年前的恐龙，在汉江最大支流之一的堵河边繁殖、生长、生活，直到6500多万年前的全球生物大灭绝。汉江，一直是恐龙的家园。资料显示，湖北十堰市郧阳区青龙山恐龙蛋化石群分布有4.2平方千米，仅地表就有两千多枚恐龙蛋化石。经专家论证，这些化石系中生代白垩纪晚期的恐龙蛋化石，距今有13500万年至6700万年。

性灵滋养，伏羲女娲在汉江边的十堰市竹山县开始抟土造人——上古时期，宇宙走向清廓，太阳东升西落，女娲从亘古中苏醒。一天，女娲来到汉江边，透过清澈碧透的江水看见了自己的倒影，心中默默念叨，抓起脚下的黄土、蘸着汉江之水，捏成了一个又一个小泥人。汉江神奇，女娲神明，这些小泥人一放到地上便有了生命，一个个活蹦乱跳、手舞足蹈，感受着世界的新奇……就这样，女娲又用黄土就着汉水捏造了许许多多、各不相同的男人、女人，他们四处散开，遍布了广阔无垠的原野。瞬间，让大地生机勃勃，不复空旷寂寥。

站在竹山县宝丰镇的女娲山主峰峰顶，但见20余座大小山峰游龙蜿蜒、绵延起伏，茂密的树木、繁盛的花草，如梦如幻，煞是新奇。难怪，当年黄帝居于渭北黄龙，炎帝居于鄂西神农架，女娲在二者之间的宝丰山彩石补天、抟土造人。好一处物华天宝，人杰地灵的风水宝地啊！

有容乃大

梁启超在《中国古代思潮》中云："凡人群第一期之变化，必依河流而起，此万国所同也。""海纳百川，有容乃大"，正是汉江这一水德的高度展现——造物主让这里地分南北，形成两山夹一川的独特地形壮美而富饶；一江清水，让流域内的汉中盆地、房陵盆地、南阳盆地、襄阳盆地成为四海之宾五方杂处的"世外桃源"！天生一副有容乃大的好气势、好风水、好宝地！

因而，一江汉水尽把中国的精气神养大，不断成为各方氏族、部落、部落联盟的融合地、成长地，进而成为中华民族的发展地、壮大地。

就这样，"富润屋、德润身"的汉江如其地形地貌——在一个似喇叭口从中游开始逐渐敞开、自西北向东南奔流而下中不断敞开其胸襟，在"大封闭中大开放、又在大开放中大封闭"，形成了自己独特的人文地理风景而彪炳史册。

就这样，包容四海的汉江渐进成为人类发端后的聚集地、移民地、流放地——汉江流域自先秦甚至远古时代起，便有先民沿着汉水河谷这一天然的通道不断迁徙，促进了汉江流域的经济发展。

"如江如汉，如山之苞。如川之流，绵绵翼翼……"，《诗经》中赞美周宣王率兵亲征徐国、平定叛乱而"势如江汉之水汹涌，如山之基难以动摇，如河之流大浪滔滔"，把汉江强大的江湖地位刻画得入木三分。

据载，从尧舜禹到夏商周，这里就是南北与东西各族、各部落的集聚之地。同时又是相互改造、消化、取长补短之地。

公元前二十一世纪，夏启打破了原始氏族社会，建立起中国第一个奴隶制国家——夏朝，汉水中上游便有了巴、蜀、庸等方国。周王朝建立后，在王朝迁移、分封中，一些小部族和小国因封迁、避难等原因到了汉江的中上游谋生。资料显示，先后有褒国、丙国、酉国、骆国、濮国等数十个小国和部族，在汉中盆地落脚、生存、繁衍。

历史上第一次大规模地向汉水移民，发生在西周末年。当时，犬戎入侵关中，郑国国破，外逃的部分郑国民众向南翻越秦岭迁至汉江上游求生，史称南郑。到战国中期，汉江上游已成物华天宝的经济区。大约商前，湖北清江流域的巴族人自西向东迁徙到汉江流域；远古时，居住在湖南衡阳一带的部分氏族羌人迁徙青海，途中便滞留于汉江上游的宁强县（宁羌县）。这就是羌人移居汉水的历史。

"楚为炎帝之后，起自姜水"，后，炎族东、南迁，南迁者沿汉江而下，止于洞庭、江介之间。再后，楚人投靠了周，以丹汉为根据地，逐渐走向了江汉地区而成为南方大国。所以，楚国发迹、壮大于汉水和淮河流域。因而，楚族兴起后，又借助汉水流域，使汉水中上游的苗蛮集团和淮河中下游的东夷集团，包容并蓄，逐渐形成了南方文化特别是楚文化。

汉水流域富庶的农业经济，通过移民分担了战争与饥荒带来的灾难，缓冲了社会危机。春秋战国，崛起于西汉水边的秦与立国于汉水流域的楚，数次交战。战争，把大批的军民拖入流离失所、民不聊生的水深火热之中，使得一批批荆楚、氐羌、秦陇等族的族民，移居汉水中上游谋生度日。秦灭楚后，把多年战争中饱受创伤的大批关中族民迁移到汉中盆地，以缓解关中地区的生存压力，为秦王朝的崛起和强大起到了重要作用。后来，刘邦受封汉王入驻汉中，又把淮河流域的大批军民带到了汉中，在汉中修渠建堰、繁衍生息，壮大发展，而一举出兵散关而得天下。事后刘邦在大规模封赏群臣时认为："汉五年，萧何功最盛"，"萧何在后方汉中和关中，源源不断把粮草运往前线，保障了前方将士们杀敌立功"。因而，萧何被封为酂侯，食邑最多。

　　而后，"世外桃源""天府之国"的汉中盆地，一度成为两汉魏晋时期的战争屏障和兵家必争之地。其间，也有部分难民和流民拥入。至南宋年间，汉江上游的汉中地区因秦岭阻隔，较少受到战乱直接破坏，是长期接收荆襄流民的主要地区。到了明清，在"荆襄流民运动""湖广填四川"的几次人口迁移中，有数百万人迁到汉水中上游定居。

　　"荆襄有可耕之地，而无其人"，这是苏东坡在其文集中的记载。这记载，反映了北宋年间汉江中下游的江汉平原，地大物博而缺乏人员的社会状况。到了南宋，汉江中下游又是宋金对峙的前沿，战乱致使人口锐减，有了"不患无田可耕，常患耕民不足"的"百里荒"。因而，进入元朝后，大量的外地移民迁入江汉平原，其人口密度远远超过了汉水中上游。尤其到了明朝，江汉平原重建，大批无地可耕的江西民众拥入，一时人满为患，并使汉

220

水下游的空闲土地得到了空前开发。据统计，明、清两代，迁入汉水下游的有69族，其中江西籍就达58族之多。

历史上，汉水流域一度成为流放地而载入史册。追溯流放的历史，其国家形态形成前的部落社会就开始发端，直到清末被废除。当时，是部落内部为惩罚不遵从部族规制的内部人员而进行的惩戒。慢慢地，流放的刑律被当朝的帝王们用作排除政治异己的手段而驾轻就熟地使用。这样，就逐渐演变为国家刑罚的一种类型。在上至帝王将相、下至三教九流中，只要违反了当权者的规制，就会将触刑人员押解到荒僻的边陲或远离故土的地方进行惩治，并以此维护统治秩序。

古代四大"流放"地岭南、辽东、西南和新疆等，就是历史的产物。地处汉江中上游的湖北十堰市房县（故房陵），就是古代专门流放帝王将相、达官贵人之地。据载，从尧帝之子丹朱被流放到房县始，房县的流放史持续了近五千年。

房陵，秦时为县，隋时为郡，唐时为州，明复为县。其由群山组成的房陵盆地，富饶而美丽。在历代统治者费尽心机地选择达官贵人们的流放地时，既要考虑流放者的身份，还要选择好被流放的地点。就是说，既要惩处又要让其生存。所以，房陵为首选。与此同时，房陵地处秦、楚、蜀之交，与巴山蜀水相接，又与历史上的西周、秦、汉、隋、唐等王朝都城关中一山之隔，也便于统治者的监督和临机决断而收到迅雷不及掩耳之效。

自秦开始，房陵就有了数十次大规模的流放。比较重大的如秦王政亲政后，对长信侯嫪毐叛乱其眷属、党羽、门下食客等4000多户的流放。之后，秦王政又把吕不韦免职，将其眷属、门客、家童等万余户流放到房陵。西汉时，刘邦将济川王刘明、济东王刘彭离、清河王刘年、河间王刘元等流放到房陵。唐朝时的梁王李忠、广武王李承宏等贬到房陵……

很多事情，人算不如天算。当时，统治者认为房陵与关中仅一山之隔，权贵们被流放此地后便于监督和控制。然而，事与愿违。被流放者李显，把流放地变成了自己的东山再起地，给统治者以迅雷不及掩耳的回击。据载，被武则天从皇帝位子上贬到房陵、贬为庐陵王后，李显卧薪尝胆、韬光养晦、积蓄力量、厚积薄发。最终，在15年后出其不意、东山再起，回京重登帝位。

"沧浪之水清兮，可以濯我缨；沧浪之水浊兮，可以濯我足"。通过移民，可"濯我缨"和可"濯我足"的汉江，养育和摇曳得两岸人潮如涌，人欢浪高。据统计，明代汉江流域人口峰值为250余万人；到了清代的嘉庆年间，总人口达1400余万人；十九世纪后半期，已达2200余万人。至2023年，流域的常住人口总和达3793万余人，其流域一类地市经济数据均位居全国前列，超过了内蒙古、贵州等十余个省份。

流水码头

石条垒砌的码头，镌刻着历史的足迹，见证着世道的变迁，传承着一条江河及其时代的过往和兴衰——遥想当年，汉江与长江、湘江和大运河一同构成贯通中国东西南北的水运网，在没有铁路、机动车的年代里，是何等的辉煌和无与伦比呀！

而今，上可登天"揽月"、下可入海"捉鳖"的科技引领，早已把过去浩浩荡荡的水运大军甩于运输队伍的"身后"。但是，那段辉煌的过往——滔滔江水承载着滚滚巨轮浩浩荡荡与流水共度日月，依然在静水深流的江水衬托下，熠熠生辉并刻入汉江儿女的心海！

有船，就有码头。码头的历史，可以追溯到数千年前的远古时期。当人们从洞穴走出，到择水而居的水畔，就有了搭建码头的历史。那时，古人在湖边临水搭成台阶，从湖中划船停靠在台阶，拾阶而上，就是码头最初的模样。到了商代，人们已可通过码头进行江河上的贸易。周代，随着领土的扩张和江上贸易的增加，码头开始出现于东海沿岸、南海沿岸和长江流域等。

汉江码头，就在这一时期载入史册。

《史记》载:"昭王南巡狩不返,卒于江上。"这段历史,讲的是盛世西周,康王的儿子昭王借南巡征伐楚,引起弱小楚国人的不满,向其进献了一只"胶船"。不明就里的昭王稀里糊涂地乘船讨伐。当船驶至江心时,胶溶船解,昭王和随行的多人落水而亡。历史表明,早在西周时期,汉江上就有了可以承载多人的大船和码头。

到了汉武帝时期,行驶在汉水的商船聚散着繁华与喧闹。码头上,停泊着一艘艘大小木船;江面上,常年白帆点点,水鸟飞舞,尽把上游秦巴山区盛产的生漆、木材、苎麻及各种药材,中游襄阳的粮食、桐油、食油及皮油等,顺汉江东下,再由长江贸于外埠。

汉水两岸的发展,主要依靠水运。就这样,三千里汉水一路留下了30多个港口、码头。弹指一瞬,汉中、襄阳和汉口的三大码头,就镌刻着那些时代的辉煌。

作为上游最大的码头——始建于明洪武元年(1368)的汉中十八里铺码头,就是汉江三大码头的"第一码头"。

十八里铺码头南滨汉水,因自汉中府衙门东去十八里,码头有十余家小店铺而得名,亦称十八里铺。现为汉中市汉台区铺镇。是汉台区的东大门,汉中第一大镇,东连城固柳林、文川,南临汉江河,西接汉中城区,北与武乡接壤,交通四通八达。曾为南郑县县府所在地。

据载,西周末年郑国国破,外逃的部分郑国民众翻过秦岭迁至汉江上游求生,史称南郑。秦惠文王十三年(前312),秦楚丹阳之战,秦夺楚汉中地六百里与秦的南郑地区合并,置汉中郡,治南郑(今汉台区境内),南郑正式置县,为陕西置县最早的县之一。

自秦厉公二十六年（前451），秦左庶长建筑南郑城以后，历来为汉中郡、道、府、县所在地，为陕南经济、政治、文化中心。汉高祖刘邦为汉王时，曾以南郑为都城。1949年12月6日，南郑分置为南郑县与南郑市。南郑县迁治于十八里铺。

自古以来商业繁华、坊铺林立，一直是仅次于汉中城区的物资集散地，陕川甘客商聚集交易地。史载："东乡十八里铺，为邑巨镇，商贾辐辏，半皆客民，人情好尚各异。南山一带，多川、楚遗族。""巨镇""辐辏"的记载表明，铺镇地处平原、临江而居，肥沃的沙土地是其粮油作物的优质丰产地，更因适宜种植甘蔗而以蔗糖业远近驰名。沿江一带，糖坊达到数十家，所产红砂糖、做元宵馅用的"漏汁糖"远销甘肃、青海。酿酒业也颇负盛名，小曲作坊、黄酒房等20余户，占当时南郑县酒坊业的一半以上。与此同时，老字号众多。新中国成立前，有20余个同业公会，占当时汉中的半数。

笔者就出生、成长于十八里铺。这里，因码头而博通四海，古风悠悠，民风淳厚，其村组名称诸如元房、狮子、莲花寺、杨奄、普陀、关爷庙、安然寺、双庙坝、回龙、贺坎等流传至今，颇具古意，可见一斑。具有蜀语特点的"兑了水的四川话"的"汉普"，让人产生无穷的遐思。因而，走南闯北的我，开口说话，便常常被人误认为是"川人"，却又不是！善吃苦而又诚实、慷慨，聪明又不失热情好客，是小镇人天生的秉性。

听祖辈们说，当年的十八里铺，江面上常年白帆云盖，白鹭、大雁、天鹅、野鸭等绕桅；江边，脚夫的号子声，上下的人流、物流声；集镇上，大小客商的脚步声、卖艺人的吼叫声……把小镇喧嚣、蒸腾得云蒸霞蔚，烟火缭绕，热闹非凡。是南北人等，到"天府之国"汉中的首选地。

而今，古码头已成过往，踪迹难觅。小镇在科技和工业社会冲击下，也结束了往日的使命和喧嚣。恢复平静的小镇，取而代之的是生态涵养下的良田千亩、碧野环绕，现代水乡小镇风貌似一颗明珠镶嵌在汉中盆地。

汉水流域唯一保存的码头群遗存——20余座古码头构成的襄樊码头，分布于湖北省襄阳市襄城、樊城的汉水两岸，始于春秋时期的楚北津和东津，到了西汉已成为汉水中游的重要港口。是襄阳"南船北马""七省通衢"的重要见证，是国家第八批重点文物保护单位，是国家万里茶道申报世界文化遗产的预备成员。

南岸，从西到东共9座码头，是襄城码头遗址；北岸，从西到东共22座码头，是樊城码头遗址。现保存较好的有18座，其中12座分布于樊城南部的汉水北岸，6座分布于襄城北部的汉水南岸。

襄阳，古属荆楚，肇始于周宣王封仲山甫（樊穆仲）于襄阳，而后，从荆州牧刘表徙治襄阳始，历来为府、道、州、路、县治所。居汉水中游，西接川陕、东临江汉、南通湘粤、北达中原，是鄂、豫、渝、陕毗邻地区的中心城市，也是汉江流域中心城市、国家历史文化名城。

而今漫步，码头的繁华与荣耀早已潜入历史云烟，只能在古迹中遥思和惊叹。

北岸樊城的12座古码头，一是位于樊城最西端的建于清同治八年（1869）的火星馆码头，也是第一座因附近旧有火星观而得名。其条石驳岸，矶头坚固雄伟，迎流顶冲，十分险要，是樊城重要的军事据点。二是接下来位于汉江大道中段的九座码头，依次为：米公祠东南侧的大码头，原为土坡式码头，清代道光年间改建为阶级突堤式条石码头,保存完好;中州会馆南侧的龙口码头,原有两座,现仅存一座,呈"V"字形,双层踏步式石蹬道;面对中州会馆而得名的中州码头,上层有条石台阶25级,下层有条石台阶17级;公馆门码头,由石蹬道和石平台组成,石蹬道中嵌入阴刻楷书"民不能忘"石匾额,原为土码头,清道光年间改建为石码头;林家巷码头,是南北商旅货运装卸和两城来往的主要码头,码头由石阶梯和石牌坊组成,为典型突堤式码头;左家巷码头,可见石阶梯17级,泊位清晰,条石形态完整;邵家巷码头,现为清代道光年间重建,石砌平台,分两边上下,各有石阶梯10余级,一边供人过渡,一边供装卸货物;望岘亭码头,因码头上建有望岘亭而得名,是樊城码头中较有代表性的码头建筑之一,其下为大平台,两侧筑石台阶30余级,望柱30余根,临水处镂雕石龙头两个;官码头,是昔日樊城的中心和闹市区,因清代以前是官府专用而得名,现存码头为清末重建。三是第十一座,是位于汉江大道东段的回龙寺码头;原为陡坡式土码头,清末逐渐改为石阶梯码头,现码头仅存石台阶,是襄樊港的综合性装卸码头。四是第十二座,是位于樊城最东端的迎旭门码头,是樊城重要的军事据点;码头与清代同治年间所建应旭门矶头连为一体,清代以前为内河航运中心。

历史上,樊城受汉水侵蚀和洪水冲击较襄阳严重,沿江驳岸修建困难,直到清道光年间才在知府郑敦允主持和商帮会馆等财力支持下完成改建工程,将原陡坡式土码头改为条石阶梯式码头,并修建了部分码头牌楼,从根本上稳固了樊城江岸。

南岸襄城的6座码头:一是临汉门码头。位于滨江大道中段的临汉门(小北门)外,又称小北门码头,始建于明正德年间。现东为斜坡式，西为直立式，其中直立式码头正对临汉门。二是官亭码头。位于小北门与大北门之间，为临汉门码头的辅助性码头，原为迎接新上任官员之所。三是铁桩码头。因原码头旁有一铁桩而得名。码头呈不规则形，上小下大，面积约350平方米，岸线长约50米，为条石台阶式。四是拱宸门码头。位于拱宸门（大北门）外东侧，始建于明正德年间。五是震华门码头。位于襄城震华门外，是历史时期襄阳战役中重要的战时码头，战略地位显著。六是闸口码头。位于滨江大道闸口，西侧靠近汉江大桥。

沧海桑田，物换星移。白驹过隙，日新月异。虽然当年北聚陕南、豫西南之舟，南汇江汉、湘沅之船，有"一口锁方城"之誉的襄阳码头群遗址被定格在了历史深处，但是，现代化的襄阳港——中国第二十大内河港口，国家"西煤东调、北煤南运"主要中转港口，早已用隆隆的机器声取代了艄公们的吆喝声、商贩们的脚步声，伴随而至的各类大宗件货、游轮穿梭，尽把汉江流域港口服务于武汉长江中游航运中心的地位凸显！

冠之以码头城市，汉口最宜。汉口，从码头起步，走出了明清时的"中国四大名镇"——与河南的朱仙镇、广东的佛山镇、江西的景德镇并称的"汉口镇"；现代，赢得了中国"天下第一街"美誉的"汉正街"。

汉口，即汉水入江之口，是天然大码头。清代文学家范锴在《汉口丛谈》云："汉口镇在城北三里，有居仁、由义、循礼、大智四坊，当江汉二水之冲，七省要道。"就是说，汉口还处在长江、汉水交汇处，是天然的良港。尤其是传统的帆船时代，川江、汉水和洞庭湖流域与下江间的货物交流，都要通过汉口转运。《湖北通志检存稿》说乾隆末年时云："舳舻相引，数十里帆樯林立，舟中为市。"因而,清代有人称其为"天下货物聚买第一大码头"的"船码头"。据载,当年无论是汉正街,还是整个汉镇的兴盛,都依赖于天然良港——汉水码头。

"汉口之盛,小河也"。最初,汉口是当地人称为"小河"的汉水入江沿岸的狭长地段。木船时代,人们在水域开阔、水势平缓、水深适度的入江口"小河"行船走水、避风泊靠,比浪大水急、深不见底的长江更加安全。因而有了码头,有了贸易,有了街市。最早的码头建于清乾隆元年,之后在130多年时间,相继建成了功能齐全、密布街巷的码头——自清乾隆元年(1736)至同治七年(1868),汉口汉水沿岸到龙王庙有码头35个,长江沿岸从龙王庙到江汉关有16个。形成了从汉正街到汉水的任何一条巷子,都有一处码头可到达的格局。由此,汉口便逐步由"木船"开辟成四方淘金者的乐园,并迅速崛起为商贸巨镇。

"廿里长街八码头,陆多车轿水多舟"。据载,清代的汉水口北岸,从硚口到集稼嘴,江面上商船穿梭不息,岸边大小码头林立。其中著名的有八码头,即:艾家咀、五圣庙码头、大码头、四官殿、花楼、关圣庙、老官庙、集家咀。"万家灯火彻宵明",据载,当年汉口码头是"舳舻相衔,殆无隙地,仅余水中一线,以为船舶往来之所也"的不夜之港。至1928年,已有各类专用码头25个,一直延伸到皇经堂、古茶庵一带。汉口开埠后,外国商人陆续来汉办工厂、开洋行,至1910年,汉口有大小洋码头74个。至解放前夕,武汉有水码头243个,陆码头220个,码头工人达5万左右。

码头,见证一座城市的繁荣昌盛。武汉城市的发展变迁,凭借汉水、长江之利,以码头的发展为牵引,带动了整个城市的繁荣。

目前，从一片滩涂，到年交易额达1487亿元的一座"繁华商贸新城""全国性商业符号"，汉口北与城市共荣光，新时代的"货到汉口活"传奇正在上演。

婉若游龙

"翩若惊鸿，婉若游龙……"，曹植笔下的"洛神"宓妃"轻盈柔美像受惊后翩翩飞起的鸿雁，健美柔曲像腾空嬉戏的游龙"之美，就是汉江之美，是汉江儿女们心中的水神——龙的崇拜！因而，古老的汉江拥有了众多与龙有关的传说和民俗。

龙，是黄帝一统中原后，把自己部落的标志与吞并的其他氏族、部落的标志图案，拼合而成的汉民族共同崇拜——"龙"！是一种虚拟的综合性神灵，是汉民族的标志。汉江，作为汉民族、汉文化、汉字、汉语等的发源地，理所当然地成为龙文化的兴盛地。

龙江！龙江！龙之江！是三千里巨龙汉江的一条支流——地处今汉中市汉台区褒河下游的龙江，古名黑龙江。褒河，又有山河、乌龙江之称。据载，"黄龙"夏禹治水成，铸鼎而封九州，其"龙子"有褒氏居褒水而建褒国。历夏商周三朝。《史记》有云，"褒之二君，化为龙，出现在夏朝第十四任君主孔甲的宫廷"。"以褒人之神化为二龙"，因而，龙居褒河成为龙江的来历。元代，褒河一度被称为紫金河，明代称褒谷水。褒河河谷，也是古代蜀道褒斜道的一部分。

古褒国在这里设有铺递，故名龙江铺。今天，是汉台、南郑、勉县三区县的交界处。褒水，从龙江铺与长寨街之间横穿而过，在柏乡街与汉水汇合。龙江铺与长寨街之间的褒河古渡，又名龙江渡，是汉中历史上的八景之一。

史载，每当天边露出鱼肚色，汉江朝雾朦胧，渡船在镜面般的江面穿梭往来，划出层层涟漪，与四周景物相映成趣，天地造化出一幅"龙江晓渡"的人间美景。

称为"龙之江"的龙江，就这样在汉江上游、褒河两岸成为百姓们的膜拜对象。不但至今龙氏家族有三个村在龙江存在，而且有了与龙为伍的敬龙、舞龙民俗。

因而，在汉水上游，人们修建了各种祭拜水龙王的龙王庙、龙潭寺、龙泉寺、青龙寺、龙门寺、圣水寺、双龙寺、望江寺、禹王庙、太白庙等寺庙，一遇雨淋水患，便乞求龙王救济苍生；一到丰年，便感谢龙王的恩泽护佑。与此同时，每遇年节，舞龙以祈风调雨顺，五谷丰登。

龙舞，是中华"龙文化"的重要组成部分，又称龙灯舞。汉中盆地的龙舞表演，紧张刺激，高潮迭起，扣人心弦。在紧锣密鼓的开场声中，但见一人手持一红彤彤、金灿灿的火球——龙珠，飞身上场，瞬间，爆竹齐鸣、锣鼓喧天，龙珠飞舞，巨龙昂首而出。紧接着，踏着锣鼓的节拍，"二龙戏珠""蛟龙出海""金龙盘柱""单龙抢宝"等表演，刹那间把观众带入神奇的龙的世界。你瞧，巨龙在空中翻腾、穿腾、盘旋，时而翻腾跳跃，时而摇头摆尾，时而龙腾四海，时而飞龙在天，时而神龙摆尾……栩栩如生、大气磅礴，让人目不暇接，宛如身在龙的世界！

"明初此地敬奉神龙，嘉靖二年修建寺庙"，这是位于龙江街道周营村"双龙寺"内碑文记载的龙江舞龙历史。说明这里的敬龙舞龙已有至少600多年历史。

龙江龙舞，不仅表演精湛，令人连连叫绝，而且龙舞的道具制作技艺，历史悠久，门类众多，具有浓郁的地域色彩，是龙江龙舞的"活态"传承，是陕西省的非物质文化遗产。

据载，龙江龙舞道具以草龙、板凳龙、握杆龙、彩龙（布龙）四大部分组成，现有四类十二项不同特点、不同表演方式的龙制作和造型。

草龙，是想象的龙的形体的手工艺术品，有用柳条编制而成，或龙须草（又名钢草）编制而成，再或用稻草（上呈糯米草，又名酒谷草）编制而成，可长、可短、可粗、可细，除龙骨架用木棍在一头做铆，用竹篾外，龙的整体为鱼鳞状，挥舞翻转犹如龙翻腾，给人以活灵活现之感。用糯米草或普通稻草编在一起的草龙，大多用于寺庙祭祀活动，挥舞要用火把点燃龙头，边舞边烧，燃烧完为止，人们称其为火龙。小巧玲珑的草龙，体现出汉水流域山清水秀、回归自然的生态美，最具有地方特色。

板凳龙，由一条三条腿长凳为骨架，长凳单腿一头用稻草或竹篾制作成笼骨架绑扎成龙头，中间用稻草绑成起伏的龙身，另一头（双腿）用稻草或竹篾作成笼骨架绑扎成龙尾，龙身用红布装饰，龙的头部为一条腿，尾部两条腿，构成三条腿凳子龙，三人翻转挥舞，仿佛龙行大地，东跳西穿，生生不息，煞是逼真好看。

握杆龙，用一根圆木为框架，中间用竹篾制作成龙身，固定在长杆上部，外表进行裱糊，用颜料绘制成栩栩如生的龙；两头，用竹篾制作成龙的头、尾，两端垂直打孔，竖装木桩为表演者之用；底座，一般有两种做法，一是二人肩抬行走，用一根木杠放在龙身平衡点的下部作为支撑点，抬起后龙的头尾上下起伏。表演时，童男、童女化妆固定在头尾两端。二是用车辆作为行走的工具，人抬部分改为架子支撑的龙身，表演时可上下起伏，也可旋转360度，旋转可快可慢，常常让人在惊、悬、奇中，连连叫好。

布龙，又称彩龙。头、尾，用竹篾、木棍编制成骨架，裱糊、着色；龙身，用竹笼长绳串起，并用各种颜色布料制作而成，而且为七节、九节、十一节、十三节等单数组成，舞起来龙身蜿蜒迂回、盘旋飞舞，逼真而令人生畏。

流行于汉中、安康一带的耍水龙、晒龙王祈雨民俗，是汉江龙文化的独特之美。所谓"水龙"，又叫"柳龙"，从头到尾都由带绿叶的柳条编扎而成，为十二或十三节，每节装有长柄，用两条绳子连接，由身强力壮的男青年组成舞龙之人。当天旱不下雨时，舞龙人身穿背心，脚着草鞋，头戴柳条圈，抬着"水龙"到城镇玩耍。在铿锵有力的锣鼓声中，街上的居民们纷纷端盆、拿瓢，向"水龙"泼水。"水龙"如在瀑布、水雾里翻滚，瞬间，人们的欢叫声、泼水声与欢天喜地的锣鼓声交织，把大家多日来的炎热感驱赶而去。晒龙王，是在久旱不雨的情况下，人们将龙王庙里的龙王像抬出来，放在太阳下暴晒，认为龙王受不了时，就会下雨，可以以此来让龙王行雨而保佑庄稼丰收。

汉水起舞，龙腾汉江。每逢端午，汉江便会迎来与龙舟的激情相遇，这是汉江人与汉江心照不宣的默契——在清澈的汉水上，沿汉水的集镇龙舟如水龙，飞驰竞技，争先恐后，表达出汉水流域的龙文化崇拜。

龙舟，是船上画着龙的形状或做成龙的形状的船。赛龙舟，是汉族传统节日端午节的主要习俗。春秋战国，龙舟竞渡盛行于楚国、吴国、越国。一开始，人们以龙舟竞渡以示龙图腾崇拜，后因楚国诗人屈原这一天投汨罗江而逝，楚国人舍不得贤臣屈原投江死去，便争先恐后划船拯救，追至洞庭湖时，不见其踪迹，故而，便于每年五月五日的端午节划龙舟以示纪念，并期望借划龙舟驱散江中之鱼，以免鱼吃掉屈原的身体。由此，便成了汉民族纪念屈原的传统节日，也成了汉民族龙图腾文化的代表。

你瞧，汉江上游的宁强县"汉水源"龙舟赛如火如荼进行中——首先是羌歌羌舞、健身太极、舞龙等精彩的热身表演，而后，但听鼓声雷动，数十支按捺不住的参赛健儿们挥棹划桨，劈波斩浪，舞动出一艘艘似蛟龙出海的龙舟飞驰江面，瞬间，把汉水搅动得风生水起，龙飞浪舞，把汉江儿女团结拼搏、勇攀高峰的争上游精神尽展无遗。

"遥想春秋汨罗荡漾，屈子忧国粽艾为殇，华夏千年披荆拓荒……龙之传人立东方，雄山巍峨汉水激浪，秦巴明珠神采飞扬，青山绿水百业兴旺……"，这是汉江上游安康举行的第23届汉江龙舟文化节颂词。

"一棹压破千层浪，万桨齐发搏激流，号子吼得天地动，龙腾虎跃争上游……"，这首描绘汉江龙舟竞渡火热场面的安康民歌，描绘出安康汉江龙舟文化节的风采。始于2000年，每年一届的安康汉江龙舟文化节，先后被中国节庆协会和陕西省节庆协会授予"中国节庆50强""中国十大民俗类节庆""中国十大魅力节庆"和"十大博览赛事类节庆"等荣誉。

放眼汉江，锣鼓声彻，桨橹飞摇，龙舟驭浪前行，以及抓鸭子、捉鲤鱼等龙舟民俗活动此起彼伏；岸边，汉调二黄、陕南山歌、汉江号子、花鼓子、翻天印、板凳龙等才艺展演轮番登台，纷纷助阵龙舟竞渡，让安康的龙舟赛别具情趣。

与此同时，因参赛的龙舟由货船演变而来，翘头翘尾的圆底以适应湍急的汉江水流，又称"黄瓜底子"。所以，船上设有桡手，边指挥边表演，挥旗击鼓，为激烈的比赛增添观赏性和戏剧性。尤其是庄重崇礼的合龙祭祀、精湛绝伦的国家级非物质文化遗产汉调二黄、西皮二黄和现代编曲的汉歌等歌舞杂技，好戏连台，一浪胜过一浪，令人赞叹！更有犒劳船工水手、码头工人的汉江排子席——近百张木桌整齐列摆，数百人同时入座，举杯欢庆龙舟健将……

极目楚天舒。一晃，来到了下游武汉黄陂木兰天池的"竞渡天池间，端午享安康"中华龙舟节。

你看，数支龙舟队伍破浪前行，势如利箭，直奔终点，啦啦队紧跟其后划桨开船，百舸争流，千帆竞发，瞬间把江面点染得风生水起，还有依托天池山水的高峡风情龙舟节……不仅传承着龙文化的独特魅力，还蕴含着团结、拼搏、进取的龙的传人精神！

行旅苦之

行旅苦之，出自《水经注》，其云："汉水又东，谓之涝滩，冬则水浅，而下多大石。又东为净滩，夏水急盛，川多湍洑，行旅苦之……"就是说，汉水又往东流经涝滩，这里冬天水浅，河床里有很多大石块。又往东流经净滩，夏天溪水盛涨，水流湍急，激流中有很多漩涡，这就苦了过往行人。

是呀，行旅苦之！汉江"冬涝夏净，官差送命"而交通阻碍，用于那年那月汉江上靠卖苦力为生的纤夫、水手们，恰如其分。

"好女不嫁驾船郎，朝朝日日守空房。有朝一日回家转，抱了一抱烂衣裳"，这就是当年描述以船为生的苦力们的谚语。

纤夫，是上滩的活；上船，就是水手，又叫船工。在靠山吃山靠水吃水的年代，有了古老的风帆木船航运，作为航运动力的纤夫也应运而生。就这样，天赐汉江的水路，既是南来北往商贾们的财富之道，也是生活在汉江两岸百姓的生存之道。这些既没有财力又没有一技之长的男性壮劳力们，为了糊口生存，只能赤手空拳加入到纤夫、水手的行列。经年累月，无休无止。直到二十世纪七十年代，随着机动船代替木船，纤夫们的身影才逐渐从汉江上消失。

"长年尽呼啸，小史剧奥眩。出险乃斯须，安危竟一线。我生鸷远游，所适骇闻见。清浪暨江门，性命会梦幻。独怜挽船郎，百丈累鱼贯……"这是曾任陕西按察使的清代学者王昶泛舟汉江、巡视陕南时写下的诗句。你看，"长年呼啸""安危一线""独怜挽船郎"，在汉江上做纤夫、水手，是多么艰险和不易啊！

汉江，发端于宁强的嶓冢山后，就在曲莫如汉中，唱着澎湃的歌，一路聚百川、汇急流，迈过悬崖峭壁，带走滚滚沙石，一泻千里，汹涌向前。因而，造就出中、上游的多处险滩、急水。平时，清流急湍；枯水期，是水下沙底可见的"晒滩水"。

据《陕西航运史》载，民国年间汉中至安康就有七十二道滩、八十二道钻子。钻子，就是暗礁。水少时变为明礁。安康至白河段又有险滩56处，平均近3千米就有一处，且地质类型各自不同、各具险情。襄阳以下的中游，也是滩礁密布，枯水期为船只大患。

各类险滩，使船只的命运也不尽相同。如沙多碎石多的滩，枯水季节行船容易搁浅、触碰倾覆，需要在船上滩时卸下货物，过滩后再装上船；常年水流湍急的滩，水手拉纤容易打转倒退，稍不留神下滩就会触礁或被大浪卷翻。因而，汉江上常有翻船事故发生，不但东家血本无归，船工也命丧黄泉。因而，背着灵魂上路成为纤夫们的行话。

汉江上游的众多险滩，数黄金峡最险。汉水在这里绕了个大弯，流经洋县、西乡、石泉三县，切开秦岭余脉，从上游入口环珠庙到下游出口渭门村，水路弯曲六十里，如同弓背，而陆路取捷径只有十八里，如同弓弦，老街就处在弓弦的中段。清代学者、汉中知府严如熤认为，黄金峡乃"汉江第一险"。其险，据康熙

《洋县志》载：黄金峡自环珠台入峡，"凡九十四里，经二十四险滩出峡，口曰渭门峡。内乱石巉崖，涌流澎湃。荆襄之舟大者，不能上峡，俱抵渭门停泊，陆路仅三十里即至环珠，谓之'盘峡'。从兹抵汉郡二百一十里；小舟盘载，水势略平，可以无虞"。渭门镇"为黄金峡锁口，风帆所至，逆流而上者，于兹卸载；顺流而下者，于兹装载。水陆码头，为邑中要津"。

"逆流而上者，于兹卸载；顺流而下者，于兹装载。水陆码头，为邑中要津"，这段记载，道出黄金峡的险峻——黄金峡滩多浪急，大船到了峡谷下游入口，因为货物过重无法上滩，只有提取一半值钱又经不起水泡的细软卸船上岸，换上人力走捷径运到上游，到环珠庙再下水；下水船只到了环珠庙码头，因担心过滩翻船，也须将细软货物卸下，换人力走捷径运到渭门村再下水。巨大的社会需求和商业利益，使环珠庙与渭门镇，成为汉江上著名的货物与商客集聚、转运与换乘、交换的枢纽。因而，这里既是水运的"咽喉"，也是纤夫们的"关口"，更是纤夫们的噩梦。尤其上行船行此，必须要换上本地拉纤的纤头，才知道滩中哪里有大石头，如何引导、规避。

据载，黄金峡有一处叫沈滩子的险滩，岸边有一处冲水石，正对着拐弯的急流，枯水期露出江面，涨水时潜于水下。每逢过船，拦头（看守船头的人）要使劲一篙扎在这块石头上，借助后舱太公（船上掌舵人）的转舵，才能使船转过弯。长年累月，这块石头已被竹篙扎出一个眼。这个眼，永远镌刻在了纤夫们的心海里，铭刻在了黄金峡的船运史上。漫步中上游，你会不经意发现两岸的一些峭壁的岩石上，有被纤绳摩擦留下的槽痕，那是纤夫们成千上万次心血留下的、被当地人称为"纤夫石"的岁月之痕！

纤夫是那段科技尚不发达时代的产物，也是近于原始的苦力劳作者。在气温适宜情况下，他们都裸露全身，没日没夜地卖命挣钱。因为他们的工作，一会在岸上，一会在水中，特别是在急流险滩行船时，随时会遇到突发情况，来不及宽衣解带就要跳入水中施救。因而，纤夫们的这份糊口钱，不但要常年经受暴晒、雨淋、水泡、绳勒，而且不论春夏秋冬、寒来暑往，都在汗水里浸泡着！就是冰天雪地的冬天，也拉得热气蒸腾、汗流浃背！因而，每个人的背上、肩上、手上都留下了纤绳的淤青，而且要抛弃做人的尊严，尤其上了年纪，几乎人人都患上了风湿病、关节炎等不治之症。最后，都在病痛折磨中度过残生。可以说，纤夫的每分钱，都是拿尊严、生命和血汗换来的！非常不易！

纤夫是"铁打"的汉子，不但要经受风风雨雨的磨炼，更要经受"铁面无私"的精神锤炼。因为纤夫不是一个个体，而是一个团队。只有三五成群，才能完成既定的任务。因而只有精诚团结，抛弃私心杂念，把数个人变成一个人，拧成一股绳，才能战胜困难，完成拉纤的工作。若遇急流险滩，数名纤夫要把数十吨甚而更重的木船的纤绳拴在肩头，寸步难行地移动。而且，要齐心协力地喊出"嘿哟""嘿哟"的号子，步伐整齐、小心翼翼地移动。其间，只要有一人思想抛锚或自私，抑或是一点点胆怯，就会酿成大祸——让溃滩的船瞬间把所有纤夫从悬崖上拽下去，被摔死或坠入水中而命丧黄泉！据说，有一条不成文的规矩，如果有纤夫不慎坠落，丧命前也应砍断自己身上的纤绳，以免连带危及其他纤夫的生命！

纤绳，行话纤担，又叫"纤缆"，竹篾编制而成，水杯般粗。一根纤绳要取山间最好的竹子，由篾匠划出竹青，用四五根柔软如丝线的竹青编织成粗细不一的纤绳。然后，将纤绳放在沸腾的硫黄水中煮，使纤绳不仅坚韧，而且不易被虫蛀，入水也不会沾水。一艘船有两根纤绳，长度大约500米，用一条小船专门装载。竹篾硌人，肩膀无法承受，纤夫们都会用长布把两头缠在纤绳上，再层层缠裹，制作成一个搭包子，搭在肩背上。这个搭包子还有一个功能，就是防止偷懒。因而有类似抖空竹的设计，每个人只有用力绷紧，搭包子的挽扣才能扣紧纤绳，稍有偷懒挽扣就松了，大家一目了然。

拉纤是沿河岸走。江中险滩，往往都伴随着两岸的陡坡峭壁。因而，纤夫需要找准落脚点。曲折的江流会把纤绳拖得很长。这样，在拐弯处就会使纤绳挂在石棱上，需要后边的人抬起纤绳，以免被石头勒断。还会遇到纤绳被树枝绊住，也需要后边的人冒着危险爬树帮助把纤绳移开。

资料显示，拉纤也叫"扑滩"，拉纤人要身子往前扑下去，使狠劲。因此，要有人喊号子。号子还分上水和下水。上水号子是高亢急骤的"哟—嗬—呀"，下水号子是舒缓的"摇——吆——喝——咘——喝——嗨"。与此同时，号子还分倒挡、上挡、跑挽、扬帆、扯锚等不同场合。

号子，是中国民歌的一种，是劳动人民在劳动中创造演唱的民歌。目的在于统一劳动节奏，协调劳动动作，调动劳动情绪。数千年来，号子伴随着劳动人民在与大自然搏斗中产生了无穷的力量，创造了人类战胜自然的一个个奇迹。

"洪水滩上号子喊，船怕号子马怕鞭……"这首民谣，生动地描绘出汉江号子在劳动时的重要作用。历史悠久的汉江号子，记录着汉江船工的血泪和辛酸，是陕西、湖北乃至世界宝贵的非物质文化遗产。

汉江，经陕西汉中、安康，湖北襄樊、丹江到汉口，入长江。湖北老河口以上的上游，多险滩，有名的就达360个，无名的不计其数；中下游，水肥鱼美，九省通衢，捕捞繁忙，货运如梭。这些劳作，都需要号子的凝聚和鼓劲、提气、冲刺！因而，在山峦重叠的上游，艄翁成了一船之主，船行船停，闯滩斗水，该快该慢，或逆水拉纤，或扬帆跑风，或起锚开船，或停泊靠岸……都在艄翁的号子声中搞定；中下游的张网捕捞、码头装卸，也在节奏感强、韵律铿锵、悠扬的号子声中，尽把劳动的歌声传唱。

因而，具有强烈的生活气息和鲜明地方风格的汉江号子，就这样，在上水时，有了高亢急骤的"哟—嗬—呀"的《幺二三》《抓抓号》《大斑鸠号》等；闯滩时，有了雄壮激烈的《鸡啄米》《起复桡》等；下水时，有了舒缓、悠扬的"摇——吆——喝——吔——喝——嗨"的《莫约号》《龙船号》等号子！

一盏好茶

"茶，香叶，嫩芽。慕诗客，爱僧家。碾雕白玉，罗织红纱。铫煎黄蕊色，碗转麹尘花。夜后邀陪明月，晨前命对朝霞。洗尽古今人不倦，将知醉后岂堪夸。"这首唐代诗人元稹（779—831）的《一七言茶诗》，以茶为题，尽把茶的本质之美流于笔端！

是呀，一盏好茶，令人沉醉、让人痴迷、催人忘我！其香、嫩之美，深受"诗人"和"僧人"的喜爱！煮至"黄蕊色"，倒杯里，化为尘花！可邀你伴明月，可命你迎朝霞，洗尽了古今之人……

一盏好茶，洗涤灵魂之美，世所共通！只不过，时间不到，凡夫俗子开不了窍！因而，当岁月走入大唐开元盛世，已在中华大地诞生了几千年的茶，注定要走入史册！在元稹呱呱坠地不久（780），在悠悠汉江滋养、漫山茶树浸润下的茶圣陆羽（733—804），把茶的本质之美写成了七千言绝唱《茶经》。

《新唐书》载："（陆）羽，字鸿渐，不知所生。初，竟陵禅师智积得婴儿于水滨，育为弟子。"唐代的福州，就是今天的湖北。竟陵，就是天门。汉水下游的天门，由此，茶，正式走入了中国悠久灿烂民族文化的史册！陆羽的名字，也彪炳史册，成为茶文化的高峰！

好茶要有好水养。水的品质决定了茶的品质，也是茶的核心精髓。

汉江之水，永续传承。浸润着汉江水成长而写下千古名篇的陆羽走了，喝着汉江水长大，与陆羽出生于一地的皮日休（838—883，今湖北省天门人），又以《茶中杂咏十首》为诗，把对陆羽及其《茶经》的崇拜，在《茶坞》《茶人》《茶笋》《茶籯》《茶舍》《茶灶》《茶焙》《茶鼎》《茶瓯》《煮茶》《题惠山泉》《闲夜酒醒》等十多篇中展露无遗——对茶的史料、茶村的风俗、茶农的艰辛，以及茶具和制茶等进行了描述，成为又一部珍贵的茶文献。

"吾家有娇女，皎皎颇白皙……止为荼荈据，吹嘘对鼎立"，将茶入诗，可追寻到西晋左思的《娇女诗》。因《三都赋》而被时人争相传诵的西晋文学家左思，通过描述家里两位娇女渴望喝茶，就用嘴吹进"鼎"里烧开水而入诗，把女儿的伶俐、调皮、灵动，与茶的清香四溢巧妙相连，写出了茶中三昧。

"芳茶冠六清，溢味播九区。人生苟安乐，兹土卿可娱"，与左思诗大约同时代的西晋文学家张载的《登成都楼》，用"芳茶冠六清"说明西晋时巴蜀（兹土）之茶已享誉九州，连古代宫廷膳夫特制的名贵饮料——六清，也无法与之媲美。还有西晋诗人孙楚的《歌》："茱萸出芳树颠，鲤鱼出洛水泉。白盐出河东，美豉出鲁渊。姜、桂、茶荈出巴蜀，椒、橘、木兰出高山……"，也道出"茶，出自巴蜀"的记载！这些，都道出了茶的由来，以及巴蜀茶之美。

茶，出自巴、蜀，巴蜀茶美，作为茶学的开创性著作《茶经》，同样记载了茶的原产地和产区在汉江流域。

"茶者，南方之嘉木也，一尺二尺，乃至数十尺。其巴山峡川有两人合抱者，伐而掇之，其树如瓜芦……"《茶经》开篇，就道出茶的起源是"南"和"巴山峡"。这里的"南"，泛指唐代的山南、淮南、江南、剑南、岭南道所辖地区，也就是陆羽所说的"南方"，"且只产于秦岭以南地区"。南部特定的这些区域，完全覆盖着汉江流域。

"巴山峡谷"，是指川东与鄂西北交会地区，亦是汉水流域中上游的辐射区。晋人《华阳国志》也说，西周时期，汉水流域川鄂交汇处及其辐射地区就种植茶叶，并作为贡品——"土地从鱼凫一直延伸到东临博岛，北接汉中，南极黔涪，土产五谷……茶，无一不致敬"。

故而，《茶经》记述的汉江流域及其辐射地区，就是中国茶叶的原产地。

就这样，一片小小的叶子，走进了历史年轮，走出了岁月繁华，走向了民族悠久灿烂的"云华"之美。

这"云华"，正如皮日休有诗云："深夜数瓯唯柏叶，清晨一器是云华。"尽把生于秦巴山巅云雾处的茶之美展现。

就这样，汉江与茶的故事，又把我们引向了历史深处。

"茶之为饮，发乎神农氏"。那是5000年前，出生在汉江上游洋县华阳的神农氏炎帝尝百草，在草木丰茂的汉水边吃到了一片树叶。当这片叶子进入肠胃，便在肚中走来走去，用绿色的汁浆把五脏六腑里的杂物融化得干干净净，令神农神清气爽、腹内舒畅。为此，神农记住了这种叶子，并起了个名字，叫"茶"。

就这样，茶诞生了。

随之，茶树这个植物物种，不断从中国腹地的汉水，从周到秦到汉，伴随着周天子的国土、大秦帝国的版图、两汉的疆域，走向了炎黄子孙、华夏民族，走进了福建、安徽、云南、浙江，甚而西域……尤以老子出关而"茶道为一"和张骞的"茶马互换"为盛。

当年，老子出函谷关，关令尹喜献茶以示敬仰，老子接过曰："食是茶者，皆汝之道徒也。"由此，茶作为道家待客之礼，成为入道的规范。茶与道相连，成为一种文化而源远流长。万物皆空，迷失的灵魂为美而泣。抿一口茶，闭目静思，光阴便会在心海里升华——佛教传入中国后，又有了"禅茶一味"的茶修。出自汉江，源远流长。儒、释、道，把茶推向了身心双修的高妙境界。

汉江边城固县长大的张骞，带着这份茶的深情和妙境，开启了丝绸之路的"凿空之旅"。一路上，既把大汉的丝绸、金银、瓷器等推向西域，还用汉江边的茶，点燃了西域人的味蕾，传播出汉民族灿烂的茶之光。

到了唐代，茶遇到了陆羽，有了《茶经》。陆羽也成为世界最早的茶学专家。而后，成为国饮，有了官茶、商茶、贡茶三种流通形态，并纳入了国家征税体系。有了"以茶易马"，故唐、宋行以茶易马法。《明史》载："陕西汉中、金州、石泉、汉阴、平利、西乡诸县……宜定每十株官取其一。无主茶园，令军士薅采，十取其八，以易番马。"并在各产茶地设茶课司，定税额。以茶易马之茶，就是今天紫阳县的茶区（大巴山区、汉水谷地）之茶。

到了宋代，边境动荡需要以茶换战马，汉江边产的茶，被列为官茶而以茶易马。"秦晋有茶贾，楚蜀多茶旗。金城洮河间，行引正参差。绣衣来汉中，烘作相追随……羌马与黄茶，胡马求金珠"，这是明代文学家汤显祖描写"茶马互市"的诗。在明代，经营茶叶的多是秦地和晋地的商人，用于茶马交易的茶叶除陕西汉中茶外，大多都是湖南的"黑茶"和四川的"蜀茶"。就这样，从唐宋到明清，朝代更迭、跨越千年，"茶马互市"的规模在不断扩大，而这条流通通道则被后人赋予了一个浪漫的名字——茶马古道。

据载，陕甘茶马古道是经紫阳、汉阴、石泉到西乡，再过洋县、城固、汉中、略阳而进入甘肃徽县，然后从古河州（临夏）出境，源源不断将汉江之茶运往大江南北。时过境迁，今天仍可在汉江边见到茶马古道的遗迹。

再后，汉江边的茶，鼎盛于明、清。到如今，已成为我们生活的日常。

身为汉江之子，饮着汉江茶长大的我，这些年来，不管身在何地，一年四季、每天早上，起床后的第一件事就是用滚烫的开水，冲一杯汉江上游汉中的茶，揭开唇齿留香、身心同妙的序章。

春、夏，望着雀舌般的嫩芽在清清的沸水中跳动，随后满屋清香四溢，入口甘冽而带着一点点泥土青涩的芳香，沁人心脾，犹如荡漾在清晨洒满阳光的碧绿碧绿的汉江上；秋、冬，壶中如琥珀般的水色将叶子一片片展开，盏中弥漫出的丝丝甜意馥郁而浓烈，入口的甘醇让人沉醉，仿佛置身于秋天汉江边飘荡着麦香的麦浪中！

朋友，就让我们步入汉江的茶世界吧！在上游汉中市西乡县、宁强县、勉县、镇巴等地，我们见到了有"茶中皇后"美誉的绿茶——汉中仙毫。汉中仙毫是一个统称，因为采摘的海拔不同，味道也不尽相同。其名下有午子仙毫、秦巴雾毫、定军茗眉、汉水银梭、宁强雀舌等品种。

"午子云雾茶，龙泉洞中水。仙境凤栖亭，品茗清明人"，这就是人们盛赞的午子仙毫，是汉中仙毫系列的代表。始于秦汉，兴于盛唐的午子仙毫，产于西乡县高中山区，明初这里是"以茶易马"的主要集散地。产区在海拔600—1000米处，冬无严寒，夏无酷暑，雨量充沛，富含锌硒，无污染，叶底芽匀嫩成朵，十分美观。冲泡时，下沉者如初春嫩芽，上浮者若初绽兰花，香气持久，爽口回甘。

秦巴雾毫，原称"口含茶"。因采茶姑娘每采下一片嫩茶尖，都要含在口内十余分钟后才取出晾晒，又因产于镇巴县而得名。产区气候温和，雨量充沛，云雾多，日照少，含有丰富的硒元素，是富硒名茶。叶片条扁壮实，具有熟板栗香，浓郁持久，汤色清澈明亮，滋味醇和回甘。冲泡时，茶叶借着水势翻滚如天女散花，令人赏心悦目。

定军茗眉，因产地分布在久负盛名的三国古战场定军山，叶片形似少女纤细的眉毛而得名。其叶单芽头，一芽一制成。外形匀齐显毫，细秀如眉，色泽嫩绿，嫩香持久。尤其生长在海拔1300多米漆树坝的梅岭茶业的茶，因海拔高，云雾丰富，早晚温差大，生长周期长，更是"雾涤青山"，堪称"定军茗眉"中的极品。

汉水银梭，产于南郑区。外形扁平似梭，翠绿披毫，内质香气嫩香持久并带浓香。冲泡后，叶片亭亭玉立于杯底，汤色澄碧而清洌。宁强雀舌，因产于宁强县、外形微扁挺秀而得名。叶片色泽翠绿，银毫披露，形似雀舌，汤色绿亮，香气高长馥郁，滋味醇爽甘甜。

顺流而下，是久负盛名的安康富硒茶系。其"紫阳毛尖"和"平利女娲茶"是代表。产于紫阳县近山峡谷地区的紫阳毛尖，产区土壤多为花岗岩和片麻岩发育而成的黄沙土，矿物质丰富，土质疏松，多云雾，冬暖夏凉，适宜茶树生长。所产之茶因富含丰富的硒，有了"骊龙之珠"的美称，清代已位列名茶。其外形碧绿油润，白毫清晰可见，冲泡后清香的气味沁人肺腑，小口啜饮，则有清淡之中的甘美。

早在唐代，平利就开始种茶。因主产区在云雾缭绕的女娲山，内含丰富的硒元素，明、清时已是闻名遐迩的茶叶产区。据载，当年清乾隆皇帝品尝后赞不绝口，便被列为贡茶。由此，女娲茶声名鹊起。其叶外形匀齐，色泽翠绿，汤色清亮，香气高长，滋味醇厚，耐冲泡，叶底匀整，嫩绿明亮。

来到中下游的湖北两岸，其茶亦是"荆楚茶山图"中的翘楚。如，享誉千年的宗教名茶之一的武当道茶，亦谓"太和茶"，以其独特的品质功效和浓厚的道教色彩，与西湖龙井、武夷岩茶、寺院禅茶并列为中国四大特色名茶。据载，中国古时植茶、制茶、饮茶，多在道观寺庙，武当道茶就这样诞生了。初始是道人们含嚼茶树鲜叶汲取茶汁，久而久之，将生嚼茶叶转变为煮服，渐进成为沸水沏茶品茶的习惯。武当道茶产区在竹溪县、竹山县、房县、郧县、郧西县等地，其绿茶，色泽翠绿，汤色明亮，香高持久，滋味鲜醇爽口；功夫茶，色泽沙绿，汤色黄绿尚亮，叶底黄色浅绿，镶有红边，香气馥郁持久。

还有产于春秋末期，被唐代武则天钦定为御用贡品的竹溪"梅子贡"茶；"高栗香、滋味醇、汤色亮、耐冲泡"特点的高香型历史名茶，"襄阳高香茶"；绞股蓝茶、杜仲茶、金银花茶……

一条汉江，尽把源远流长的茶、茶文化发掘、哺育，使其枝繁叶茂、开花结果，成为"柴米油盐酱醋茶"的生活日常，成为"琴棋书画诗酒花茶"的人生雅事，成为士子文人的诗文情怀，成为礼仪中国的文化品格，成为中国乃至世界的一朵奇葩，成为不同人群、族群、国家之间得以充分互动的桥梁和纽带。

黄酒更甜

"一盏中黄酒更甜，千篇内景诗尤好。没弦琴儿不用弹，无腔曲子无人和"，"闲倾一盏中黄酒，闷扫千章内景篇。昨夜钟离传好语，教吾且作地行仙"，南宋诗人白玉蟾饮下黄酒后的"诗尤好""无人和"和"扫千章""地行仙"，把黄酒的"更甜"而"传好语"的飘飘欲仙之妙，写得出神入化。

黄酒，是世界三大古酒（黄酒、葡萄酒、啤酒）之一，也是中华民族千百年来文化沉积的国粹——有"行药势，杀邪毒，通血脉"等百药之长的美称！

借问黄酒何处有？南有绍兴加饭，北有谢村黄酒！这是上世纪八十年代，中国首届黄酒节评比会上谢村黄酒与绍兴酒双双登上金榜获得的美誉。

"北有"的谢村黄酒，早在一千多年前的北宋大文豪苏东坡笔下，就已扬名了。

据传，善画山水，尤善画竹，有"湖州竹派"之称的文同，调任洋州（今洋县）知府后，被汉江上游的茂林修竹、鸟语花香所吸引，常常在微服私访中畅游山水。这天，文同带着书童外出造访，不一会就来到了汉江北岸村人多为谢姓的谢村。行至村中，被一家香气扑鼻的黄酒作坊所吸引。见有客人来，门前一位白发苍苍、声音嘶哑的老者便吆喝不停。交谈而知，因谢村地处洋州西南部的丘陵区，酒坊又远在村内的偏街小巷，生意清淡，生活拮据。

见状，文同便购来一饮。但见色如琥珀，入口醇厚而回味悠长。不觉间，丝丝的甜蜜令人沉醉，让文同忘却了身在异乡漂泊的孤独，有了冬日暖阳和回家的温馨，便命书童拿出文房四宝，展开宣纸，绘就一幅《墨竹图》。正要落款，恰巧，客宿洋州的表哥苏东坡也闻黄酒之香而到。几杯下肚，便如醉如痴，在文同墨竹旁画下一头黄牛，并吟出"汉川修竹贱如蓬，斤斧何曾赦箨龙？料得清贫馋太守，渭滨千亩在胸中"的七绝。

是呀，洋州那么多高高的竹子，像蓬草一样遍地都是，斧头逮着竹笋就砍，想来是太守清贫贪馋，把渭水边上千亩竹子都吃进肚子里了！……谢村黄酒催人醉，两位文坛巨匠合璧的佳作就此诞生了！而后，这幅《墨竹黄牛图》便悬挂于老伯的酒馆，并成为镇馆之宝而被疯传。很快，就让"酒香也怕巷子深"的谢村黄酒，门庭若市，行销四海。

据说，这幅《墨竹黄牛图》不知什么时候就不翼而飞了！直到上世纪六十年代，文物普查中在谢村北的大爷山庙宇墙壁上重见天日……

"不喝谢村酒，空往洋州走"。谢村黄酒的故事，远在公元前十四世纪的商王朝，就开始酿造、传播了。唐时，驰名于京都长安并列为"贡酒"。

"水为酒之神"——酿制谢村黄酒的水为"谢村井"中的百年

泉水，"粮为酒之肉"——酿制谢村黄酒的"米中三珍"（香米、糯米、黑米），不加糖自甜，不加香自香，不加黄自黄，再加之有"天然温室"之称的洋县神奇土地，都为"此酒只应洋州有"奠定了先天条件！

而今，绝世奇方的谢村黄酒，已列入《国家级非物质文化遗产保护项目》而永续传承。

"此酒只应天上有，瑶池天宫谅也无，他日龙驾回长安，每年送朕三万斛"，神奇的汉江之水，在上游酿造出了谢村黄酒，中游也有了遥相呼应而并蒂的房县黄酒。这首诗，就是唐高宗之子李显，被母亲武则天贬到房县为庐陵王时，饮用房县黄酒后写下的诗句。

房县古称"房陵"，因"纵横千里，山林四塞，其固高陵，有如房室"而得名。南接神农架林区，北与丹江口市、武当山接壤，独特的土壤和自然气候，为酿造房县黄酒提供了得天独厚的自然条件。早在西周，房县民间就开始酿制黄酒。采用房县野生蓼子，以及高山糯米、溪水和特殊的工艺酿造而成，是湖北省级非物质文化遗产。

房县黄酒，诞生不久就与皇家结下了不解之缘。史载，当年楚国国君向周宣王进献了一坛房陵黄酒，开坛后满殿飘香，周宣王尝后大赞其美，遂封其为封疆御酒而封疆土、奖诸侯。由此，开启了房县黄酒为皇家御酒的先河。尤其是唐庐陵王李显复皇位后，便将其定为贡酒，年年进贡，岁岁来朝。而后，唐中宗又正式命名为庐陵王黄酒，使房县黄酒成为名副其实的"皇酒"，遂名扬天下。

"襄阳好风日，留醉与山翁"，这是唐朝诗人王维《汉江临眺》里的襄阳黄酒；"醉后不知天在水，满船清梦压星河"，这是南郑区黄官黄酒释放的魅力；开坛满房生香，色泽黄亮，醇香可口，这是郧县老黄酒的清香……沉淀在岁月中的汉江，就这样把绝世的香甜给了人间，让满江飘香的醇鲜老黄酒在山河岁月里长流不息！

汉水佳肴

"才饮长沙水，又食武昌鱼。万里长江横渡，极目楚天舒"，一阕毛泽东的《水调歌头·游泳》，瞬间把汉江上的美食"武昌鱼"推向了世界，也让鱼米之乡的汉江大放异彩。

一方水土，养一方人。起源于5000年前的中国饮食文化，因其南北不同、地域风貌不同、食材不同，遂有了川、鲁、粤、闽、淮等菜系之别。沟通南北，横贯东西，处于东西南北融合地带的汉江流域，在五方杂处，兼有南北东西中，清凌凌的江水把陕西菜系的无华、湖北菜的鲜香、四川菜的泼辣、鲁菜的咸鲜、徽菜的酥嫩，汇于一锅；在煎炒烹炸煮中，弥漫出让人唇齿留香，一食而终生难忘的美味佳肴。

巧妇难为无米之炊。《黄帝内经》云："饮食为生人之本"，以"五谷为养，五果为助，五畜为益，五菜为充"。从刀耕火种到驯化动物，食源是美味佳肴之根本。品种繁杂、姿态多样的汉江食源，构成了汉江饮食的基本底色。

多彩五谷，是汉江流域亮丽的风景。作为我国水稻主产区的汉中盆地、南阳盆地、江汉平原，不仅是单双水稻的主要产区，而且其中的江汉平原还是我国著名的小麦产区之一。"关羽大意失荆州，败走麦城"，表达出冬小麦是汉江流域的重要草本植物。据载，建安二十四年（219），曹操和孙权南北夹击，蜀将关羽腹背受敌，进无可进，退无可退，终于败走于麦城并以身殉职。麦城，就在今湖北当阳市境内，是东周时期楚国的重要城邑。史料说明，种植小麦很早在汉水流域的干旱岗陵地区就开始了。汉中盆地，又"以麦为正庄稼"。古人用野草驯化而成的粟，亦即谷子，也是汉江流域干旱贫瘠岗陵的农作物。"硕鼠硕鼠，无食我黍"，《诗经》中记载的"黄米"，亦即黍，在汉水丘陵地带即有种植，还有玉米、红薯、大豆、荞麦、土豆等，都是如今汉水流域的日常农作物。

"辅助粮食，以养民生"，《黄帝内经》记载的杏、李、桃、栗、枣五果为助，在汉江流域随处可见。与此同时，独特的地形和气候条件，中上游的丘陵地带种植的石榴、桃类、樱桃、柿子等，盆地种植的柑橘、葡萄等，中下游平原种植的西瓜、甘蔗、藕等，呈现出汉江流域独特的魅力。

"橘生淮南则为橘，生于淮北则为枳"。4000多年前，中国就是世界上最早种植橘子的国家。汉江不是江南，但纬度处在北纬30—35度之间，与淮河相当，甚至局部高于淮河自然分界线，正是橘类芸香科植物生长的地带。《史记·货殖列传》载："安邑千树枣……蜀汉、江陵千树橘；此其人皆与千户侯等。"就是说公元几百年前，汉江上游的汉中、城固、洋县等地，已开始大面积栽培柑橘了。"青黄杂糅，文章烂兮。精色内白，类任道兮"，这是楚国诗人屈原《橘颂》中的诗句。春秋，正是汉江流域出产橘子的黄金时期，也是楚国经济命脉之一。因而苏秦在推广其合纵术时，就以楚国的柑橘为诱惑。

金秋时节，来到汉江上游，清凌凌的江水把漫山遍野的城固万亩橘园映衬得格外金光灿灿。2000多年的历史传承，让这里的"贡橘"早已飞入寻常百姓家，成为"中国柑橘之乡"，国家农产品地理标志产品，世界唯一的"酸甜型"柑橘优生地。步入园内，一棵棵翠绿枝丫上悬挂的金色果子，在阵阵微风吹拂下，尽把城固蜜橘的酸甜适中，肉质脆嫩，化渣性好的清香送入心脾，令人心驰神往……

炊烟袅袅，渔歌唱晚。生命从海洋走来，幻化成鱼，而后，鳍鱼演变为两栖类……再而后，进化为人类。这样，宇宙让鱼、人类、水总是形影不离。因而，江河、湖泊、海洋，总是伴随着人类生生不息。从远古狩猎、采集时代起，鱼也就成为人类赖以生存的食物之一。殷商末年，已有池塘养鱼的说法。早在上古时代，鱼成了瑞应之物——周王朝的鸟、鱼之瑞。孔子还给儿子取名孔鲤，字伯鱼。博大浑厚的汉江，就这样把满江的鱼儿奉献给了两岸儿女。据本世纪初统计，汉江有78种鱼类，属18科58属，青、草、鲢、鳙为"四大家鱼"。在人识鱼、人育鱼、人惜鱼、人爱鱼中，享受着"五畜为益"。与此同时，以"江汉鸡""郧阳大鸡""沔阳麻鸭""兴国灰鹅"为代表的家禽；以"鄂西黑猪""江汉水牛""郧西黄牛""郧西马牛羊"为代表的家畜等，也让两岸儿女把蛋白"益"进。

平原广阔，湖泊密布，堤坝交错，四季分明，气候温润，让汉江流域"天然、绿色"的"五菜"品种繁多，种植与野生并重。如，根类的萝卜、胡萝卜、竹笋，甘蓝类的花椰菜，茄果类的番茄、茄子，瓜菜类的黄瓜、冬瓜，葱蒜类的分葱、韭菜，绿叶类的菠菜、莴笋、黄花菜、木槿花，薯芋类的山药、芋头、魔芋，水生类的水芹、莲藕，野生类的蕨菜、紫萁、菊苣、鱼腥草、何首乌，食用菌类的香菇、木耳、猴头菇、银耳、竹荪、松茸、红菇、口蘑、虫草、灵芝、牛肝菌……

两岸大自然的丰盈馈赠，舌尖上的美味佳肴瞬间把你的味蕾带进多彩的美食世界，犹如一幅幅色彩斑斓的画卷，让你陶醉其间而无法自拔。

居于上游的汉中、安康，是陕南风味的代表。陕菜长于炒、爆、炖、煎、炸、蒸、烩、煮、煨、汆等，汉中毗邻四川，又融川菜之长而有了以烹制禽、畜、鱼见长的鲜香、清淡、脆嫩。中上游的鄂西北，把川菜的炒、煎、干煸、冒汤等制作技艺融入其中，中下游以鄂菜为主，又受四川、河南、安徽、江西等的影响，兼及南北、融会中西。支流唐白河把河南的炝、炸、爆、炒、熘等汇集。下游的江汉平原，以"蒸"法制作的千年传承，从蒸米、蒸肉到蒸鱼、蒸菜，展示出一蒸而质地细嫩、味道鲜美的无限诱惑。

走进陕南秦巴四珍鸡、酥竹鼬、泥鳅钻豆腐、酸辣月河桃花鱼、白血海参、汉江八宝鳖、褒河栈道鱼、苜蓿肉锅贴、陕南农家三炒等，主味突出，色形兼备，香气扑鼻而来，让人忍不住一口接一口品尝其中的美妙。酥竹鼬，是汉中名菜，以"天上的斑鸠，地上的竹鼬"为主食材。竹鼬，即竹鼠，穴居于竹林地下，以竹笋和竹的根茎为食。其肉异常鲜香肥嫩，再配以各种调料蒸、炸而成。现在的竹鼬多为养殖。汉阴县盛产泥鳅，其体态丰满，肉质醇厚，制作前先将泥鳅静养几天后洗净，置于冷水锅中，而后将豆腐放在锅的中间，将鲜活的泥鳅放在周围，小火慢炖，随着锅中水温慢慢升高，泥鳅就会钻入豆腐，待至熟后将豆腐捞出，再行烹制，便是一道美味佳肴。汉台区褒河里的草鱼、鲢鱼、黄辣丁、江团等，加上农家传统烹鱼之法和"秘制"酱料，融入土豆、粉带、豆腐、魔芋配料，一锅香喷喷的襄河栈道炖鱼与清冽的襄河水，令人垂涎欲滴……

来到以汉沔、郧襄两大特色为主，水产为本、鱼馔为特色的郧阳大鸡、郧阳三和汤、清蒸武昌鱼、排骨藕汤、蟠龙菜、沔阳三蒸、腊肉炒菜薹、竹溪蒸盆等，呈现的是鄂菜本色的色香味俱全盛宴，每一口都在唇齿间融化，回味无穷。郧阳大鸡，当地人又称脸黑、脚黑、皮黑的"三黑鸡"，体质强健、肉质筋道，为禽类上品，配以野生天麻炖成"天麻大鸡汤"，鲜美无比。蟠龙菜，又称盘龙菜、卷切，俗名剁菜，是"钟祥三绝"之一、湖北省非物质文化遗产、中国名菜，已有约500年的历史，以鸡蛋、猪肉、鱼肉、葱、姜等为原料，色泽鲜艳，肥而不腻，肉滑油润，香味绵长。竹溪蒸盆，以独特的烹调方式，汇合了土鸡肉、猪蹄、香菇、蛋饺、土豆等食材，将各种原料集于一盆，色香味高度融合，可满足不同口味需求，老少皆宜，数百年来经久不衰……

步入南阳盆地，被誉为"中州美食之花"的南阳蒸菜，选取豆腐、猪肉、鸡肉、鸭肉、海鲜等，蒸制而成，色香味俱佳；选用当地土鸡，经过秘制酱汁腌制和木炭火慢炖而成的镇平烧鸡，肉质鲜嫩、香气扑鼻，回味无穷；始于明朝洪武四年的玄妙观斋菜，经过扒、熘、炒、炸、烩、蒸等精心制作，质素形荤，悦目香口；邓州市的特色佳肴胡辣汤等，展现出人世间唯有爱与美食不可辜负的独特的魅力。

……

一道道各具特色的美味佳肴，把食材与厨艺无与伦比地幻化成天作之合的珍馐美馔、人间绝味，呈现出一江清水的天然馈赠和两岸儿女的高超技艺，打造出舌尖上的舞蹈、味蕾间的狂欢！

美食如诗，生活如画。走出高朋满座的宴会，来到喧嚣的市井街巷，特色小吃构成了汉江流域佳肴的另类风景，又把那份源于生活的本真和烟火气息，以及一方水土一方习俗的独特地理、风情，演绎得别样生动。

"一天不吃酸，走路打蹿蹿"。酸爽的浆水，是汉中人的最爱。"么儿拐的浆水面，连吃带续"，是当年汉中刘邦微服私访时，吃了一碗又一碗而手不"释碗"的典故。这碗面条细而爽滑，浆水酸香可口，清淡醇厚，随着古韵汉江融入了盆地人的血脉。酸爽的味道，幻化成可口的菜豆腐，成为汉中人的最爱——一口豆腐，一口清汤，配上豆瓣酱、姜蒜青椒末等小菜，不油不腻，清幽淡远，永远在盆地人的舌尖跳荡。随之，又酸又香又辣又爽滑又筋道的汉中面皮，是汉中人永远割舍不掉的情怀——由大米浸泡后磨成米浆，蒸制成薄皮，涂上菜籽油，切成条状，加入浆水和少许醋炒制的佐料，再加以油泼辣子、蒜泥水等拌匀，鲜亮的色泽、独特的酸香味，把汉中的风味小吃照亮了数千年。盛产核桃的汉中，还有以面粉、核桃为原料，焙制而成小如巴掌、色泽金黄的核桃馍，历史悠久，香味浓郁，口感酥脆，令人回味，以及牛肉干、粉皮、锅贴、草鞋馍……

来到安康的大街小巷，一年四季，从春到冬，面和饼成了这里的最爱。小巷口、街拐角、小吃街，随处可见蒸面、酸菜面、窝窝面、酸豇豆肉末面鱼儿、恒口凉面和汉阴炕炕馍、石泉鼓气馍、白河豆渣饼、岚皋苦荞饼、紫阳炸油糍、酸菜糍粑、锅边馍、麦粒子馍……

星罗棋布的十堰小吃，美不胜收——竹溪碗糕、郧阳三合汤、郧阳芝麻烤饼、郧西花馍、浆耙儿馍、神仙叶凉粉、官渡五香豆腐干等；人杰地灵，美食如云的荆襄，其牛油面、豆腐面、襄阳缠蹄、三镶盘、油馍筋、襄阳薄刀、金刚酥、大头菜、襄樊叫花鸡、宜城盘鳝、孔明菜、荆门蒸藕、荆门鱼头、泡菜鱼、莲藕炖猪蹄、桂花糕等，随时挑战着你的味蕾；到了美食天堂的武汉，小吃解锁着这座城市的美味秘籍——中国五大名面之一的热干面，在芝麻酱、葱花、小麻油、辣椒油和醋等调料的融合下，散发出回味无穷的独特美；传统的三鲜豆皮，以鲜肉、鲜蛋、鲜虾为馅，制作精细，口感爽滑；经典的武昌鱼，以清蒸为要，口感滑嫩，香清肉美，永远是武汉美食中不可或缺的一部分……游走在武汉的角角落落，每一个街区都散发着独特的美食魅力，每一种小吃都成了武汉美食文化的独特注解。

大美民俗

　　《礼》曰："礼从宜，事从俗。""天子巡守，以观民风俗"。《诗》三百，言风俗最详。百里不同风，千里不同俗。风俗，名义理，正人心。浩荡千里的汉江，就这样把满江清清的江水化为两岸人民的春秋大义，流淌出熠熠生辉的大爱大美。

　　"甘其食，美其服，安其居，乐其俗"，这是《道德经》中老子告诉人们的基本风俗。汉江流域的风俗，体现出人文化成的精神信仰、审美情趣、地域特色。

　　节令节庆，人们会精心筹备，穿新衣品美食，悠然自得地举行不同形式的庆典，构成了汉江美食美服的精神向度。春生，中国有了立春、春节、元宵节、二月二、三月三、寒食节、清明节。汉水流域与全国基本一致，但又有所不同。春节，汉族和大多数少数民族都要从腊八或腊月二十三祭灶开始，一直到正月十五，举行祭奠祖先、除旧迎新、迎喜接福、祈求丰年等隆重的节庆。汉水流域也丰富多彩，韵味深长。上游的陕南，从腊八粥、祭灶神、张灯结彩、除夕夜焚香祭祖、包饺子团圆饭、跻堂庆贺、卑幼各拜尊长、守岁达旦，互请吃节酒，饮"春酒"食白萝卜而

"咬春"，可以说是隆重热烈、朴实而庄重。下游的"亲属贺年，三日内为敬""'元旦'，五更设香烛、果品，于门外拜方毕，入室序拜尊长"，以酒相庆、以酒相祀为普遍习俗。南阳地区的好客之风，更是贺岁时家家各具酒食以相延款的惯例。流域的年夜饭，吃饺子、年糕、馄饨、腊味、春饼、长面、饮茶等，颇有讲究。起源于汉朝的元宵节，在汉水流域别具一格，将食俗文化、灯文化、占卜文化等完美结合。

每逢二月二，"龙抬头升天"日，就是汉江流域的"春祭"。今年是龙年，这个习俗更加浓郁。人们在祭龙、撒灰、击房梁、熏虫、汲水、理发、儿童佩戴小龙尾、儿童开笔取兆、食猪头（龙须面、龙鳞饼）等习俗中，或食"元宵"灯盏，或设酒席相庆，争先恐后地祀神祈年，以求神龙赐福。

"两汉"纳入二十四节气的"'三月'清明节"，在汉水流域颇具特色。据载，有以酒肉为祭祀的，各家具牲醴，备纸钱、炮、烛，诣先人坟茔祭扫；以气象占卜作物长生；以节日而种植谷物；以"寒食"而不火食；采食而野食；"清明"插柳而族人共杀牲行展墓礼等的祭祀风俗。

夏令的端午，因有祭奠屈原的缘由，汉江的端午文化在有了龙舟节、粽子节、诗人节等的同时，还有插艾于户、食粽子、饮雄黄酒、洒酒于屋内驱毒虫、食蒜泥等，显得丰富而厚重。

汉风景点、汉风大戏、汉风美食、汉秀演出，秋令的中秋节，汉水流域"一步一景"。不但"汉味"十足，而且别有风情——画糖画、捏面人、做月饼……这是每逢中秋，汉水上游兴汉胜境景区汉人老家街，用一场场隽永有趣的仪式，把明月、美好、圆满寄予中秋的祭月仪式。

每当中秋，汉江流域的人们纷纷"陈月饼、插桂花、歌管酒宴赏玩，以永兹夕"。据载，中秋佳节，汉水流域还有家家做月饼，互相赠遗，并以月饼、水果来祭祀先人、祭祀月亮，庆丰收、庆团圆等习俗。冬至如大年，汉水流域的节庆气氛也分外浓郁。

人生，生老病死四大关，其习俗在汉水流域展现得淋漓尽致。诞生礼是开端，有妊娠、分馔、"洗三"、报喜、满月、周岁等。分娩的翌日，婴儿的父亲要将备好的十个鸡蛋染成红色，送往岳家"报喜"，并定"洗三"也叫"三朝"的日期。岳父母以鸡、蛋、面粉、红糖及婴儿衣物等回赠。婴儿出生三天后，用槐树枝、艾草等煮水，以行"洗三"礼。之后，产妇、婴儿都要喝点"洗三"水"祛风"。满月前，外婆家以篮子送满月礼。满月后，带婴儿去外婆家，俗称"跑满月"。"满月酒""做周岁"，亲友都要来祝贺。

婚礼，是人生的大登科。汉水流域十分讲究。上游的汉中，就有议婚、合婚、订婚、领证、婚礼等程序，即：男方看中了某个女子，会聘请媒人上门提亲，女方同意，会收下男方的礼物。之后，八字合婚，匹配就可订婚。订婚环节，男方需赠送女方衣物和首饰等，以确定关系，并吃"龙凤面"。而后，男女双方可选良辰吉日，领取法定的结婚证书，并操办婚礼。婚礼，首先是迎亲，也是整个婚礼的高潮。男方以装点一新的"花轿"、鼓乐以及红包等物品，前往女方家中接新娘。抵达女家后，第一关便是"入门"。若要顺利接得美人归，必须经过一连串的智力及体能测试，必要时还要有俏皮话等，以及丰厚的"开门利市"。一直到众姊妹满意后，才开门送亲。迎亲队伍要一路燃放鞭炮表示庆贺。接回后，新郎家要备若干桌"十大碗"酒席款待宾客并举行典礼。

典礼上，新郎新娘要穿上红色婚礼服，并交换礼物，进行找红鞋、敬茶、撑红伞、撒米、绕吉祥路、过门、敬客等环节。再之后，是闹洞房。三天内，亲朋好友要在洞房起哄，营造出热烈的"大登科"氛围。

诞庆习俗，在汉水流域是敬赞生命、祝福康乐，希望人人延年益寿，与天地同辉的重要方式。与此同时，更是孝道的体现。汉水流域的寿庆，即过生日，在人生的几个重要节点，即：出生、一周岁、十二周岁、十八周岁、三十六周岁，以及六十周岁以后等，均可宴请宾朋。通过仪式，表达出对生命的珍重、长辈的尊敬，颂扬其生命大美。

古人云，人有上寿、中寿、下寿之分。一百二十岁称上寿，百岁称中寿，八十岁称下寿。

陕南人很讲孝道，有"生日三不过"的习俗，即：父母在世不过；孝服在身不过；未满花甲不过。所以，年轻人只能庆祝生辰"做生日"，六十岁后，才称为"寿"，才可"做寿"。而且，一个家庭中，只有辈分最高者才能享有"祝寿"的权利。其余人，不管你年龄多大，都不能做寿，儿孙们一定要给你做生日，只能称"办生日"。否则，会被人看作是催着父母早死，以便在家中称"尊"，是一种大逆不道的行为。

诞庆，一般从六十岁或六十六岁开始，不论是六十或六十六都是按虚岁计算，即按实际年龄提前一年。老年人一开始"过生日"，以后就须年年过，不能间断。民间称"十年一大庆，五年一小庆"。逢十如七十、八十、九十等，为大寿，要大庆，不但设宴待客，还要有文娱活动助兴。逢五，小庆一番，

寿辰之日，先把祖宗的神主牌位请于神案之上，点燃香烛，

鸣放鞭炮，寿诞老人穿戴一新，率全家拜祭。之后，老寿星端坐寿堂椅上，晚辈们衣冠整齐，恭恭敬敬依次磕头祝寿，并献上贺寿礼品。祝寿磕头或三鞠躬为"寿头"。贺寿的人有族内子侄辈和儿孙辈、女儿和女婿、侄女儿和女婿、干女儿和女婿、徒弟、学生、亲戚中的晚辈及朋友等，七十岁以上的高寿老人过生日，街坊邻居也常备礼庆贺。也有简单的祝寿礼仪，即在下午开宴前，寿星高坐，亲友中的子侄辈给"寿星"献酒，磕头，主家儿女站立在老人两旁向亲友跪拜，以大礼表示答谢。

祝寿完毕，寿宴开始，众人给寿星敬酒，寿星把寿糕、寿蛋、寿果等吃食分给众人，众人踊跃嚼食，说是替老人"嚼灾"。长寿面是寿宴上必有的食物，吃面时，儿女们要把自己碗中的面条拨向老人碗中一些，谓之给老人"添寿"。寿宴后稍事休息，大家陪老寿星看戏、看电影等。晚上请执事人等吃酒答谢。至此，寿礼圆满落幕。

生前风风光光，死后庄严隆重，这是汉江流域对死者葬礼的习俗。可以说，"葬礼"比"婚礼"还隆重。老人亡故后，儿孙们都要披麻戴孝，敬香烧纸，向户族、邻里、亲友磕头下跪"报丧"。准备棺木、寿衣。年过七旬的老人，早已准备好了"寿木""寿衣"。落气后"净身""穿寿衣""装棺"。将"亡灵"停于堂屋正中，燃香蜡、烧纸、献供品祭奠，祈祷亡者驾鹤西游。

"人死无牵挂，入土最为安"。亡故后三日上山安葬。葬后七天"烧纸、敬香"，每七天一次，经过七次。再逢百日烧"百期"。一周年，上坟、垒土，直至三周年，整个祈祷程序才告结束。而且，还有"哭丧""叙话""唱孝歌"等风俗。

"哭丧"，是老人刚去世后，儿女们十分悲痛，以哭表达哀思。

一般男孝子有泪无声，女孝子从"入棺""守灵""发丧""入土"都要围着"灵棺"哭，并讲述老人经过的苦难以及留给子孙们的恩德和养育之情。不会哭者，会被人耻笑。"叙话"，也叫"说话"。"男有族家，女有娘家"。男性去世多请本姓族家长者，女性去世多请娘家智者出面，询问孝子：老人在世，有病看了没有？照顾如何？尽孝没有？死后棺木、寿衣、夜场准备得如何？墓地选在何处等？孝子均要跪在地上，一一回答。

"汉中人，好快活，爹妈死了还唱歌"。唱孝歌，是汉中人缅怀亡者的一种形式——不做"道场"不念经，专请有才华，出口成章的"歌先生"，既唱传统的"孝歌"，也触景生情唱斥责孝子过错的歌等。唱孝歌时，要配上锣鼓、唢呐，其歌声悲怆凄凉，催人泪下，引发孝子和亲友的哀思。其间，孝子持香转"灵"，女孝子"哭丧"相伴，整夜灯火不熄，歌声不断，哭声凄凉……一直持续到第二天发"丧"，送灵上墓地安葬才结束。

"昔先王未有宫室，冬则居营窟，夏则居橧巢"，这是远古时期先民们的居住环境。作为人类先祖起源地之一、中华民族发祥地之一、汉民族汉文化发源地的汉水流域，世世代代居住在一江两岸的居民们，在与大自然的斗争中，因地制宜，创造和形成了既有北方三合院、四合院，也有南方竹木房、吊脚楼等风格独特、具有典型意义的民居和民居文化。

而今，漫步在日新月异、巧夺天工的玉宇琼楼间，水天一色、蔚为壮观的汉江两岸，过往的民居早已成为风景，但是，也在一定程度上折射出汉江流域的历史变迁。

千古经典，上有"古汉台"，下有"黄鹤楼"。

屹立于上游，建于楚汉相争时期（前206）的汉王刘邦行宫遗址古汉台，占地二百余亩，坐北朝南，由三个不同高度的平台组成，最高点约七米，依次形成三处院落，有东西华亭、古建筑群、望江楼、桂荫堂、石门十三品陈列室、褒斜古栈道陈列室等，园内树木葱郁，亭台楼阁，一派江南园林景色。望江楼位于古汉台的最高点。桂荫堂因为其周围种植的古汉桂而得名。这里曾是汉中最高建筑，登临可以感受一江汉水向东流的汹涌澎湃。如今，刘项争霸的历史记忆，都凝固在了望江楼阁的飞檐翘角上。

下游之尾，流传和呼应着有"天下绝景"之誉的黄鹤楼。濒临汉江、长江交汇处的黄鹤楼，位于湖北省武汉市蛇山之巅，始建于三国（223）。现存为清代"同治楼"原型。主楼呈四边套八边形、钢筋仿木结构，72根圆柱，高50余米，飞檐五层，楼上有60个翘角向外伸展，楼外有铸铜黄鹤、亭阁等环绕，整楼形如黄鹤，展翅欲飞，因唐代诗人崔颢登楼所题《黄鹤楼》一诗而名扬四海，与湖南岳阳岳阳楼、江西南昌滕王阁并称为"江南三大名楼"，又称"天下江山第一楼"。

百年流芳，诗文词赋，不胜枚举。

发轫于明中叶，成形于清后期，鼎盛于民国的宁强县青木川古镇的"回龙场"老街，是典型中的典型。至今已有600多年历史。河水沿着镇边蜿蜒而过，古镇顺流而建，全长860余米，呈"U"形，形似一条卧龙，因而得名。有民国时代建筑50余座，古建筑房屋260余间，或中西合璧，或造型奇特，或气势恢宏，是不可再生的历史文化遗产。保存最为完整的是魏氏宅院，系民国年间知名绅士魏辅唐所建。流连于老街，一座座雕梁画栋、青砖回廊、木结构的老宅，融入了羌族文化、秦巴文化、历史文化等元素，在流水潺潺中依然焕发着昔日的辉煌，展现出丰富多彩的汉江特色。

罕见的、成片的、历史悠久的古石头房，述说着400多年的汉江居住史。这是位于上游十堰市郧阳区安阳镇冷水庙村的古村落——大大小小、各种形状的石头，错落有致地镶嵌成一栋栋造型别致的石头房，成为汉江流域中国古民居建筑史上一道亮丽的风景。据载，明万历年间，村民的祖先们由山西迁至汉江边繁衍生息，后因躲避灾害和战乱，逐步搬到石头山上居住。而今，全村160余户400多村民早已在乡村振兴中搬到了镇上居住，但是，这些用石头建起的住房、门楼、猪栏等，依然伫立在汉江边的林木山间，显示出古香古色的生态美。

建于北宋，呈"四水归堂"风格的丹江口的浪河镇老街，全长400多米，48座建筑单元全呈院落结构，前厅后堂，其间有一天井，两侧为厢房，述说着汉江流域最典型的明清古建筑群落历史！

始于清同治年间，一座"活着"的百年古民居——许家山20余处旧民居，星罗棋布于留坝县江口镇磨坪村百余亩的土地上，既有大户人家半围合院落，也有平民百姓单体土坯房……构成了别开生面的汉江和居图。

……

"蒹葭苍苍，白露为霜。所谓伊人，在水一方。溯洄从之，道阻且长。溯游从之，宛在水中央"……汉江汉江，山高水长，是我永远的方思！

后　记

　　把自然的山水与文化碰撞，产生出考古、历史、哲学、文学、美学等多维度的山水的文化形态，对我来说，既是偶然又是挑战。

　　偶然是，2023年盛夏，《中国艺术报》主任金涛约我，在大地繁茂、万物葱郁、鲜花盛开之际，提笔写一篇生我养我育我之地秦岭的小文。虽为"秦岭之子"，提笔却让我犯难了！因为，被誉为中国"龙脉"的秦岭，在浩若云海的典籍、作品中，早已如其"中华第一险山"般高不可攀！然而，一万个人的心中，有一万个秦岭。就这样，我在忐忑中蹒跚学步，有了《巨龙秦岭》一文。刊发后，新华网、人民网、光明网、凤凰网等各媒体竞相转发，成为读者追捧的"网红"。激励之下，有了信心和决心，有了以"巨龙秦岭"开篇的二十五章"秦岭岁月"长篇，并被中国作家网等连载。

　　偶然中的必然，得益于多年亦师亦友的《北京青年报》主编潘洪其先生的约稿。近年来，在洪其兄的激励下，在其报开辟专栏，自己已走入脚踩的燕京大地，用心灵与这座870余年的皇都相撞，写了一些散装的小文，对北京的美景美地进行了历史追踪和文化思考，产生了一点反响。为此，金涛的约稿，能够差强人意。凑巧，这时，在秦岭的嘉陵江边长大的洪其又嘱托我，写写发源于秦岭的另一水系的汉江！因为洪其知道，我就是"汉江之子"。君命难违，这样，我开始把思绪游走于生我养我育我的汉江，有了开篇的"虚无大道"，到二十七章止的"大美民俗"，洋洋洒洒、七八万字的寻美之旅。而且，《人民日报》《中国水利报》《北京晚报》等陆续刊发后，网上好评不断。

之后，有了将两文合出一个集子的想法，并得到了学兄、中华文学基金会副秘书长王勇强，不久前编辑、出版了我散文集《写在庚子》的作家出版社的指点、厚爱、帮助，使这本小集子能付梓，与读者见面。

尤其得到了中华人民共和国外交部原部长、第十一届全国人大外事委员会主任委员、中国人民外交学会名誉会长、"诗人外交家"李肇星尊长的厚爱，为小书作序。

得到了国家一级美术师、中国散文学会副会长兼秘书长、中国艺术家协会书画研究会常务副会长周振华兄长的厚爱，惠赐墨宝题写了书名。

回想起小书的书写，就是一场赶考和挑战。让从小饮着汉江水长大、穿梭于秦岭南北成长的我，有了"不识庐山真面目，只缘身在此山中"的陌生和忐忑！让我在看山不是山、看水不是水中，把自己走南闯北以来，始终忘不了的秦岭、汉江的悲悯情怀与中华五千年的文明相碰撞，在山水一色、山高水长中，激发了创作灵感，有了诗性的思考，仿佛迷路的人"蓦然回首"找到了方向——秦岭、汉江的每一粒尘土、每一滴水、每一棵小草、每一只动物、每一块矿石……都是祖先们的"精魂"化为不老的气象，养育着中华大地，养育着炎黄子孙。

仰观吐曜，俯察含章，在"与秦岭汉江并生"中，山水含情、草木生辉、文明熠熠……这些，在我的脑海里喷薄而出的文明肇始，化成了吐之不尽、述之不竭的历史人文、民俗风情、玄妙肌理……如风吹山林、水激岁月，不断迸发出清新悦耳的字词、段落、章节，在一些媒体应该传播到的时空内，向天地参拜，向日月星辰、高山大海敬礼，向我们脚踩的中华大地感恩！

作为炎黄子孙，我永远感恩山河日月、神州大地、沃土祖先！这，也是我写这本集子的初衷！

感恩天地，感恩宇宙，感恩岁月，感恩传承，让我们永远在感恩中，共同祝福中华大地的文明薪火代代永续、辉光无限吧！

作者2024年立春之日于北京沁园